文脉中国 小说库
wenmaizhongguo xiaoshuoku

北斗链

凌
炜
著

中
国
文
联
出
版
社

图书在版编目（CIP）数据

北斗链 ／ 凌炜著 . -- 北京：中国文联出版社，
2016.1（2023.3 重印）

ISBN 978-7-5190-1096-6

Ⅰ . ①北… Ⅱ . ①凌… Ⅲ . ①长篇小说—中国—当代
Ⅳ . ①I247.5

中国版本图书馆 CIP 数据核字（2016）第 021314 号

著　　者　凌　炜
责任编辑　邓友女
责任校对　乔宇佳
装帧设计　中联华文

出版发行　中国文联出版社有限公司
地　　址　北京市朝阳区农展馆南里 10 号　　　　邮编　100125
电　　话　010-85923025（发行部）　　　　85923091（总编室）
经　　销　全国新华书店等
印　　刷　三河市华东印刷有限公司

开　　本　710 毫米×1000 毫米　　1/16
印　　张　16.75
字　　数　298 千字
版　　次　2023 年 3 月第 1 版第 2 次印刷
定　　价　78.00 元

"大眼睛"的寻找与成长

当凌炜把厚厚的书稿寄送到我案头的时候，正是今年春节前夕，时间编织的浪漫叙事又草草了结了一个章节，往昔的惆怅、明日的憧憬、身边生活的变故以及脑海里许多渐行渐远的面影，这一切哪些可以任其在岁月的河流里飘摇而逝，哪些又该伸手尽力挽留呢？再过几个月，凌炜就将告别大学校园，在毕业前夕完成这部校园题材的长篇小说，对他来说，是一次缅怀，也是一次说走就走的启程。

沿着时光的岸边漫步，我渐渐捡拾起第一次注意到凌炜的情景。那是初秋的一个夜晚，我被拉去做大一新生合唱比赛的评委，比赛结束后我和同事从会场往校门口走，没走几步，一个略显刻意的咳嗽声从身后挽留住了我们，是凌炜，一位穿着白色帽衫、像精灵一样的秀气男生，特别是他的眼睛，又大又亮，而且总是那么专注。那一晚的交谈非常的随意，时间也并不长，不过我却一直记得这个充满青春风情的开始。礼堂、夜晚、歌声、彼此欣赏亦师亦友的老师和学生、自由地交谈，这本身不就像一首舒缓的校园民谣么？

他的大眼睛真的太显眼了，即使是在人群里也总是那样闪亮，像鹿？像星星？像湿漉漉的黑色树枝上的花瓣？站在讲台上，我经常会和那一双"大眼睛"形成刹那间的交会。我清晰地记得在我介绍20世纪30年代那些精致冶艳的诗歌时，"大眼睛"会激动地推一下前排熟识的女生的肩膀；当我以《金陵十三钗》为例讨论到中国现实与中国形象时，"大眼睛"会面带微笑地频频点头，在下课后还专门跑来表扬我。哦，这里我绝对不是要夸耀自己，而是想说凌炜就是这样一位书卷气非常浓郁的文学青年。按照学校的呆板教条，也许他算不上所谓的"好学生"，他的绩点不够高、英语也不够好、考研听说也不是特别理想。可是按照文学的标准来看，凌炜显然没有辜负这四年和文学相交相伴的时光。

凌炜不是一个甘愿受那些条条框框束缚的年轻人，对于他所钟情的东西从不马虎，比如读书、写作。我不知道四年里凌炜到底读了多少书，但是从他的这部《北斗链》可以看得出他吸收了很多养分。他笔下以尴尬的"零余人"身份出场的"我"

似乎来自郁达夫；地道的四川方言写作我猜想是不是看过李锐的作品？那种流溢着慵懒和哀婉的青春感慨和《独语》的气质会让我想到何其芳；那些细致、耐心的景物铺垫又像是偷师于沈从文和王安忆；灌注在作品里的思索和探寻不知道是不是因为受冯至的影响？还有，那个叙述者、主人公、作者重叠在一起的"凌炜"难道不会让我们想起马原、苏童当年的叙事圈套吗？作为熟悉凌炜的朋友，在读他的《北斗链》的过程中总会有欣喜的发现，原来他身边的许多室友、同学包括我自己都被他改头换面写到了小说里，作品里的许多景物、建筑其实都来自他所熟悉的学校、宿舍、图书馆、办公室。我不知道这部小说对于凌炜到底意味着什么，但对于母校来说，他的小说是为我和他每天置身其中的校园写了一篇精神传记，赋予了这所并不那么浪漫的学校以文艺气质。这在我所接触过的学生朋友里，是第一人。

而凌炜的经历和成绩似乎也可以启示我们思考目前人才培养和专业教育的诸多问题，引导我们去思考如何定义"成长"和"优秀"。《北斗链》里的主人公似乎一直在进行着精神的游历，像"我"、像"青青"，在我的阅读印象里，他们似乎总是在不断地行走。"行走"也可以理解为成长，从这个角度来说，《北斗链》也不妨视为是一部成长小说。小说里那些关于时间、生命、爱情的感慨与沉默正是成长路途上捕获的瑰丽风景。而问题的另一面则是，按照什么样的标准来考量和评价成长的收获呢——无论是在小说里还是在生活里？这也许永远都没有一个完美的答案。而《北斗链》或许正是凌炜在即将步入社会的年纪对自己和别人的一个大胆的回答。很明显的是，与许多校园题材的畅销书不同，《北斗链》并不是一部以爱情为主线的小说，作品里有许多关于校园日常生活的描写，乍看来，这些笔触也许并不见得怎样新颖、别致，但是放在当前文学创作的背景下来看，凌炜的小说与当前创作的精神气质是深深合拍的。这是一个战争、饥馑和动荡离我们越来越远的时代，这是一个关心个人生活和内心絮语的时代。我读过许多和我年纪相仿的朋友的作品，他们写故乡的坟茔，写城市的灯光，写一个人的呆坐，写人潮汹涌时的彷徨与孤独。那一行行朴素而简单的文字却常常让我感到既亲切又陌生，正如戴望舒所讲的那样，他们似乎总是能不断地从旧题材中找到新情绪，包括凌炜的《北斗链》也是这样的一部神奇的作品。从这个角度来看，凌炜的成熟远远超过了他的同龄人。

《北斗链》是凌炜的第一部长篇小说，实属不易，也说明凌炜那精灵般的身躯里孕育着很大的潜能。作为凌炜的老师，也作为凌炜的朋友，衷心祝贺凌炜作品出版。更希望属于你的，不只是区区七星，而是璀璨的整个星空！

最后还要说明的是，出于对作品艺术效果的特殊考虑，凌炜遗憾地放弃了以作者的身份来谈谈自己的小说和感触的机会。他托我向学校、责编以及所有帮助他实现梦想的朋友们表示最纯真的谢意！

冯雷

2016 年 3 月 6 日

京西 · 古城

目录

contents

江水淌过山脚,在南方秀丽的幽林里;日暮霞云,余晖隐没天际峰峦的翠绿,柔淡近前鹅黄的屋顶;忽地星空闪现,陨星溅上长江大桥恢宏的铁索,燃起盏盏烛火,风捎来渡轮的夜歌,穿过排排依山楼宇的间隙,如妆后仕女裙带袅娜——我被这画框里的画吸引。我爱画里的小城,小而不拥挤,凡事有余缺,也爱她追逐繁华的梦。

可我想死。

猝不及防一只胳膊从后环住我脖子一拽,我远离了画框——窗——僵在一个背影和木板之间,看见头顶亮堂的日光灯,听见拥塞的喧嚷,感到沸腾的热气。

"哎呀!可惜哒,可恨哪!那道题老师讲过我还是做错哒!"燕于远粗鲁的声音响起,我被钳住动弹不得。

眼前的背影斜转了半圈,展露主人微胖的侧脸,张梦圆吼道:"老娘看书,莫烦!"

燕于远大脸上的浓眉像狮子一般弓起,眼睛瞪圆,叫着:"我又不是来找你的,凶么子凶!"

张梦圆霍地立起,气势汹汹,比画着说:"看好哒,这张桌子和领空都是老娘的地界,教室这边都是女生的地盘,现在给我滚回去!"

"就不滚,哪个?"

"不要脸!"

"就不要脸!"

喧嚷声低了,大家往这儿瞧热闹,几个好事的人聚拢来喊着"雄起"。

我这个零余人越发尴尬,急忙从他们中摆脱。我正想掉头欣赏,教室却蓦地安静下来,围观者灰溜溜散了,燕于远蹑脚走回座位,清风乱翻书的声音响过。只有张梦圆还满脸不忿,重重一坐,凳子"砰"地撞响地板,她咒道:"祝你出门被车撞死,撞不死还来回碾压三道。"

老艾双手抱胸,站在教室门口。他穿着深色衬衣,外面披着一件灰不溜秋的褂子,戴眼镜的方脸粗糙,红里透黑。

我用胳膊肘碰了碰梦圆,示意她风声紧乎,她却扭头冲我狠狠地说:"做么子?!"吓得我连忙将头埋进桌上比脑袋还高的书堆里。

脚步声进了教室，经过身边，至教室后那一面贴满梦想的叶子墙。我隐秘地后瞥。老艾的一双小眼睛像沉在黑色的池塘里，他迈着八字步，前前后后绕着教室转悠，有时驻足，长时盯着一处。过道两侧由他经过的同学纷纷扬起手，扇浓浓的酒气。越过一排排蜿蜒的书长城，我和一两个同学目光相遇，相对而笑。

他转身了，我立即别回脸盯着书本。脚步近了，在身前，半截身躯矗在书堆上挤入我的视界，一只手伸来，扒起书堆。糟糕！那手从书堆夹缝拾走一个精致的小本子。沙，沙，沙——头顶响起翻动书页的声音，如青蚕不倦地拱动啃食桑叶，桑叶一点点减少，青蚕肥大绵软的身子已有一半悬空。我怕它啪地摔进我的后背。

"嗬！"没有青蚕，却是平静的嘲讽的锯齿。"来办公室。"老艾说完，离开视界，悠悠地走出教室。

"周考成绩出来哒。"张梦圆说。

我站起身，按住书堆，跃过桌子。我走过讲台，走出教室，走过昏暗的走廊，上了层楼。我向办公室里窥视：试卷铺地，挤在凌乱的办公桌之间；众多老师和同学或在批改，或在整理；老艾坐在角落的办公桌前，一手平放，一手支桌撑住脑袋，闭目打盹儿。

我猫进办公室，站在他面前。

他照例在我们考试之后喝得一塌糊涂，——如我们每周考完后在教室必不可少的狂欢。好多次他喝高了在教室讲台打瞌睡，也如这般坐着，头和脖颈似乎只剩下一张薄皮相连，不住地往下掉。但这张皮显示了无与伦比的韧性，把眼看要掉落的头又拉扯回去，一颠一颠神似小鸡啄米。我不想叫醒他，任凭时间流逝，等他睁眼时，铃便响了，我该颔首一笑，向他说再见。

然后去死。

哄笑声从一角传来。我朝右边望去，几个学生围着一个饼脸老师。

"世界上最深的海沟，"饼脸老师望着手上的舒带着冷笑念道，"玛利亚海沟。"

"哈哈哈！"学生放声大笑。

"北大西洋寒流。"

"哈哈哈！"这下连周围的老师都笑了起来，不管是教语文的还是教数学的。

"凌炜，晓得我哪个叫你来不？"锯齿作响。我扭过头，老艾两只手搭起撑住下巴，黑色的池塘里泛起泡泡。他已经醒了。

我摇摇头。

"还想好好学不？"

"想。"

"觉得自己这段时间用功没得？"

"还可以吧？"

我久久未等到他的下一句话，我抬眼，撞上他泛着黑芒的目光，又连忙垂下。

"还可以嗦？"他放开手，从桌下抓出几张皱巴巴的试卷放在桌上，用手指啄着，"还可以是不是？你看看你一天在搞么子？这就叫还可以嗖？成绩下降得楞个狠！你一天在搞啥子？我晓得你有天赋，晓得你有爱好，但你要考大学噻，有些东西先放一哈……"

唾沫尸骨横飞，老艾嘴唇翕张，红艳艳在搅动，一浪一浪的语词嚼碎在齿牙间。我看着红艳艳，不时点头应和。我再次感到时间的无常。上课时头脑昏昏犹如灌了铅，然而总惧怕尖利的眼拎我到众人之前，欲睡而不得，秒针用轰隆的雷鸣戳刺神经。而有时从戏耍中清醒，地平线已经凉了，月亮张开了帆……

"有些事情等高考以后再去做也不迟，大学多轻松嘛，大把大把的时间给你挥霍，想嘟个玩就嘟个玩。"

鲜唇顿了顿，我下意识地点点头。

老艾从口袋里拿出适才从我桌上带走的小本子，拉开桌下的抽屉放进去："所以有些东西你先放一哈，这个本本儿暂时放我这里。"

"不得行！"我冲口而出。

回过神，身体像灌入了热腾腾的浓缩咖啡。老艾捏着本子双手环胸靠上椅背，黑色池塘等着我。

我解释说："我没有花很多时间，偶尔写一哈。"

"不能分心，你只要投入最后的复习，写一哈都不得行。"

"不写的话全身过不得。"

"莫乱想，心自然静下来哒。"

"感觉来哒不写下来我就不安心，不写完我做么子事就会一直想。我喜欢它。"

"喜欢不能当饭吃，你可以以后再做。"

"哪有把喜欢的事放一边很久以后才去做的？"

"你不是天才。"

我无话可说。

"你想做么子？"他的手指在我的本子上画圈，"呵，不上大学你能做么子？以后文理不分科，你连复读的机会都没得。家庭条件又只得楞个样子，拿么子和别个争？"

"让他们争。"

"嗯？"

"只要我还在学校上课，只要我跟得走，只要我没有惹事，其他方面，都是我个人的事情。"

"你的决定不算数。"

我不喜欢地下方格的石板,条纹生硬。

"有么子事你说,莫说我没给你机会,下回再看到就给你撕哒!"他把本子掷到桌上,本子飞起来又落下。

我抬起头,跳入黑色的池塘,说:"有时候想一哈,真的很可怕,您有过这样的梦魇不?"

他在等我说下去。

"上完学,奔波求职,上班,哈巴狗儿,与自己不爱的人和不爱的东西相处一天、一辈子,下班,电视电脑,晴天雨天。都楞个干,我自己也很少怀疑,似乎只能楞个干,没得办法。要是我突然不想楞个干味?因为仔细想一哈,真的很可怕。"

"人都会楞个,早晚会习惯。嘟Z定是不爱的人味?"

"大家一起笑别个,看。"我扭头示意老艾看那个仍然念着试卷的错误以娱乐学生的老师,"我立在办公桌前头,听别个教训我,累哒人家会喝杯茶。等我走出去,人家就把我当笑话讲给另一个人听。幸运的话,再过两年,我让另一个人立在我的办公桌前头听我的教训,我累哒可以喝杯茶,不,至少再过五年。"

"够哒!"

"就这样吗?我真想听听你更多的回答。不晓得嘟个,有一首诗特别打动我,虽然我说不出来原因,我读不懂,但我念给您听哈?您是老师,活得比我久,懂得比我多,看哈您是不是比我更明白。又是叫喊又是呼号,活着的现在死了,活着的也快要死了,稍带一点耐心。没有水只有岩石,没有水,不会停下,但是有酒,晚上喝得酩酊大醉,以待终老""你说么子?"砰一老艾拍了桌子。

突如其来的吼声淹没了我的听觉。我后退一步,抬头想看清老艾的脸,但他身后的日光灯将他融进白茫茫的一片。隐隐约约,影影绰绰,仿佛在许久以前也有这样一片弥漫的白光,游离的嘈嘈切切的声音,还有众多的黑眼珠和疯狂的扭打。这是什么?是什么?我急不可耐,想离开这里细细回忆。一只手抓过来,像从旋转的时光轮里的旧日抓来一般,不可闪躲。说不清道不明,决堤了,洪流滚滚:"醉鬼,醒醒!"快,那手将我一推。我听见惊呼,我向后飞,被力量裹挟,拉长的幽邃的影像,背脊的撞击,不疼痛。黑影打算跟上来,被人拉住。

他终于动手了!我跌坐在地上,越残虐,越痛快!"再来啊,你以为我不会还手吗?"我操起身边的椅子,但他已挣脱,向前一步一拳呼来。暗日越来越近,挺直的鼻梁因突兀而颤抖,暗日终于铺天盖地不留空白。

红。

一盆血倾倒在镜面,绽开四溢,汩汩而下。

镜中的面庞是红色的,流成嘴唇的形状,我痛醒了一红艳艳翻动。

"把这些东西先放一哈,晓得不?"

我应该是在腼腆地笑:"嗯。"

老艾拿出蔑条,问:"你说打几个手板?"

"两个嘛。"

"两个够唛?五个。"

我伸出手。

啪!蔑条像鞭在指骨上,手掌战栗了一下,我努力伸直了叫它们动也不敢动。

"一个。"他说。

啪!"两个。"他接着打了三个。

"本子先放我这里,"他把我的小本子放进了抽屉,"回去嘛。"

我鞠个躬,转身向外走。我看见吞没天幕的漆黑的山梁,遥远,宁静,其上有棵孤零零的树,树底的阻翳中,是否有人背着竹篓踽踽独行呢?回头,老艾枕着手臂小憩。

穿过走廊,走出教学楼,越过夜的操场,走下正对校门的阶梯,登上右侧的一个园林。

春天早已经来了吗?

落魄的树的枝丫向上伸开,在空中交错纵横,圈裹出底下一条灰石小径。可它的自守又是那样软弱无力,稍一抬头,便触及那片低矮而阴沉的天空。若没有郁郁葱葱的标示,如何留住人仓促的目光?

风籁低吟,若天空若有似无的呼吸,穿过树枝罅隙。残余的树叶抖动起来,孤单飘零。万物静寂,谁说叶落会发出"沙沙"的声音?无声的凋零更加寥落人心。那些我叫不出名字的树,漫不经心,于料峭的风中蜷缩起身子,喑哑了言语。

小径一边有块方形空地,空地置着一张长椅,更远处沉默着一陂青色的死水。穿过枯藤,踏上腐软的泥土,走到长椅前坐下。长椅微寒,想来它也有些年岁了,朱红的漆脱落了许多。落叶散在其上,亦在其周围,祭奠它年久失修,面目全非。我不禁忆起那许多过去了的夏天,阳光妍丽的波涛涌来,缓缓漫过树梢,休息,退去,休息,退去,斑斓的光点点染了枝枝叶叶,浓淡相谐,温凉相宜。

眼神朦胧了,谁给我献上的苍白的花,翩翩地在空中飘洒?谁让这些老树做了我的荫庇,长椅做了我的归宿,给我安身的家?目接天宇,浪迹苍穹,迷途的仙源不可往寻,它的梦吃何处聆听?

隔着衣瞰住口袋里的盒子,我只想死。

最脆弱的生灵躲避野狗的猎食，我惴惴小心，如临深渊，如履薄冰。我压低脑袋，悄无声息，伪装自己像不可见的幽灵，在楼梯的侧沿，在大道的人流中。我惧怕使人相貌清晰的光，我恐惧毫无遮拦的视野。我尽量减少外出果腹，关掉手机，切断一切和外界的联系。我怕人，怕人问起时不知如何作答，干脆不管不顾，放任自流，就这样活着吧。

而此时夜是好的，蜷在床上，被褥的温热即是一切，使人贪恋。午夜，房间的安静交融浸入的夜，成呼吸的空气。侧耳，闭眼。

听见了，脚步声。从被缝觑眼，开门而进的是吴世麦。我松一口气。我的床尾贴他的床头，他走到床前坐下，单薄的身体弓缩，头发平整、服帖，趴下来遮住眼镜框。

我哼哼两声，拉下被子，假装被吵醒："放学哒嗖？"

他翻看手中的课本："嗯，老艾又问起你哒。"

我心里一紧，直想避开。

房间门又被推开，江离提着一个塑料袋靸着鞋走进来，幽蓝的镜框在黑脸上都快看不出颜色了，他慢沓沓地说："病还没好哇？ 看医生哒不？ 莫是得哒么子癌症哒她？"

"嘿，没有没有，好得很。"

"那也要离你远远的，千万莫传染给我，"他坐到对面的床上，打开袋子拿出一盒炒饭，放在膝上边吃边玩手机，"癌症得哒就要死，还要花好多钱。莫是艾滋病她？"

"嘟作嘛？"

"你四五天没去上课，老艾想你想得很，天天问。就在寝室，不晓得自己来看哪，一天问得个烦死人！"

"哈，那我还要去买斤水果招待他。你们嘟个说的？"

"说你得哒艾滋病，"他又说，"一天生活硬是安逸，我也想装病，躺个一月半月的。"

此时高挺的燕于远甩手走进房间，直接到我床沿坐下，眉毛习惯式弓着，瞪起恨不得吞人的牛眼，夺声问我："狗儿的今天又没去上课，嘟个回事，哎？"

"有点不舒服。"

"哪儿不舒服？"

"没得好大个事。"

"龟儿子的几天不去上课，还没得好大个事？"

"有么子事哟？犯哒懒病。"燕于远的背后传来江离的声音。

"到底哪个咯？去医院看哒没得嘛？"燕于远问。

"眼睛痛，里面长哒个东西。"我说。

"痛得狠哪？"

"嗯。"

"长的啥子嘛？我看哈噻。"

"把眼皮翻出来看废？痛。"

"那你早点去医院看噻。"

"今天去县医院检查哒，明天还要去。"

"医生哪个说嘛？"

"就是说长哒么子，叫明天再去。"

"早点好，听到没得？过不到好久要高考哒。"

"我心里也着急呀。"

"我去洗个澡，那群龟儿子理科生还没回来。"

"嗯。"

日光灯嗡嗡，手机按键的声音。随后卫生间传来浪花和哼唱。我翻转身，面朝墙壁，裹紧被子。

如何应付老艾？即使找到借口蒙混过关又如何？高考日渐临近，总有一天我必须到教室报到，面对老师和同学，或者无期限地拖延直到东窗事发、被人揪走的那一天？老艾将把我叫到办公室，在众人目光的交集中，冷言冷语地审讯我，历数我的犯罪事实，然后将我陈列在教室前，令我面壁思过。此事迅速传遍校园，即使老艾并未上报，一副黑老大派头的年级主任也会传唤我。我知道他，戴黄色假发，西装革履，正儿八经，高一给我们上过课，小指翘起写板书，自以为颤动得优雅，转过身莫名其妙地暴怒："你们不好好听课，我就要弄你们。随便找人打我，我作打得还少啊？不得怕！我也认识一两个社会上的他，到时候看哪个凶些。"他将告我以我的斑斑劣迹，并将我作为反面教材公之于众，煞费苦心，借此砥砺同学们。接着暴跳如雷而痛心疾首的外婆来到学校，苦苦央求，甚至当众对我恶语相向拳脚相加方能在列位温婉慈厚的规劝下平息事端，撤销诸如勒令退学的处罚。亲朋好友纷纷来电，或求证或献计，而大人们必狠狠教训我一顿，更是从此对我严加管束，一有不轨之迹便趁早扼杀。此事终于辗转于大街小巷，待到茶余饭后，便听某某说："欸，你没听说废？那家娃儿，不得了，才十七八岁，就带起一个女娃儿逃学跑哒……""然后？""哪能跑得掉哇？还不是作捉回来咯！就是不晓得有没有搞大肚子。"逃不了，世界只有这么大。

眼里晕着一团光,吴世麦还在看书吧,催眠的按键的节律,房间外的大厅很多人进行着跳高比赛……

第二天薄暮,我出了寝室,一路小心翼翼,趁黑掩人耳目。我在校门边的诊所前踱来踱去,踱来踱去,直到老觉得坐在小商铺门口的店主疑虑地盯视我,不得已,我跑进诊所。

诊所里很亮,两边是高高的白色药柜,正对门横着长长的矮柜,矮柜里侧坐着一个人,她身后的墙上挂着一张帘子。我在药柜前转转悠悠,佯装寻找药品。

"同学,拿什么药啊?"如鸣佩环,分外动听。

我望向声音的主人,坐在矮柜里侧的穿着白棉衣的女子,一眼注意到她洁白鹅卵脸上的浅色虹膜和翘翘挺挺的鼻子。

"嗯——您这里有纱布不?"

"有。"

"我要买点纱布。"

医生弯身从柜子下取出一卷纱布,问:"要好多?"

要多少?我可为难了。

"是要包伤口不?"她问。

"嗯。"我走到她近前。

她拉出几搾问:"够吗?"

"嗯……"

"是你用嗷"

"嗯。"

"伤了哪儿?来,让我看哈。"她站了起来。

"哦——"我想稍息一条腿站着,可又觉得不妥。还是站直了好。"您能帮我包住左眼不?"

"来,我看看。"

我应该将头凑近她给她看。

"没得么子,我就是想包左眼。"

她惊讶的目光像有了重量,我不得不移开视线,随后听见她哄小孩儿一样地说:"好啊,仰头——"

"近点——"

医生的手如自由的精灵,纱布轻剪即断,来回翻转,瞬时叠成一张漂亮方形的眼罩。她用食指支起我的下巴,扶正我的额头,给我戴上眼罩,撕下胶带粘上眼眶。

晃动的手指像参差的燕尾在独余的右眼轻颤。

"是这个学校的学生不？"

"嗯。"

"我认识你学校很多老师哦，你的班主任是哪个，看看我熟不熟。如果是熟人的学生，我可以考虑替你开一张病假证明，嘟个样，服务周到哈？"

她在套我的话！

"艾明华。"但我竟老实回答了！

"这号老师还真没听说过，可惜哒，不能给你开请假条了，自己保重。"

"嘟个只给熟人的学生开？那出事哒不是更好找您嗷"

"嗯？哈哈！"

燕尾离开了右眼，世界仿佛变得模糊怪异了，事物愈小渐远。

"好哒。"她说。

"好多钱哪？"

"一点纱布，不要钱。"

"那嘟个要得？好多钱嘛？"

"不要钱，去吧，去吧。"

"谢谢！谢谢！"我谢过医生，向外跑。

"慢点，莫摔哒。"

说不清是激动是恐惧还是欣喜，路人穿过暮色诡谲地斜睨于我。我跑回宿舍，对镜自照，浓眉，长睫毛，大眼，挺鼻，柔和的颧骨，鹅卵的下巴，似所有直线在此都不成立。一张眼罩覆在左眼上，像大树繁枝茂叶下的阴影。我找出钢笔和红墨水，来不及洗去钢笔中的黑色，用墨囊吸了几管仰头挤上眼罩，镜中血泊蔓生罪恶色彩的海藻，手法粗糙，但终究觉得妥帖了。我抛下钢笔墨水，到了花园跑进左边第二栋楼。流荡的昏黄的灯光，攀附从大地抽出的人造螺旋力量，飞逝过一扇扇门和黑麻麻的墙壁，直到六楼。

我按了门铃，只管注视着门。过了会儿，门敞开一条缝，一个面容褶皱、发黄的女人紧握门把，把自己压在门缝里。

果不其然，老艾在办公室，开门的是他的老婆。她的方腔多像老艾呀。

我不得不往右移，才能对准门缝里的她与她讲话："请问艾老师在屋头不？"

"不在。"她拥了拥灰色大衣，遮住腿部。

她大概惊异于我猩红的眼罩吧，于是我仰起脸，突出地展示给她看，尽量真诚地说："我没在办公室找到艾老师，请您帮我请个假。我前两天配眼镜的时候不小心作镜片划伤哒眼睛，眼球出血，有点儿严重，要经常去医院复诊换药，所以这两天不能上课。"

"哦,要得。"

她在打量我。

"谢谢您哈,不打扰您哒,您休息,我走哒!"

我边后退边鞠躬。我慢悠悠地朝楼下走,直到听见关门声才手舞足蹈起来。哈!她一定会将我的情形转告给老艾的,老艾会把谎言和她如实所述的情景结成因果,绝不会认为我胆大包天排演如此一出好戏来逃避追究和责罚。手机关了,他也没有我家人的联系方式,只要避免和老艾照面,他只能选择相信。等我再去教室的时候,我就已经康复啦!我是一个天才!可我忘了告诉她我的名字!没关系,她说起时,老艾会知道是我的。我叮咚啷当朝楼下跑,中了十亿彩票,买车,买房,不必寄人篱下成天受气,不必忧心未来,去找喜欢的人吧,在她的城市买一栋房子,就在她家旁边,让她看见我、喜欢我。我要甩一沓钞票到乞讨者的碗里,挺直腰板,理直气壮地对他说:"何必乞讨呢?即使你手足俱残,只要你坚韧不拔,肯发挥你的聪明才智,一定能过上理想的生活!"摇摇晃晃,步子,楼梯,墙壁,片片时间随脑浆动荡。我感觉脚下一沉,楼梯棱角突入眼眶放大,迈进万丈深渊,一只脚急速坠下,一刹那有声音喊着快收回来,收回来。然而神经元来不及回应,坠落,坠落——山岭震动,川谷荡波,刀子割我的脸,木鱼槌在木鱼上——天翻地覆,日月无光,纷纷扰扰,飘飘忽忽,杳不知何时何处。

我一生中最引以为豪的事情是自己分文不花便把同龄人远不能涉足的地域走了一遭。同学之间每每谈起去过哪里,我便讲自己搬过几次家,游过几座城,装作毫不在意实际心底欢喜地迎着大家崇敬的目光。我也算是有所阅历,见多识广的人了。

传闻我出生在另一个小镇,一出世便被递交给外公外婆,由他们抚养。脑子对于这个世界向我敞开的初始面貌知之甚少,只残留着些河谷破碎的风,阴天的街道,烂瓦的斜顶屋子。我部分的童年是在与它相邻的小镇上度过的。

小时候,但凡寒暑假,我总要收拾一番准备出远门。外婆带着我乘船到宜远,荒山夹水,长江水打着旋儿,冷清的夜里看见江面飘着的一只尖尖的亮着幽光的小船,那时我总可怜居住其上的人忍受孤独,后来我知道那只是指引航道的灯,上面并不住人。最奇异的莫过于轮船通过水坝,黑夜,溅起浪花的船头开进幽闭的水坝里,前方雄伟的城门紧闭,两边是接天的长满青苔的墙壁,像困守上古黑暗的王国。当轮船随水升高,全船的人都跑出来观赏这奇异的景致,有人抱起我,我伸手便摸到平时浸在江里的青苔,渐渐可以看见水坝上来来往往的车子了,黑暗的王国被遗弃在船底。而后渐行渐远的水坝隐没于幽渺的雾,远方是爸妈所在的岸。那里的生活我已经遗忘,毕竟那时年龄尚小,如今时间久远。我们似乎生活在一个叫白山坡的地方,四面高高大大的楼房遮住了阳光,似乎有个叫安安的女孩儿,我抢过她的玩具,和她打过架;似乎每晚我会跑到一家商店买啤酒带回家,爸会给我斟一杯,据说喝啤酒会让人长胖一些,如果这件事是真的,那我就是一个很好的例子,证明喝啤酒可以使人长胖只是谣言。似乎我挺爱吃宜远的糖葫芦,那时候五毛钱一串,如今大概两三块了吧;似乎我挺爱骑在爸爸的脖子上夜游公园——我们这里叫骑马马架儿;似乎……再大些,我已习惯于吞两瓶葡萄糖,在马达暴动的晕眩中,独自坐长途汽车来回奔波于爸妈各自所在的城市了,一年换一家。汽车在午夜经过人类聚落,霓虹、路灯、远空的高楼,无法破解的秘密。我躺在卧铺上,背景倾斜,路在走我,我知道那个在光影斑驳中行走的人永不会与我相识,可他会做一个关于路过他的旅客的梦吗?

我学会自己选择将去的地方。初二的某天中午,我托附近同学捎了话:我不回去了。之后我坐在教室里想法解决头一顿饭的问题,可很快,我看见外婆矮胖的身躯颤颤地走进教室,走到我面前,拽住我:"走!"她神色急切,语气依然试图维持往日威严。

我绷着腰杆和背脊:"我不回去。"

"走,回去!"

我挣着腰杆和背脊。

不用绳子,开始一场拔河比赛。衣服半绷半空,一个年老,一个稚嫩,不分胜负。她不停问我不回去去哪里。我憋着气不回答,我不会上当,她在期待我开口的一刻力气变弱好把我拉走。

我们似乎谁也奈何不了谁。

我拧着劲儿给出一个答案:"我住张老师屋头。"

"住别个屋头做么子!"

我急急地向班主任张老师的宿舍走,她跟着,反复地说好,看别个留不留你。

我敲了班主任的家门,年轻的班主任开门走出来问:"嘟个咯?"

"嘟个得了,这娃儿不回去,说住你这里。良心作狗吃哒,嘟个弄哦?"外婆大声控诉。

"你嘟个不回去吧?无法无天了嗦?"张老师说。

"她老是对我那个样子。"我说。

"我还要嘟个对你,要吃的买吃的,要穿的买穿的。一碗米养恩人,一石米养仇人哪,我嘟个遇到你楞个个娃儿咯?作孽啊!"

我真是早熟，那个时候就明白，不能因为爱就放纵自己错误的爱的方式。但大人就是不讲理的，看他们逗小孩子的方式，就知道他们总是把孩子当成白痴，做个鬼脸让你笑了，转身就忘了买吃的承诺。他们向来只关心我一件事问我两个问题，无论是身边的还是打电话来的，只叮嘱我好好学习，他们只问：你喜欢你妈还是你爸呢？你愿意跟你妈还是跟你爸呢？这种事情真叫人头疼，我少年早慧，自然清楚这个问题的险恶之处，一个不好，伤了别人的心，还不免自以为狼心狗肺。开头我咬着嘴唇不知如何作答，后来聪明了，自然在谁的主场，话里就向着谁。他们有时又是高高在上的君王，让你干这干那，明明大家都坐着看电视，他们却让孩子去拿东西，甚至不征求对方同意也不用请字。我已经不是孩子了，可即使是大人对待大人，他们也用处理孩子的方式，他们才是孩子呢。

外婆又来拉我，不过这次倒与以往不同，她哭了，两行泪水顺着赤红的泥土流下。我只只看着，抱紧楼梯的栏杆不发一言不移一步。

楼上楼下的人聚拢来指指点点，似在议论我的不是。我祈求时间变成一匹快马，让我昏倒吧，再睁眼时事情已经解决。

混乱中我感觉被人提起向外一扔，不由自主脱离了栏杆，睁眼一看是班主任，他厉声说："不回去就莫回去哒，去教室前头给我站一天！"那是我初次领会到成人的力量。

我径直走到教室，面朝黑板，直挺挺地站着。后来语文老师关心我，在课上叫我坐会儿，我把腿挺得愈直，犟得不吭声。她叹口气，说："唉，和哪个斗也不要和家长斗，哪个斗得赢？"

晚自习之前班长袁欣欣给我买了包子，关切地问我好不好。我爽笑说没得事，站着吃完了。之后班主任把我叫去训斥一顿，说了些孝敬老人不该大逆不道的话，嘱咐我回去。我乖乖听话了。放学后回家，掏出钥匙，看着金色的门锁，我犹豫了。但我终究进去了，外婆已睡下，桌上放着饭菜。

过了几天，突然被告知整理东西，即将搬家。我想起几天前中午吃饭的时候，外婆说："秦所长来哒好多次哒，要我们搬出去，说要把屋空出来给职工住。"

外公说："我也是职工退休分到这间屋的，他凭么子撵我们？他说他的，我们住我们的。"

"说是楞个说，人家硬要撵我们也没得法。"

"他还敢直接往外头甩东西呀？才调来当几天所长就搞楞个些名堂，往回张所长在的时候都没说么子，要搬也要先给我们安排好地方嘛，都七八十岁的人哒！"

"凌炜，去给我把案板上那盘菜端来。"我放下筷子，去端菜。

搬离的那天，我仔仔细细地检查屋子的每个角落，拿着电筒趴在床下，箍紧身体挤进柜子间隙，生怕有所遗漏。值得高兴的是一番努力并未白费，找到许多早已丢失却又于记忆中唤醒的玩具和小玩意儿。离开时，我回头望了一眼这栋三层的灰白小楼，我知道我再不会同左邻右舍的孩子在巷子里跑来跑去了，不会逗弄邻居的叫啦啦的小狗，不会坐在里屋的柜子上看动画片，不会有人在冬天起床为我烘热衣服煮汤圆。隐隐记得和这间屋子产生的最大的仇恨似乎是在记事时，某天外婆拖完地，我在湿漉漉的地板上摔了一跤，摔得生疼，哇哇大哭，外婆连忙踢着地板说："叫你让娃摔了，踹死你！踹死你！"我顿时心满意足，消了仇恨。

只可惜，从幼儿园到初中挣来的整整一面墙的奖状尽作废墟。

似乎一场淅沥的雨漫漶了青青的空气，我踏着泥水跑着，踉踉跄跄。曾有一瞬的天旋地转，拉远的光是什么？谁点燃了引魂香？润潮中回到一间黑麻麻的屋子，一个女人忙碌，向我诉说什么？冰冷，黑白，混沌。

睁开眼，鼻翼贴着红色而黏稠的水面，转转眼珠子，红色延伸后是床单，是墙壁，是苍凉的白。我躺在宿舍的床上。脑袋昏昏胀胀，后脑勺辣辣地疼。眼前的湖泊是血。我伸手想抓床边桌上的纸巾，可怎么也摸不着，没有气力偏转头察看，呼吸浮重，虚弱至此。

耳畔响起呼哧哧的扫地声。"哪个龟儿子的纸乱甩？"江离的声音。

"我甩的，要扫就扫，骂啥子人嘛！"燕于远的声音。

"下次再乱甩自己扫！"

呼哧声在我床前停下。"欸——这是么子？"

我终于摸到纸巾，抽了两张，手缩回被子，使劲抹了抹脸。我把铺盖打开，故意露出床单上的血迹。我撑持身子，若无其事地坐起。吴世麦也在。

"一回来就看到你躺起，还以为你死哒哦。"江离拿着我的眼罩说。

我从他手里拿过猩红的眼罩戴上，狡黠地说："我今天去请假哒吧！"

"哦——是不是说你眼睛流哒很多血，不可以上课？"江离怪声怪气地说。

"欸？"

"我回来差点儿把墨水瓶瓶儿打泼哒，还是我帮你盖的盖子！哎哟，"他大叫，"你连床上都洒哒。"

"老艾没在，我是直接跑到他屋头去的，他媳妇儿在。"我没必要辩解床上红色的由来，免得愈加引来嘲讽。

"请到没得？"吴世麦好奇地问。

"差不多。"

江离说："楞个也得行？贼娃子！我也去搞一个那玩意儿噻。"

燕于远问:"你娃儿胆子好大哟! 你是打算请好久的假他? 现在每个老师进来都先瞄一眼你的位置,我都说你病哒! 你到底是有事没事?"

"眼睛真的痛,只是没得哪个狠。找老艾他肯定不得批假,我的眼睛,瞎哒他赔唛?"

江离说:"嗯,那是真的痛!"

我用右手拇指挤挤右眼眼角,发出很大的声音,像从解冻的肉里挤出水来。

燕于远问:"你一天在寝室里头搞啥子他?"

江离说:"你说他能搞啥子嘛?"

我重新躺下,拿出手机:"逛公园,进网吧,哪个玩儿不是玩? 这部小说太好看哒,有几百万字,等看完哒就去上课。"

"那你糟哒,我明天给老艾说你躲寝室里头看小说,叫老艾来捉你。"江离说。

燕于远说:"眼睛都要瞎哒还玩手机。你真的要小心点儿嘞,搞不好哪天老艾就来哒。"

血已在鼻子里干了结成硬块,我抽着堵塞的鼻子,非常难受。我关闭手机保持了几天的飞行模式,短信纷至。头一条就是张梦圆的:"你真是出门被车撞死还来回碾压三道哒废? 如果还活起的,放个屁。"我情不自禁一笑,却没有回复,关了手机。

"走,走,先冲凉。"燕于远说完,收拾家伙跑进卫生间。

脚步在大厅外的楼梯响起。我坐起来,是老艾吗? 钻到床底或者跳窗? 已然来不及,我手忙脚乱地扶扶眼罩,躺下装作熟睡。

嘭一声,大门被掀开,却是好多脚步涌进来,跺脚、呼和挤作一团,踢踏、拉扯搅在一起,互为其里、横冲直撞,不停膨胀欲撑破四面封困的墙。我安心了,那群理科生回来了,他们吹起了口哨。

訇! 吴世麦把我们卧室的门狠狠撞上。

"脾气大!"大厅的声音越过了墙。

"厕所里是哪个? 他妈的我要上厕所。"另个人说。

卫生间的歌声哼得愈响。

嘭卫生间的门被踢了一下? 会打一架吧?

"走,通宵去!"

"去不去?"

"你不去呀?"

"去!"

话音未落,那许多声音又如龙卷风一般卷走了。

过了会儿，脚步踩进房间，像震怒的鼓点，燕于远说："平时够让到他们哒，尽量早点洗漱，免得争，他们倒还蹬鼻子上脸哒！"

"楞个，我们以后天天洗澡，就在他们要回来的时候儿，一个个地洗，一洗就洗半个小时。"江离说。

"好！"

"那我们换人的时候儿他们进去哪个弄？"吴世麦问。

"手机装口袋里头，要出来的时候给下一个发短信。衣服放远点就是，没得事。"江离说。

"同意！"

"同意！"

燕于远突然俯在我的头上，说："你哪个不说话哑？不说话就代表默认哒是不是？就屏定哒！"

"同意。"我说。

"这还差不多。"

"对哒，"江离说，"肖雨婷叫你给她打个电话。"

"哦。我请假的事你们莫给她说。"

"她不是你姐废？你给我俩撮合一哈我就不说，我还是单身嘞！"

"你莫乱说。"

头疼得厉害。翻转身，面朝墙壁。神经一个痉挛，脑子一抽，感觉到，温热的鼻血流出。

"喂，跟你说你姐的事到底同不同意？"

这个混蛋。

不到一天，再次来诊所，难免感到难为情。头顶的招牌上写着"向莹私人诊所"，透过玻璃门，目光所及都是药柜，医生坐在矮柜后，披白衫，拿着一本书看。我推门而进，她抬起头，看见我，笑着招呼："楞个早就来光顾我生意啊？欢迎欢迎。"

我冲她笑。她的话语里又露出那截尾巴，拂过我脸颊，真想抓住它。

"哪个，没止到血来换货了是不？"

"不是不是，包得很好。嘿，这是我自己涂的红墨水。"

她一副了然的神色。

"我想请您帮我看一哈脑壳，我昨天晚上从梯子上跶下来哒。"

"哪个搞的呢？过来，哪点儿？"她放下书站起来。

"后脑壳。"

"转过来。"

我按她的吩咐转过身。一只手按在我头上,另一只手探进发丛,把它们朝两边拨开。

我早上应该先洗个头再出来的。"啊!"一阵痛感,我不禁叫出声。

"擦破点儿皮,从外头看不是好严重,不晓得里头有没得问题。"

"昨天鼻子流哒很多血。"

"摔的时候撞到鼻子了,鼻子有很多毛细血管,流血很正常。"

"不得脑震荡哈?"

"不得。你有没有觉得很难受嘛?"

"昨天很痛,现在基本没啥子感觉。"

"应该没得啥子事。我先给你消毒,你再去医院拍个片。"

"哦。"

医生的手离开了。我转过头,她撩起身后的小碎花布帘进去了,适才读的书伏在桌上。

我想确信那截尾巴。

"你进来。"布帘后传来声音。

我绕过矮柜,撩起布帘进去。长长的走廊。走到尽头,右侧有间房。房间很小,一盏黄色的灯玫瑰般开在天顶,床成了门的邻居,床头靠着一把吉他,对墙前贴着一个书架,书架上满是书,书架前有一张书桌,上面摆着一台笔记本电脑和几个本子。医生靠书桌立着,持一个黄色小瓶和一包棉签。

"坐。"她说。

我坐到她身前的凳子上。她的手扳住我的肩,我顺着那力道背对她。

"痛不?"我问。

"有点儿痛。忍一忍。"

"哦。"

我听见瓶盖儿的旋钮和塑料的噼啪声。

"我也想要楞个一间房,里面有书架,有很多书。"

"嗯。"

"您刚才看的是《不能承受的生命之轻》嗷"

"什么您啊您的,说你就可以了。"

"哦。"

"你看过那本书?"

"看过,初中语文老师推荐的。他们画画,他们写诗,他们睡在床上轻飘飘的,因为外面的风沙。轻点多好，我反以轻为乐。"

"轻是因为重。"

"为什么我觉得上高中很重，但我也一点也不轻？"

"你没意识到你本身很轻。"

"不懂，绕晕哒。"

"你还小。"

冰凉的液体淋到头上，钻进去沸腾起来。"嘶！"

"马上好。"

开场够了，该抓住她话里的尾巴！"你是宜远人是不是？"

"啊？"

"口音像。"

"看来我小城话还不够标准。"

"你真的是就人？"

"正宗宜远人。"

我想转过头。"哎，别动！"她制止我。

我说："你晓得白马洞不？滨江公园？七码头？还有白山坡。"

"你去过宜远的呀？我屋就在七码头那边。"

"真的呀？是不是船在那里靠岸，我往回天天跑那里玩，蹲梯子边上看水把鱼呀虾呀冲上来，觉得好稀奇哟！我往回住白山坡。进去一座桥，路边还有个卖糖葫芦的婆婆？我最喜欢吃她的糖葫芦哒！还有，桥下头流的黑水，好臭哟！我右边眉毛还有个疤，在宜远留的，往回调皮，翻三轮车跌下来，缝哒三针。"

医生扳过我头看了一眼说："现在还有。"

手机响了，我挂断它。

"接廉。"

"待会儿打过去。"

手机又响了，我瞥一眼挂断了。

"好哒！"她站到了我身前。

盛开的玫瑰将那黄中透红的花瓣如灯光抛撒在她身后，我看见夕阳透过一扇窗，我在屋里，有个小女孩坐在身边堆积木，积木的房子那么高，即使踮脚也够不着。小女孩儿抓住我的手，教我一块块往上放，她摸摸我的头说："炜炜，别怕，塌了再搭。"

"谢谢。"我对医生说。

"有人不？"外面有人喊，如琴键温和敲击。

"来哒！"医生答。

我们走出房间，穿过走廊，我撩起布帘，医生走到外面。我紧随其后，绕过矮柜，迎头撞见声音的主人。她亮黄的呢子大衣下摆到双膝，扶着小腹，尽管头发散下来挡了半张脸，我还是认出了她，肖雨婷。

低头绕过她出门跑吧？

"你在这里搞啥子？嘟个不去上课？"她已经发现我，抬起头，紧蹙的眉毛扬起。

我要用眼睛被划伤的那个谎言吗？可知道真相的向医生就在身旁。

"我……""莫想用这种鬼话骗我，我都晓得。"世界突然变得清晰，胶带脱离了皮肉带给我些许的疼痛感，她扯下了我的眼罩，左眼暴露，就像烙印于面的铁具被人强行揭下，自己最卑鄙Off龌龊下贱无耻的一面展现在大庭广众之下。

"江离给你说的？"

"你管哪个说的！"

我抓住眼罩想拿回来，可她两只手一齐拽住不肯放开，我用另一只手掰开她的指头，不假思索用力一拉。"啊！"她捂住手瞪我。

"看么子看？"

"你看我不给你爸说。"

"你还是小娃儿告状？你哪个哟？我要你管？"

"我是你姐！"

"我姐？呵，那我们来算一算这个关系，你姓凌？还是你爸姓凌？那这个关系确实远得很咯，对哒，我现在姓凌，早改姓哒！"

她看着我，然后眼神游移，最后低下头。她退到门口，说："医生，我走哒哈，麻烦您哒。"

"你不是要看病的唛"医生问。

"没得好大个事，现在好多哒。"

不等医生再说话，她跳下诊所前的台阶，像欢唱的百灵鸟，左拐，走了。

"快上去看哈，她肯定是身体不舒服。"医生说。

我望着医生，说："我真想一直跟您谈，谈滨江公园，谈白山坡、七码头，还有好多好多的地方。我——嗯——嘟个说吧——啧！唉，我也说不清白，我就想一直跟您谈这个事，一直谈，一直谈。您忙哈，我先走哒！"我扭头跑出诊所，想起昨晚燕于远问我是否同意他们的计划的那张脸：眼睛鼓圆，两颊的肉抖立，牙齿参差毕露，野性从瞳仁脱缰而出。我刚才对肖肖是这样吗？

世事总是出人意料、荒诞不经。搬走前，那个染暗红头发、拖大行李箱的干瘪的女人出现在我眼前，我完全愣住了。我问："请问您找谁？"然而她未开口，站在她身后的那个无论如何也遮挡不住的男人就如山岳般迈向我，站到我跟前。我仰起头，直埋进他粗糙而雄健的阴影里。

"你是尾巴儿？"他问。

我惊异于他一口含混的外地口音，也不堪于他如此亲切地称呼。"啊，是，你找哪个？"

他伸出手，抚弄我的头发。"长得挺俊啊，就是太瘦小了。"

那个女人也走上前，仿佛未读出我脸上的陌生和不满，攀住我的肩，径直往屋里带，还笑吟吟地问东问西，似乎她才是殷勤招待来客的主人。"妈！"她尖利的声音像要剜破耳膜，我从前听见过吗？

外婆走出来，慌慌忙忙地说："凌玲哪？嘟个楞个快就到屋了她？也不提前打个电话，饭都没弄。"

"弄个么子哦，随便吃点就是。"

"妈。"那个男人跟着叫了声。

我奇怪他为什么不上去抚摸外婆的头发。

"这是小校唠？"外婆问完，又转头板起脸孔对我说，"喊哒叔叔没得？"

"叔叔。"我叫了声。

"乖。"

这回答真蠢得可以，我真想说乖他妈。

那个女人也看着我，不知在笑些什么。他们环坐在大厅开始聊起来。我出于礼貌陪坐片刻后，便进到小房间里，无聊地摆弄起照片。照片压在柜子上的一块玻璃下，我很喜欢它们，有一张是五六岁的我戴毛线圆帽蹬一辆三轮小车，鞋子向前，看起来比我乐圆了的脸还大。过了一会儿，我听到脚步声，那个女人走到我身边，攀住我的肩，以一副体谅我理解我的姿态说："尾巴儿，外婆个要走哒咂，这两天你还是态度好点，过一向就没得事哒。"

我全身像起了疹子一样，一股股寒意从脚底冒上来，熟人才这么叫我，今天却被不知道哪里冒出来的两个家伙叫了两次，我觉得恶心。我摩挲着玻璃回答："我晓得。"

一切都显得模棱两可，却自然而然。自然而然地，外婆消失了，自然而然地，我妈和小校搬入了新寓所。新寓所在镇子大街的另一头，属于外婆老一辈的亲戚。商定月租的几日后，我们便搬了进去。我落在后边，拖一大口袋我认为须随身携带和亲手布置的物品，从菜市场旁边的小巷子进去，老旧的楼房下既阴暗又潮湿，还有许多通向黑色木楼底下、狭窄扭曲的巷子。没有电梯，爬上六楼，在廊道里相对的两间屋子前站住。我认得左边的屋子，小时候常来玩，那个家里有许多小孩子，欢喜热闹，然而此时屋门紧闭，显得冷清，他们被接到城里读书了。我敲敲右边屋子的门，妈打开门让我进去。

活了十多年对首次乔迁会憧憬，此话不假。他们给我单独的卧室，尽管半边堆满散发难闻气味的杂物，但我依然满意。一扇窗子引进阳光，窗外山川相缪。置书桌于窗前，把漂亮的书挨着墙壁斜码在桌上。买一盆花摆在窗沿，希冀寒来暑往花香盈房。一张窄床靠着书桌，累了便往侧一倒酣然休息。完美极了！

然而我清楚地感觉到天空的锅盖下那压抑不尽的蒸腾，就像用刷子来回刷黏在开裂的头皮里的沙子似的，又像爪子探到心房，有一块尖利的甲片，刺着、刺着，将肉乎乎的心脏刺大又放开。两个刻薄的人处同一屋檐下能和平共处吗？我讨厌她干枯蓬乱的暗红色的头发，讨厌她骂我时的尖利的嗓音，讨厌她驼着背端着饭坐在凳子上，一边抖腿、吸鼻子，一边莫名微笑地盯着我进屋。她在我就不自在，我想一个人。

她说："你跟你老汉儿一个卵样，看到就讨嫌，天生背时命，这门儿不成器那门儿不成器，这门儿赔那门儿赔。"

她说："下次你爸打电话来你就找他要钱，这个龟儿子一年才给你好多钱哪？"

"一天都是钱，你自己找他要噻。"

她说："是要钱噻！你上学不要钱是不？你一天吃饭不要钱是不？我给他打么子，这又不是我的事，你是该找他要钱噻！他不给钱你认他做么子？你看陈义，他老汉不养他，他认不认他老汉啊，他老汉回来他个直接叫他滚！"

"我还是第一次看到有人楞个教娃儿的。"

她说："是，我是教得不好，哪个教得好你滚到那儿去就是的。我给你说，做人还是凭良心，你个问问你自己，你啷个跟你外婆也合不来哟？你……"

她说："滚！"她把我推到门外，轰地关上门，任我使劲敲打、飞踹，门就是不开。我漫步下了楼梯，不看那些夜里十二点的小巷，走到大街上，小镇已然酣睡，

留下一家麻将声琳琅的茶馆，路往黑暗处分叉。七八岁那会儿，我在外面玩得晚了，回家外婆不让我进屋，我可害怕了，可一直拍着拍着门就开了。外婆还给我讲，妈和爸是初中同学，爸就坐在妈的后面，天天踢妈的凳子拉扯她的头发，长大了他们就在一起了。我从麻将馆旁边走入老街，上个世纪的街道沿着山腹九曲十八弯，够四个人并排，支脉歧出，有的通往山上荒坟，有的通往河坝，有的房子是空置的木头，有的已换新成两三层的水泥。碎石板在脚下窸窣，饿极的老鼠翻找门口沟沿的污物，反光它们的皮毛。尽管黑灯瞎火，但我并不以为碍，上幼儿园和小学的时

候，我要么走河坝，要么就瘥条路。

水声渐渐大了，街道离河流近了，这一段恰是险滩。我敲敲街侧的木板门，没人应。我捶两下，有人在里面喊："哪个？"手电筒的灯光通过门缝闪来闪去，眼睛稍微适应，能借光看见一些东西了。我望向右边，我刚经过的地方，是一个弯儿，窈窈冥冥的两层小楼的暗影被一截为二，可见不可见的分界像一张薄幕，若那头伸出手，一撩便开。我望望左边，是一个坡，在凹凹凸凸的暗影的夹峙中向下，变窄，越深……我又捶了两下门，喊着："开门，是我！"

门吱呀一声开了，吴四宝只穿着一条裤衩，露出精瘦的躯干，他把着门问："我还以为徐东他们，搞啥子？"

我从他把门的胳膊下钻进屋。堂屋黑洞洞的，通往后院的门开着，左边有一间卧房，亮着微光。我走进狭窄的卧房，墙壁贴了报纸，灯泡在窗根前挂着，满屋子烟味儿，蚊帐挂在床两头，对面的小电视机长长地举着天线，随着屏幕上移动的芝麻杠鼓鼓地叫。

我问："你老汉她？"

他走进卧房说："打麻将，没回来。"他关了电视，从烟盒抽了一根烟点上，吐出烟雾。我跟着他抽了一根，自认酷酷地叼进嘴里，牙齿碰一下，它就颠一下。四宝把打火机端到烟尾，我往火口凑了凑，等着他打燃。

"你要作打死。"

他眼睛向上觑着我，突然说。我不解。他含住烟，空出来的手伸到烟尾和打火机火口说："别个给你点烟的时候儿，你要楞个。"他屈着没拿打火机的手的手指，手掌立着，呈一个半圆形，护住火口和烟尾。他放下手，我右手立即接替。打火机喷出一注绿色的跳动的小东西，烟尾就像灶里窝堆的干草中被扔进一粒火石。"吸。"三宝说。我吸了一口，干草热烈地燃起来，手还来不及夹住烟头，我就剧烈地咳嗽，嗓子干干的。

"看我。"四宝吸了一口烟，转瞬，鼻子旋转出淡蓝色的烟气，像一架爬升的螺旋走廊，散去。我狠狠吸一口，闭嘴想用鼻子呼出来，烟气却哧溜顺着气管流进胸膛，脑子吹过一阵烟雾，一阵恍惚。我说："脑壳晕。"

"再来两口你就醉哒，抽烟也是要醉的。抽假烟就行，莫吸进去。"

"啥叫抽假烟？"

"在嘴巴里头包一下，莫吸。"

"抽烟也可以抽醉，神得很。"

我们靠着桌子，两条腿架在一起，吸，吐，听身体极度放松，胸膛瞬间垮塌，将烟雾吐出来的声音。四宝吐出漂亮的淡蓝色烟圈，我只能在嘴里包一包，吐出混沌。嗓子干得难受，我近乎产生痞子的潇洒感。我问："赢了多少钱？"

"几十块。"

"扯金花儿？"

"嗯。"

"在你这儿睡一晚上得行不？"

"要是要得。你哪个不回去睡？"

"想找你玩。"

"要得。早点睡，明天早上我请你去吃油饼。"

他将烟杆灭在桌上，把床上散乱的扑克牌扒一起，捧到桌上。我灭了烟，把烟头弹到地上，脱了衣服裤子，剩一件汗衫和裤衩跳上床，拿薄被子盖住自己睡到里侧。他关了灯，被子里像钻入了一条泥鳅。黑暗的上方满是出现又消失的点点。我的脚被他踢了一下，他说："等你睡着哒，我要用水彩笔给你鸡鸡画个彩虹。"

"有种你试哈。"

第二天上完课我照旧回家，门开着，她跷着二郎腿，在客厅桌子旁吃饭，我进厨房打了饭坐在桌子旁，像什么事也没发生。

有一天她突然神神秘秘地问我："尾巴儿，你觉得校叔叔哪个样？"

"还可以。"我说。

"但这个人是不是没得文化？太粗鲁哒，也太懒哒。"她像自我确认一样，又像在探讨不为人知的隐秘，一边叹息一边深以为然，陶醉其中。

我倍感好奇，她期待我如何作答？搬进新寓所不久，小校便被外公引荐到煤窑干活去了，同时跟在外公身边学习电工手艺。起初据说小校倒把推小车之类的活计做得风生水起有劲来力，但渐渐我便从外公偶尔来的电话里探听到一些消息，说小校在煤窑上和女人打情骂俏，又听他仗一身腱子肉在人前要横撒泼，也终于暴露了他好吃懒做的性格。班上女同学说，镇上没有一个男人没搞过婚外情没找过小三，难道外来人亦不能免俗？

那个干瘦的男人出现在眼前，我一阵错愕。或许先是不明所以，然后才觉错愕。我看见他们搂抱在一起，他把她推到墙角，迎上窗外的青天白日，开始舔她，用抽动的舌头，舔她刚剪短染成焦黄的头发，舔她的耳垂、面颊、锁骨、被撩起的汗衫下的肚脐。她画了很浓的妆，此时已经花了，黑色的线条歪歪扭扭地拉到眼角，她哼哼喘息，每舔一下就抽动一次，像美丽的水一股股地从腹部涌入嘴里。她一次次喘息低头看那舔舐的动作，一次次痛苦地随抽动闭眼又不由自主地睁开飘向天顶——门把发出越来越大的响声，手已经不听使唤了，进门往左拧了一下，觉得不对称又往右拧了一下，这是一，应该有二，于是再左拧，再右拧，两回都是先往左边拧再右拧，该有两回先往右边拧再左拧,右拧,左拧,右拧左拧右拧左拧左拧右拧,手烙上门把追逐脑中想法,响声如疯狂跃动的乱码,我压根儿不想停。我在惊恐和焦虑中看见他们跑过来将我的手拽离门把,我开始抠指甲,右手食指的甲片伸入左手拇指的缝,左手食指伸入右手拇指的缝,指甲先白再红,左右,左右,右左,右左,左右右左,渗出血了。谁扳起我的头,将一瓶无色液体倒置在眼球上,咕噜噜泼下来,我在酒香弥漫中睁着眼享受加深的平静。他们说:"好哒,好哒,没事哒,用纸擦哈。"视网膜上那个男人由很多张膜拼加,曲线和楞移动、互变,他一会儿滚成球,一会儿如干死的树妖,用沙哑的喉咙说:"你就是尾巴儿废?"

虚伪啊,即使心里已经确认了,却还要假模假式地问这么一句。

她走上前,忙不迭地说:"快点叫甘叔叔。"

"甘叔叔好。"我握着兀自颤抖的手恭敬有礼地喊。

"来来来,坐到吃饭。才放学饿哒是不是?"小甘殷勤地招呼,这里成了他的家。

初始时,他们也商量着防备某些突如其来的变故,似乎担心小校某天回来闹。我不知道小校是否会杀回来,但我想凭小甘的身子骨怕是无法抵御的,但我觉得我可以,我在床铺下放了把刀子,夜夜枕着它睡,如果真的到了不可开交无法讲理的那一刻,我会趁他们吵闹时拿着刀绕到他身后,狠而准,先废了他的腿而又不至于要了他的命,我知道大动脉的位置,我会嚣张跋扈宛如一尊疯了的杀神,我甚至已经想好了说辞:"你他妈好好说不得行啊?哪个要动手?以为我们好欺负是不?"

小校蒸发了,杳无河热血沸腾的刺杀计划没有实施。

从此,小甘就住在了这间屋子里,他渐渐地站到了她的一边,总教训我说:"欸,你哪个楞个跟你妈说话欸,即使她不对你也不能楞个说噻。"虚伪啊,他一开始采取与我亲近的策略,其实即使不那样做也于他们无碍。但是,这并未对我产生多大的影响,毕竟我多数时间在学校,在屋里不常待。

对面屋子的老太太每次回到镇上,总要把屋子门口的杂物清点一番。她通常到走廊里,一边整理那一堆杂物,一边自语道:"是哪个又偷哒我的木板子,用哒我的棉花,这些要死的,以为我不晓得,莫等我捉到起……"喋喋不休嘈嘈切切,楼上楼下人尽皆知。有一次我听见妈对着外婆打来的电话辩解说:"我哪拿她东西噻,那个死老婆子一天烦死人……"

我无权介入其中,但想来其间明争暗斗必是异常曲折而激烈。当某天老太婆吵吵嚷嚷推门而进拦都拦不住时,我不打照面就直接躲进了我的房间。

"凌玲,我好好的东西放那儿你哪个要去动它欸?"老太婆说。

"您哪,我哪儿动您东西嘛!"

"这层楼就你一家住,我每个月回来清点一次,确确实实地少了是事实噻。拿哒就拿哒嘛,你哪个还不承认?"

"我说没动就没动得,我用您东西肯定给您说! 我不管你去找哪个,你莫来找我就行哒。"

躺在床上听着门墙无法阻隔的吵嚷,尖细而浑浊的声音搅扰戳捣我的脑髓。那老婆子号起来,然后一阵乱七八糟的吵闹。我把头埋进枕头里在床上直滚。我实在忍不住了,冲出去对老婆子咆哮:"用你个东西哪个? 反正你堆那里也是当垃圾甩哒的! 闹闹闹,闹个屁闹!"

她怔怔的,反而是我妈像被踩到了尾巴一样责备我:"你哪个楞个对婆婆说话? 无法无天!"

这件事消停下来了。被告知收拾东西准备搬家时,我并未感到仓促。我把辛辛苦苦从旧居带到新寓所的东西扔了只留下轻便的装进袋子,我告别窗外的青山绿水,嫌麻烦也扔了那盆花。唯一让我想不到的是妈和小甘突然决定离开,她告诉我以后外公带我,要我听话。

新寓所在街上头更远的地方,依傍小山丘,属于另一个亲戚的。主人只租给了我们一间卧房。我最爱在饭后爬到后面的小山丘上,迎清风踏软泥,在漫坡的五彩斑斓的花丛里俯瞰小镇。清风徐来,花簇齐齐颤动,如一曲神秘之歌。我知道寂寞的山丘上住着一位仙子,正是她唱着这曲安宁之歌,还指给我看山山环绕下那天空的辽远,那时有思念的人,我感到别样的幸福。

时间是一个轮回吗? 为何走着走着便回到了原地? 当我考进小城的高中,敲响另一个屋子的门,不禁如此感叹。门开了,红光满面的外婆走出来,慌急而高兴地给我拿来拖鞋换上,叫我赶紧进屋休息。不,时间怎会是轮回? 变的不仅是年月,还有人心。许久未见,我略显拘谨却也高兴地叫了声外婆,然后走了进去。

离开了诊所,我从学校后的山坡抄便道回了家。屋里很干净,纤尘不染,瓷砖铺成的地面光亮白洁。

我换了拖鞋进屋。外婆听见响动走到外屋。她问:"哪个这个时候回来哒咽?"

"回来拿两本书,学校有用。"

里屋通往外屋的门边有一架木梯,楼梯下方角落有张写字台,我走进里屋坐到写字台前打开台灯。我拿着笔,铺开纸,我想我应该做些事情。

我拿起一本书,翻开第一页,书页很有质感,再翻第二页,第三页……哗啦哗啦,心里像有风卷起了一片叶子。我放回书,静静坐着。好像起了风暴。等啊等,风暴将海洋卷出了一个黑色的漩涡,一层层浪,拥挤的奔马通往从未见天日的海底。我抖抖索索地拿着笔,笔尖触纸,刹那间风暴尽去。漩涡尽处竟是泥淖,把我拖进去裹住我,使我窒息恍惚。我抱紧头,想把目光调离狂卷的漩涡,却迷迷瞪瞪疲惫得几乎入睡。

"去端桌子。"

里屋后就是厨房,"唰唰"的锅铲声,夹着外婆的声音。

"去拿筷子。"

我顶讨厌这种语气。

"你还吃饭不?"外婆喊。

要是我说不吃呢? 可一还是先吃饭吧,等吃完饭外婆出去打麻将屋里安静了,我就一定会写出一些什么的。

我端了桌子拿了筷子,外婆也坐到了桌前。

"你这一阵子好好努力,最后一点时间哒。"

"嗯,我晓得。"灵感,我需要灵感!

"考不起好大学,差的是不得给你钱读的。"

"嗯。",快想,快想!

"你莫只晓得嗯哪嗯的,自己屋头条件自己晓得。"

"是的呀! 我晓得。"

"你还莫不耐烦。你娃儿就是说不得,一说就这个态度。"

"我晓得该咹个弄啊!"

"是,你是晓得。不听劝反正挨天遭的是你自己,你以为有我们么子事哦?"

"你说半天啥子事都没说。就是嘛,没得你们的事还管么子?"

一点灵光在心里飘了,尽管它那么轻柔还抓不住,但一定可以的。我又有一股子冲动和激管了,尽管说不出来是什么,但我想动笔!

我扒完饭,立即坐到书桌前,握着笔,笔尖一点点近了,可——我快疯了,我惬得想吐血! 为什么笔尖一触纸就变成了一坨需我竭尽全力才可划痕的铁锤? 因为开头是难的? 因为全部是难的? 难道每次握笔都会耗尽心血?

"上午你妈打电话来说你连她电话都不肯接——"

"我未必不上课一天等到接她电话废?"永远永远,被牵着鼻子,被一个生活卷起的旋涡,搞得万劫不复! 无能为力啊! 挽回些什么? 无可挽回!

"你下午还是给她打个电话噻,她也不容易,以后还不是要指望你?"

"莫指望我,不晓得靠自己啊? 她指望我我指望哪个?"

"你莫说我一天嘴巴多,你看你说的么子话。你娃儿咹个楞个说? 她再咹个还是你妈噻! 你晓得吧,她和你那个李叔叔作抓哒嗯! 你妈才放出来就找我们借钱要去把你那个叔叔取出来。"

"作抓哒？"我转过身望着洗碗的外婆。

"说是卖么子高仿的鞋子，结果就作抓哒！"

"活该！违法的事她也做！"

外婆转过身，斥责我："你啷个楞个说你妈他？她做得再啷个不对还是你妈嘛！"

"我啷个不可以说欸？她做得不对我就是可以说！几十岁的人哒不安个心，到处跑，看哈这两年跑哒好多个地方，随便打个工楞个多年就存得到不少钱。这哈搞得好，钱没存到自己倒进去哒，这是往我身上抹黑！你们还借她钱做么子，就是要吃点苦头她心里头才得有数！"

"她往你身上抹黑，抹么子黑呀？是是是，我们不该借，我们借个钱还借错哒！"外婆转过身刷碗，每刷一下都用那么大劲儿。水溅起来，绽上她的衣袖。看着她的背影，我想到这间干净的屋子，她的一生似乎都投入到了这家庭琐屑的家务之中。为什么我要如此冲撞她呢？为什么我不能心平气和地说话，即使有所不和，我也该敷衍过去而不该直言顶撞。可是，敷衍有用吗？

"哪个叔叔？"

"以前那个甘家娃儿，不成器，到处借钱搞这样那样，找你舅舅也借哒好几万，现在账还是你妈背起的嘛，你妈早把他看透哒。后来进厂的时候，有个么子主任，四川那边的，屋头有钱，以前还都么子大学毕业的，处哒两天，人也还可以。"

"然后就好上哒。也是离哒婚的嗷"

"嗯，屋头有个女儿读高中，长得也乖，你妈还说，你以后直接跟那个女娃儿结婚，免得以后分财产还麻烦，你莫不识好，你妈也是为你好，找个有钱的，你妈打工不用楞个累，你往后也轻松。"外婆不觉笑了一下，又感叹道，"如果这次不出事多好。"

我坐在桌前皱紧眉头，佯装全神贯注于案头信纸。

"还说放假那个女娃儿去他们那边，李家娃儿叫她开车来接你一路，你们两个认识一哈，唉，不出这个事就好哒。"

我咳咳嗓子抵住抽咽，真难受，喉头一抽一抽的，水想从眼角挤出来，我却强迫自己不发出声音，真难受。我想大哭一场。

外婆洗完碗筷出门打麻将去了。屋子只剩下安静，我轻轻地拉上窗帘，阴阴的光就随着午时曲街市的人声涨涨退退。我逆光而坐。

脆弱地躺下，手轻轻地抚着小腹。嘴里吐出热气闷了自己，有气无力。紧贴着椅背的衣服带着我向下一滑，"噌"，又一声"噌"，一种酥酥的暖暖的东西覆盖在骨骼上，如网。我发现了，这一出人性永不得拯救的悲哀，我不是天才，我做不来。

脑子又疼起来，钻心！耳朵里嗡嗡声纠缠不清！

我是不是快死了？死了也好！可是，可是我总得留下些什么！我要写一封情书，是，我要写一封情书，用我所有的文采和爱！

我铺展信笺，努力不让拿笔的手颤抖，可这不争气的手老是不听话。我把右手张开按在桌上，左手攥拳狠狠向它一捶——书本都跳起来了，台灯也闪了一下！右手终于驯服，不不不，它像死了一样！哈哈，贱人就该治治！可以了吧？满意了吧？我再拿起笔，虽然有些生涩，但终于不抖了。

"亲爱的青青"，我写下。

可真要这样称呼吗？有什么关系，跟着心走吧。

亲爱的青青：

请允许我这样称呼你，因为我毕生最大的心愿就是可以当面如此亲切地叫你啊，既然现实中无法实现，那就让我在信中想象你在我身前，我如此暧昧、甜蜜、大胆而热烈地唤你的名字吧！

请原谅我可能时不时流露出放肆而大胆的言语，因为我就要死了。我在一盏台灯下给你写信，微弱的光打在纸上和脸上，狭小屋子四面黑暗的潮水包围我。我头痛欲裂，一股流泉想要从脑袋里喷薄而出打湿信纸，那耳朵里永不止息的轰鸣不正是证明吗？那是从我的灵魂斩断截流的！我不知我的生命之光是否足够明亮支撑我写完这一封信，倘若能，我怕我会跪下来叩几个响头感谢我从未相信过的上苍，倘若不能那也是命啊！

是幻觉吗？你真的现身于我侧旁，紧靠我在同一张椅子上坐下。尽管你沉默无语，但你和蔼而温煦地笑着，姣好的面庞温柔如水，你的眼亲切而俏皮地盯着我，还有你的身子——我简直碰也不敢碰，定是柔弱得叫我魂销而魄摇！我怎么敢碰呢？我将把你供上神龛。可我知道那不是你，你从未靠近过我，更遑论碰触我，但我还是祈求，美的幻觉啊，请停一停吧！

我在哪一天遇见你的？我是怎样遇见你的？天啊，我蠢到无以复加，我居然无法记起第一次见你的情形。脑海里万千画面交相闪烁，可我无法用时间排给他们顺序！是我重新发现湛蓝天空的那一天吗？那时风轻云淡，闲歇草坪，天蓝醉眼。你那一张漂亮的脸突然就嵌进我的眼眶，从此相框就再也舍不得相片。你说："你是凌炜不？"我那么呆，脑海空空如也，就那样傻傻看着你不发一言！你嗔怪道："看么子看，给你，你姐的信！"原来你是替肖肖送信给我的，那时候你们读一个班，信上面画了一只可爱的乌龟，不用想也知道你们在某处大笑了。但真是那一天吗？难道不该是你到我们班上来找袁欣欣的那一天？不该是你倚靠阑干远眺的那一天？我真的记不清了！有关你的每一幕都无比重要，不分高下不分彼此，缠绵一团在我愚笨的脑子里不停地转！我还是爱你的呀，你是否相信人生中有那么一刹那的感觉会烙进一个人的心中湮灭他所有的念想和一生的渴盼？我相信！因为曾有那么一天，你一定穿的是藏青的牛仔装，踮脚探头向蓝天，刘海飘起来，英姿飒爽、美丽可人，像午夜初醒令人飘摇的梦——之后我再无其他念想和渴盼！从前从未见你、遇你、知道你，但那一刻之后，世界就全是你了！

　　我要死了，在死亡面前我的笔钝了，一如在爱情面前正如你所言我那一张灿若莲花的嘴哑了，自作聪明的脑袋木了！这征兆在爱情的初始便已显露端倪。每天上学放学我都搜寻着你的身影，再也容不得其他。一见到你我便逗引朋友追我，我哈哈大笑状若疯癫地从你身边跑过，全然不像平常的自己！然后朋友摔倒了，滑出好几米，我却在不远处肆意嘲弄他的笨拙。我根本未考虑你会作何感想，我只知道，你该看见我了，你一定看见我了！每天除了想你我便无所在乎了，课上想，课下想，无时无刻不在想！每个日落，我都坐在窗台边，等待你从校门迈来的静好而轻快的脚步。每次上课，当我听见外面操场上喊口令的声音，我都禁不住想是不是你在上体育课。有一次我心不在焉被语文老师发现了，她叫我起来回答问题，叫了三四遍，直到同桌在底下踩我的脚我才缓过神来，所有的人都望着我。突兀地我头脑一热灵光一闪，说："老师，对不起，我走神哒。我自罚到操场跑十圈！"不等老师回答我就在大家惊愕的目光中向外走。可老师叫住我，忍俊不禁，说："哪个让你跑十圈哒，回来，你娃儿聪明哈。坐下来给我好好听课，不准有下次！"我哪里聪明？如果聪明怎么会见不到你？撤销惩罚并不能令我高兴，我满腹失望，我是真的想出去跑十圈啊！我可以看看是不是你在上体育课，我可以来来回回搜寻你，你也会看见我！我绝对不会偷懒，我会跑得大汗淋漓气喘吁吁，因为你在看我啊，你会看见一个人在操场上跑十圈，这个人你见过，是你好朋友的弟弟！你也一定会把这件事告诉肖肖，你们会谈论我，你的嘴上会挂着我的名字，你会谈论我啊！

　　我就是这么傻。有一天我在街上走着，仿佛看见你在一家超市里买东西。我跑回家里，新洗了头发使它耷拉下来，摘了眼镜，照照镜子觉得自己很酷后又跑到街上，在那家店前来来回回地走，总觉得你会看见那时自以为很酷的我。我把走动的范围再次扩大，就算你已出了超市也会有很大的几率看见我的吧。可摘掉眼镜的我什么也看不清啊，就像活在一个朦胧的世界，抓不住任何东西。不瞒你说，我被车撞啦！我以为前面那一身藏青色牛仔装的人是你，所以我突然横穿马路朝前跑，我想假装急于回家赶到你前面。可我突然就飞了，甚至没有意识到，没恐惧没痛楚只看到一连串莫名的影像瞬间出现瞬间消失——我被身后的一辆车撞飞了！我飞了一段摔下来再滚了几圈。直到周围的人把我围起来，司机焦头烂额地扶起我卷起我的衣服脱掉我的裤子时，我才有所反应。幸运的是并无大碍，不，丝毫无碍。所以你无须自责，与你无关，完全是我自作自受，相反，我还得感谢你呢，我不是在说胡话或者安慰你，我要谢谢你让我体验了一次被车撞的感觉，并且神奇地毫发无伤！我拍掉司机的手，像只没头苍蝇一样转个圈拨开人群离开，想着这样丢脸的事不能让你看见。可当我走了一段后我才发现方向竟然反了！但我不好意思再往回走，遇见刚才围观的人我会感到尴尬，于是我下了街道沿着镇子边的河流绕回去。

请不要笑，尽管那时的我们十五六岁，被人称作处在幼稚的年纪。但你要知道，感觉之间并无高下，只有强烈之分。我爱上你的那一刻，那一刻的感觉，的的确确直击心灵使我神魂颠倒意志崩散！感觉无所谓高尚或卑微，无所谓伟大与幼稚，我只感到是的，就是你这样一个人，我要去爱！我知道，那时的你也爱过别人，你大概曾满怀信心，觉得你们的爱必将天长地久，即使毕业后天涯海角分隔两地，但你们终将在矢志不渝的爱情中于几年后重逢，他将为你戴上闪亮的戒指，同你走进婚姻的殿堂，你们将得到亲朋好友的祝福。现在你早已和那人分开了，在这几年中你也遇见另外一些人了吧，你每一次被新的爱瓦解又包围时，你又不可自拔地陷入对新的他的深深眷恋，你会嘲笑过去每一次的天真和浪漫，甚至终有一天，当你处在与再一个他的恋情的开端，你连此时的执子之手与子偕老的誓言都会为之悲哀，或许你感到梦幻空花，繁华逝尽又是一个人！但你要相信，我爱上你的那一刻，那一刻的感觉，让这世界失色！让我再也无法把你忘记！只要想起你，那感觉就再次涌出来使我浑身战栗火烧火燎精神恍惚！

人之将死其言也善，所以请宽容我如此脆弱与悲伤像个遭人遗弃的小女人一般喋喋不休吧，因为那是我撕开自己的眸子，取出所有的梦想，是我剖开自己的胸膛，捧出鲜红跳动的心脏，向你倾吐的我所有真挚而缠绵的爱呀——那么滚烫，那么炽烈，让我在阴郁中感到希望的光！

少男少女的心事总不禁藏，秘密不胫而走。然而我是幸运的，所有的人都尽力帮助我，我第一次感到了上天的眷顾。你的表姐——我的班长——袁欣欣。你知道，人情淡寡，就算袁欣欣是你表姐我也不敢随意吐露，我还唤肖肖为姐呢，可我和她有什么切实的关系？只是因为她的爸妈和我的爸妈相互认识，才仗着年纪比我大要我叫的。有一次袁欣欣问我："你喜欢青青？"我说："啊？哪个乱说！"她说："那算了。"可在我否定的当晚，我躺在床上辗转反侧，彻夜难眠，我设想倘若我承认之后会如何呢，她会不会向你介绍我们就成为朋友了？我就能亲近你，跟在你身边，陪你上学放学，陪你说话，陪你在学校吃晚饭？我一夜没睡。第二天我黑着眼圈对她说了实话，但她并未如我预想中表现出又惊又乐的神色，反而皱紧眉头，颇为费力地说："难！"我从她口中得知你的家事，我不能想象，为何你会有那样一个奶奶带着你呢？日复一日年复一年地把你关在屋子里，不许你离开半步。没有亲兄妹的你该是怎样孤孤单单地熬着日子啊！她又是怎样苛刻你、命令你、管制你，叫你备受委屈和折磨？你那该死的父母怎能逍遥在外对你艰苦的处境坐视不理呢？对不起，无论如何他们也是你的父母，我不该用"该死"这样的字眼诟病他们。

也许从那时起我就认为自己该为你背负一些东西吧——一厢情愿！

幸运的我还有肖肖，那个你称她老公、她叫你老婆的人。那时的闺蜜间流行这样的称谓，我本该见怪不怪，但我却对她无比嫉妒！她给我讲你过去的故事，讲你和那人在一起，讲你第一次拥抱。请不要责怪她嘴不严实将你的事和盘托出，因为我就像个小孩子一样觍着脸哀求她或者赌气不搭理她，她实在忍受不了我的啰里吧唆才通通告诉了我。但你要相信我并不介意你的过去，但巨细无遗我只渴望知道！可是啊，我想像器宇轩昂的那人，英俊潇洒的那人，他那样用力地抱紧你睥睨我！我自怨自艾，我愈加仇恨自己的相貌，厌恶自己的身材，恨不得撕碎自己！那自卑和悲哀叫我成天唉声叹气无精打采。

欣欣每晚会把你叫到我们教室外面，你们看星星看月亮，而我躲在教室的窗帘后看你。我也曾试图鼓足勇气走到你们面前插一两句话，但我胆小如鼠畏畏缩缩，走到教室门口便止步不前。我犹豫什么？害怕什么？同学们善意地嘲笑我，把我往外推，我杵着脚抵抗，但我怎敌得过那么多的人和那么大的力量？所以我就没羞没臊地哭啦，像个小孩子一样哇哇地哭啦！同学们惊呆了，因为谁也没见过我哭，怎样的惩罚或者羞辱我都没哭过，我宁愿咬破嘴唇憋着抽噎背过气去，尽管胸腔憋得难受，柔软的眼泪变成了针在眼角挑！但那时我哭了，大庭广众之下哭了。大家放开我，抱歉地安慰我，但真的不是他们的错！而是我，越靠近你越手足无措，越靠近你越有一种惶恐！况且，你又会怎样尴尬而气恼地在我面前沉默或者逃离？我向大家摆摆手说没事，坐到座位上擦着眼泪。欣欣进来见我脸上的泪痕，问清楚原因后她叹口气，却不再跺着脚怪我不懂得把握机会了。你不知道吧，我偷偷地躲在教室后看你，像做贼一样的卑微。通常两人彼此照面的时间是相等的，但你不知道吧，也许你用眼看见我、用心认识我的时间总共有半年，但我用眼看着你、用心感受你从我遇见你的那一刻直至现在！

现在我大概明白了，我是害怕拒绝，害怕失望，害怕不被你爱呀！

　　但那天之后你便再也不到我们教室外面来了。

　　我那样惶惶不可终日！可愚蠢与癫狂的我究竟干了些什么！现在想起便叫我羞赧与惭愧！晨光熹微，当所有人都还在梦乡的时候，我却于凛凛霜晨中在你家外面巷子的尽头哆嗦着走来走去。你家小楼二层的灯光亮了，那是清晨唯一带给我温暖的火把。兴奋的我痴痴地仰望那扇窗户，希望看见你清丽的影子，我竖起耳朵，不愿遗漏任何有关你的声音。许是我粗心大意了，竟让你看见我了！但你又迅速地缩回壕首。我犹豫不决，走也不是留也不是。然而我的犹豫显然是多余的，我没有在踯躅中等到你，你根本对我不管不顾，直接从另一侧的门离开了。直到要上课时，我才意识到已经等不来你了！我惊扰你了，你讨厌我了？我失魂落魄，悲痛欲绝，我就像患了绝症的病人，我有气无力地咯却咯不出血！一双手捏住我的心脏使劲地往中间压，心脏简直要爆开。我不知道为什么会有如此强烈的感觉，我愿意把自己比作一条忠诚的狗，现在我充分意识到主人已经抛弃我啦，你已经把我赶出了家门，再也不会接纳我了。你不理解我的悲哀，如果你能，善良的你一定不会做出这种看似稀松平常于我却残忍至极的事。连连几日后，我就明白我不会等到你的。从小巷里出来的别户人家的小孩子都由不放心的家长带着了，他们看我的眼神那样奇怪。有一次我瞧见一个落单的孩子，我发誓我并没有想要和他攀谈搭讪，我就往前挪了几步，但一个大人突然冲上前忙不迭地摆手说不知道不知道，然后拉着那孩子快步往走去。我看见那大人在小孩儿耳边说了几句话，那小孩子回头惊恐地看了我一眼就跑了，那大人则朝别的方向走了。我只能苦笑，不知不觉中我竟然带给大家这么大的恐惧。

　　后来我搬家了，令人高兴的事情之一就是和你顺路了！我早该领悟到只要我安分守己就不会为自己带来痛苦。我可以在放学的路上遥望你的背影，亦步亦趋直至你走进你家的巷口。但摇摆不定、优柔寡断的我就在别人的鼓励或者说怂恿下趁夜色突兀地从回家路边的草丛里跳出来，你明明惊吓得倒退几步还尖叫了一声，我却像个白痴一样的双手一张拦住你说："不许走，听我说！"你看清是我便镇定下来，问我要说什么。我要说什么呢？我支支吾吾嗳嗳嚅嚅什么也说不出来！在这之前规划的开场白都叫我忘得一干二净！然后你就绕开我，小跑着离开。我没有力气拦住你了，拦住你又怎样呢？你又一次不管不顾地离开了！我真恨我这张嘴，一如你所言，关键时刻一无是处。我回去后便拉出两片嘴唇要把它们死死地压紧，谁叫它们那样笨拙！疼，真疼！但心却好受了。

　　时间是一个杀手也是一位推手。我从未怀疑过自己善良的本质。也曾有那样一个时期，我连选用哪一支笔写字都会感到困难。无论选用哪一支，我似乎都能听见其他的笔的悲伤的心语："我不如他么？唉，果然啊，我只能遭嫌弃。那你就把我锁在冰冷的铁盒子里吧，让我沉默、忧郁，不要担心，其实我享受那沉默和忧郁。"你是不是终于发现其实我不是一个坏人呢？所以渐渐地，你不再刻意躲避我，我跟你打招呼你也会回答。有一次放假，我替肖肖把羽毛球拍还给你。说实话，你家外面的巷子就像一个迷宫，我在屋檐下粪池旁稀泥或石板上恍恍惚惚地奔来奔去，可就是到不了你家楼下。最后终于找到了罢，我紧张不安地敲了敲门。你的奶奶开了门，凶巴巴地问我是不是找你。我说是，我说我是你同学，来还东西。她朝楼上喊袁青青。我听见你答一声，你咚咚地跑下来，看见我后却表现得满脸紧张，你站到门口还掩过门遮挡着。我把球拍还给你，打算说几句话，随便说什么也好，只要听听你的声音。可门吱呀一声就被拉开了，你奶奶拿着扫帚把你拉到一边后冲出来推搡我，她气势汹汹地举起扫帚作势就要打下来！四周邻居的狗也狂吠起来！我害怕极了，脚步一乱一屁股就摔到地上。我连滚带爬地跑啊跑，可那犬吠声却持续不断！哈，那群幸运的狗干嘛要咬我呢？有一个夜晚，我在黢黑的大路上看见两拨人拿着钢管互殴，其中一个背上挨了一管后干巴巴地砸进了旁边的沟里，那群人大概知道出大事了，他们开始玩命地跑，我还认出其中几个是我们学校的学生呢！他们打群架时我一点儿也不怕。尽管我从未凶狠地与人斗殴，可我知道跟这群没有技巧的人干仗只需比狠。比狠？就算谁朝我头上来一棒我连哼也不哼一声！反倒当我满头鲜血，红色的浆液一条一条地垂下来时，那才该我逞凶发狠呢！但当那些狗畜生不停地追我时，我怕啦！眼里一闪而过的全是紧闭的门，世界这么大，可我该往哪里躲呢？谁愿意容我避一避呢？这奔跑何时是个头啊！

之后你一定挨训了吧？你和你奶奶之间是否会有一场争吵？她一定怀疑我居心不良、别有企图！我多想申辩也为你解释。可我没有办法，世界上没有任何一个人了解我，就像我不了解世界上任何一个人。

时光荏苒，晃悠，人来人往，熙攘，我总在如梦似的浮霭里向你遥望。跑过楼梯，我会朝另一侧的你挥挥手，你看不见；我会说我先走了，你听不见。那就让人潮把各自带走吧，人生之路尚长……我们真的就走了。我去哪里找你？多少人擦肩，渐渐熟悉，互道问候，可相聚容易，离别更简单。哪怕至亲好友，一旦关了手机放逐人群，谁又能寻找到？你走了，不上高中，去了宜远。人生会有遗憾，这是免不了的，稍微理性的人就能明白。如果我的人生不出意外的话，它将结束在我二十五岁那年。我不是算命师傅，不迷信命运，这不过是我给自己定下的生命终结的时间罢了。二十五岁是个美丽的年纪，相比于十八岁的稚嫩，它多了几分阅历和思考的成熟，相比于三十岁的疲惫，它多了几分梦想和激情。我恐惧情感的波动和变易，我痛恨可遇而不可得。为这些事，我割过腕儿，可刚划破一点皮就不敢再切下去，太疼了。我想喝安眠药，死得安详而美丽，但没人卖，网上卖褪黑素，据说功效和安眠药差不多，其实就算水和着褪黑素药片将你肚子灌满了溢出喉咙，它也不会让你死，只会让你觉得昏昏沉沉，比醉酒还难受，我试过了，不希望你尝试。听说溺水是一种不错的死法，外人看来溺水者拼命挣扎，其实他只是出于本能，自己意识不到痛苦，但那种死相太难看，全身臃肿，跟个充满气的透明的气球似的。我执着于美，骨感美，丰满美，整洁美，凌乱美，乐观美，颓废类……不包括臃肿。自从我获知大限以后，我就再也没有考虑或者做过那样的事，顶多沉痛哀悼一句：人生会有遗憾，这是免不了的，如果不出意外，二十五岁就够了。

很久很久以前，好像有那么一天，在一间我还未搬走拆除的屋子里，在阳光洒满的阳台前，我靠着竹椅静静地读一本忘了名字的小说。阳台外有一棵老大的槐树，它的叶子延伸到阳台的栏椭边。明亮的光线错乱地飞进来，在古绿古绿的叶子上轻轻浮起，惊起雏鸟扇动翅膀，当我看书看累了，我可以发着呆想念你！我多怀念温暖地活在那样的午后的恬静里，那样的，无忧无虑，活在那美好的有你的记忆里。

然而，意外来了。昨晚，我从楼梯上摔下来，鼻血止也止不住，不知何时便会汇流成河。医生说应该是鼻子周围毛细血管破裂后的正常现象。可我知道不是！但我不能向家里人述说，他们一定会责骂我走路粗心大意，还会致电学校从而得知我逃课的事情，他们会认为狡猾的我用流血苦情计作幌子逃避惩罚！虽然最终事情因病痛症状的凸显将真相大白，他们将带我去医院看病，但倘若真是脑子摔出了毛病，我就得在长久的病痛中忍受治疗的折磨，何况高额的诊治费用令人咋舌，尽管我不想自夸，但善良的我真的不想给大家带来负担！让我在这封信的结尾死去吧，可我还有好多话想对你说！外婆回到家，见我趴在桌上，起初她会严厉地斥责我，问我怎么没去学校。她见我不理不睬无动于衷之后就该来推搡我了，但当我在她的推搡下滚到地上四仰八叉地躺着，露出殷红的血泊，她就再也不会责骂我了，反而会号啕大哭紧紧抱住我，千呼万唤想将我摇醒。台灯依旧亮着，黑暗的潮水依旧将我包围，可终于有人为我哭泣了！尽管我已不在，如若灵魂长存我也该感到幸福，因为那是对我的爱。我无法复生，在世间只剩下僵硬的躯体，别人为我流再多的眼泪我也无以为报啊！

我再也写不下去了！我的光热似乎也跟着笔尖的墨水流走了！等阴阴的光退了，黑暗的潮水变得浓稠的时候，我再也按捺不住，将信揣进兜里，飞跑出去！啊，老天爷的脸当真比翻书还快，前一刻还古井无波，这一刻却阴云密布，你是打算用这种方式表达你对我的怜悯吗？还是嘲讽我摧残我打算寻个适当的时机淋我个透？我边跑边笑，像个疯子，我宁愿做一个疯子，你们把我关起来吧，仅仅提供我吃喝。我什么都做不了，果然，我是一个卑微的人一无能为力啊！

回学校去吧，接着蠕动，像虫一样，一节一节地爬！

我回到宿舍把自己捂在被子里。外面狂风阵起，但听得远远近近的窗户啪啪响，萧杀冲冲，这是暴风雨的前奏。我闭紧眼跪伏在床上，头埋在枕头里。

妈打来一个电话，我挂断了，她发来一条短信："不知你在忙些什么？电话也不接也不回。"

我依然没理。

我听见开门声，一些人走进大厅。我听见宿舍门把转动的声音，有个人靸着鞋走进了房间。

"你把屁股撅起做么子？欠日哦？"那人说。

我平直身体，却不露脸也不说话。

"老艾今天又问我你哪个还不去学校，一天烦死哒。"

他问就问呗，与我何干？我根本不愿听见这些消息。

"他还不晓得你一天在寝室里头睡起，撅起个屁股安逸得很。"

我听见他在宿舍走来走去，不知忙于何事。而外面的大厅又响起理科生的吵闹，叫人心烦意乱。

"欸，我说，你那个事情确实做得不对。"

什么事情？难道对错需要你来评判？我的事你有什么资格插手？

"肖肖也是关心你廉，她问哈你，结果你个把她吼起跑哒！"

肖肖？呵呵，何时你也可以如此称呼她了？她都告诉你了？原来如此，其实你们才亲密无间吧？

"这两天你是没上学，所以看不到，但我看在眼里的。人家这几天笑都笑得少哒，一天闷闷地坐到位置上也不说个话，上课心不在焉，还被老师批评哒。人家还是担心你的。"

是吗？你说的是真的吗？原来她为此郁郁寡欢？她终究耿耿于怀？可是，她为何不发条短信或者打个电话向我说明呢？她不说，我怎能明白她的心意？是了，我关了手机。

靸鞋的声音逐渐靠近，"咚"，伴随沉重的一声，有个重物似乎栽到了我床上。

遮脸的被子突然被揭开，一张带滚圆镜框的黑皮脸骤然映进我的视界，我惊得打了个哆嗦。

"你啷个不说话欸，还活起的嘛！"江离双臂撑着床沿俯视我说。

我"啧"一声，拉过被子重新盖上，侧躺着面向墙壁。

"啧么子啧，我就晓得你还没睡噻。看到你铺盖一直抖哒抖的，还以为你在犯罪欸！"

我气愤至极，手捏成拳，听得见指甲似挤掉水泡一样破开血肉灌进其中的声音。够了够了够了！你怎么还不停下来！那一张张尖酸刻薄的嘴巴，无论我藏身何处，他就像索命鬼一样随我左右，无论我身处何时，总预防不了令人抓狂的冷嘲热讽。

"再说哒，"他像痞子一样戏谑，"你不要肖肖，我可以要噻，你把她吼起跑做么子嘛！我帮你安慰她嘛，楞个漂亮的妹子欸，说不定我二天可以当你姐夫哒。"

我想要杀了他！

"你真的楞个喜欢肖雨婷？"我听见被窝里的自己发出的瓮声瓮气的声音。

"你说么子？"

"你真的楞个喜欢肖雨婷？"

"肯定喜欢噻，未必你要帮我牵线搭桥唛"

"嗯。你过来，我给你说。"

"那要得！"他哈哈大笑，脚步声朝我靠近。

我翻转身子，背墙躺着。

近了！近了！当我断定他已走到我床边，我突然拉开被子，朝他的脸一拳砸去。我打在他的鼻子上，眼镜飞了，他捂着鼻子吃痛后退几步，果然力的作用是相互的，我的手也疼痛起来。我本想迅疾下床穿鞋，但他暴跳如雷，疯骂着径直冲了上来，他把我拉下地，想把我顶到墙边，我却抱住他一同摔到了地上。"狗杂种！"他把我压在下面。"你才狗杂种！"我又把他压在下面。我们箍着彼此的手滚来滚去。"嘭"声热水壶被撞倒在地，爆开满地的玻璃渣子和滚烫的开水。他终于还是骑在了我的身上，他的膝盖跪住我的手，他喘着气露着牙瞳仁闪着贪婪与兴奋的黑芒就像一匹狼。"来噻，你不是要打架唛！老子搞死你个杂种！狗日的来打老子噻！打老子！"我扯着身子想要挣脱，但两只钉子直直钉入掌心，疼痛让我全身拱起来！屈辱！深深的屈辱！我要把他压在身下！我要撕掉他的烂嘴巴！我要把他按进那堆玻璃渣子里！我要他满脸都是戳进去的玻璃！我要玻璃渣子刺破他的眼球！癫狂,混乱,我什么也顾不上了,死亡的竞赛,谁赢了谁就可以活!可挣不脱、跑不掉、孤独、渺小而绝望!我摸到凳子的一只脚,我抓起来向他砸去。我看到了什么!一间屋子里,我蜷在地上,看着那凳子尖冷的棱角朝我飞近,快得让我来不及害怕!它飞近,竟与我手中的凳子重合!不,不能,我不能这样做!我该收回凳子!但心中的凳子越近,手中的凳子越远,不,我不要像那样——"砰"一声凳子被人一夺狠狠抛了出去。我的指甲刮在凳子上,刺啦一声带走一片肉。

"莫打哒,你们疯哒哟?"

"把他们拉开。"

江离被人拉开,我也爬起来被人拉住。他犹自挣扎着想冲过来给我致命一击。

"同一个宿舍的,何必搞得楞个凶欸。有么子事好好讲开了就行了噻。"

"就是,一天低头不见抬头见的。"

那群被惊动跑来劝架的理科生小心翼翼地隔开我们,劝慰着。

我抹了一把脸,坐在床上,江离也坐上了他的床。劝架的人轻轻关上门,退出了房间,又到大厅里欢腾去了。

我掏出手机胡乱划拨,才察觉手上有一个伤口,露出逐渐回血的肉。

那么静,那么静。

我的手机响了。我收敛心神看屏幕,是妈打来的电话。我想挂断,不能当着江离的面接听,也不想刻意费力跑到外面,况且,有什么好说的呢?可我已三番五次地挂了她的电话。犹豫再三,我还是选择了接听。

"喂,妈呀?"

"你现在连我电话都不接哒嗦?"她尖利的嗓音一派质问的口气。

"没有,有点忙。"

"忙?一天有啥子好忙的?不晓得空哒回个电话呀?"

"我没接肯定是因为我有事噻!"

"是,你一天比哪个都忙,你个忙人仙儿。"

我瞟一眼江离,他捡起了掉在地上的眼镜。我压低声音说:"有么子事你直接说,等会儿我还要上课。"

"你先上课,我晚上再打。"

"哦。"我正要挂断时,想起外婆说的事,我问,"他啷个样了嘛?"

"他?哪个他?"

"你说哪个他哒?"

"你楞个没得家教哇?喊人都不会喊哪?"

"我就说了一声他又啷个欸?你吼么子吼?我是没得家教,好像你好有家教一样。"

"我吼你嘟个,还吼不得哒嗖? 我给你说欸,你莫以为读了两天书翅膀硬哒了不起,是哪个给的你钱读啊? 还不是老子养起来的。我给你楞个多你就不晓得感恩哪? "

"我恨不得全部还回去! 我只晓得是外婆他们给的我钱。楞个多年哒你看看你自己做成个么子噻? "我说,"你这一辈子么子都没搞成器,欠一屁股债! 是不是要我耘? "

"我晓得我没得文化没得钱,你是看不起,那又嘟一"我几乎可以想见了,她在我面前,一张尖圆的母鸡的嘴巴,一对铜铃似的眼睛,一副豁出去不管不顾的泼妇的样子。

又这样说,又这样说,我看不起? 你是牺牲者? 已经够了! "我们莫说多的,我们就这件事说可以不? 他——到底嘟个样哒? "

"嘟个样? ! 他有三个娃儿! "

"不是说只得一个女儿唛? "我突然明白了,"上当哒是不是? 是不是? "

"是是是,你自己摸到良心说——"

"我们就事论事得行不? 你以后到底嘟个弄? 你们做违法的事做抓哒吧? 你叫我摸到良心? 你晓得这是往我身上抹黑不? "我已经跳起来了!

"你放心! 跟你没得关系! 你是你,我是我! 我不是你妈! 我也不得给你打电话哒——"

内心猛然胀大,外界急剧缩小,燥热的意识快吞没我! 喧嚣轰鸣,我拼命跺脚,麻木同地面的每一次冲击都震得我四肢离析,意志崩散! "莫吵莫吵好好说得行不? 好好说得行不? 我不就是说了个他嗷"

"啊! ? 哪个先吵? ! 哪个先不好好说的——"

"好好好,是我不对,是我先吵得行不? "牙齿咬着舌筋,嘴角肌肉抽得生疼,"那我现在好好说! 得——行——不? "

"你放心,我再不得给你打电话的,你放心——"

"莫吵哒! "我大吼一声摔了手机。手机砸在地上成了几半,盖子和电池从此骨肉行路。

从此是不是就我一个人生活在这恐怖的人世了呢? 没有亲人没有朋友,没人爱我了,只能去讨饭,只能睡在冷冰冰的街角看那些洋溢青春的姑娘和男孩们快快乐乐地从我面前走过。我从未像这一刻这样渴望消失,渴望被掳到深山,渴望被抛弃在荒郊野外,从此不见人。从未像现在这样希望世界毁灭只剩下我一个人,真的,干脆连我也不剩了吧。你们去笑吧,你们去得到幸福吧,放逐我在遗失之地独自存活,没有通信,没有约会,一无所有一无所觉,所以我才毫无痛苦,我很幸福。我孤独地在那里劈柴,送夕阳,听北风,在那里苍老,在满天星辰下许愿,祝那些爱过我、嫌弃我的人惦记我,又忘了我,不再思念我,祝你们幸福。

那她呢?谁?她呀!是啊,会怎么样呢?那间屋子阴冷窄小,当我们争吵完后,她也许正伏在床头哭泣呢,适才我听到她哽咽的声音!她的生活一片灰色,毫无希望。不久前她和那个姓李的还接了一大笔生意,正备受鼓舞地在电脑前盘算这笔钱应给家里寄多少、留下多少,计划今晚可以去哪里饱餐一顿时,关不紧的薄铁门就被撞开,一大群身穿黑色制服的警察冲进屋,绝不顾惜地按紧他们,收缴电脑和一切于他们而言有价值的东西。他们用蹩脚的普通话问:"你们搞什么哦?"但执法严厉,此时怎容他们发言?他们被拧过手铐住,推擦着直接带离,穿过屋外站的众多的邻舍。阴冷的看守所走出来一个蓬头垢面的女人,可即使暂时释放又能怎样呢?他乡之客羁旅他乡之屋,茕茕孑立,无处务工。为保释姓李的,向双方亲戚借钱,遭受冷嘲热讽,委屈于向外公、外婆报信时面临的斥责和叹息。那么于我呢,她抱怎样的心态?唉,一份不要求学历不要求技能的工作何其难寻。卑微,在每晚赶回家的陌生城市的公交中……

眼前出现一只手,我抬起头,江离拿着拼好的手机和一张卫生纸站着。

"给你。"他说,"手机还可以用,就屏幕花哒。你拿张纸把手上血擦一下,等哈儿我给你带张创口贴回来。"

我接过手机,抽噎着,说了声谢谢。

他又转身向拥在房门边的理科班的同学说:"没得事,你们忙去嘛哈。"

所有的坚韧和决绝都瓦解了,宁愿咬破嘴唇来止住泪水的勇气和狠厉都咽进心里化开了。

"放宽心,没得事。"

"你啷个下午不上课欸?"我努力挤出笑容。

"哎呀,"他像想起什么似的,急急忙忙把放在床上的手机装兜里,又环望一周看看是否落下东西,说,"有个高考动员大会,高三的都在操场集合,老师看到讲课也只能讲一半,所以干脆先放哒。马上到集合时间哒,我先走哒哈。"

我看着他走到门口,又停下来,转过身说:"我可能有时候嘴巴有点贱,我晓得,但你下回听到我说的觉得不舒爽就直接说哈,我肯定改。不准再动手动脚的哈,鼻子痛得很,还好没流鼻血。"他捂着鼻子作出痛苦的样子,我笑了一下。他从衣服口袋里摸出一个东西向我扔了过来。

我撒开手接住。

"走哒哟!"他挥手说完,同那些理科班的学生一起跑出了大门。

张开手，掌心静卧一颗糖。

我步出宿舍。花园草木摇落，风凛成霜，恍惚似往日重现。瞧那枝叶深幽静谧处，孤独的长椅风中如旧，然而我心变换，椅与风安知？

绕着花园到了操场一角之下，抬头可见栏杆圈起的一排笔直的脊梁，能听见回响的铿锵之音。弓身爬上侧沿的石阶，上了操场，混入边缘班级的最后一排。高三十六个班密密麻麻排满了大半个操场，操场前方有一个高台，高台两边向上伸出十几步梯子直达地基上的一排教学楼，高台左侧不远是一个带墙的回廊，有拱门、漏窗。同学们盯着前方高台上国旗下讲话的人，没人注意到多出的我。

我装出倾听的样子。眼珠子一溜，瞅见左手边的同学，我伸手碰了他一下后迅速缩回来，张开嘴唇不动，翻卷舌头说："你晓得十二班在哪儿不？"

"不晓得。"他眼球斜也不斜。

这么正经？

"这是几班欸？是按班级顺序站的不？"

"晓不得呀！"

我听出他的不耐烦，但我继续问："那你给我说哈这是几班嘛？"

"二。"

他前面的高个子突然回头，额前立起皱纹，瞪我们一眼："要说出去说，烦不烦？不愿听就滚！"

左手边的人立个正，闭紧嘴，盯着高台，不再睬我。

透过脑袋间隙能见着巡视老师装模作样的步子了。此地不宜久留，我猫下身扒着地隐在前面同学的身后，闪到操场左边的花丛里，借花丛掩护一直翻上高台左侧的回廊，就像深入敌后的密探完成了一系列潜行、躲藏、追踪的高难度动作，正要戳开窗户纸探听绝密的情报。

我扶着墙缓缓探身，从拱门望出去，恰巧可以看见高台及操场的这一半。台上的那人身材高大，斜背于我，一身西装革履，声声如掷铁，洪大而涩硬。我顶讨厌他自以为是的口气。莘莘学子在风中衣襟飘摇，身体晃动，专注于高台。

看见了，十二班，恰好在高台之下。

我在偏僻、狭小的拱门里向外探望，伸出毫不起眼的手拘谨地挥着，我动着嘴唇发出颤抖压抑的声音，我想我脸上涌动着急切和渴盼。可是他们不为所动，头也不转。目光流转于那一张张熟悉的脸，既亲切，又陌生的庄重和严肃，如隔三秋。

众多的我亲爱的你们，知道吗，我马上就会回学校了，我将为我的不辞而别与中途叛离向你们道歉。可你们怎么不看看我呢？即使有一人百无聊赖、东张西望，也会看见我啊。看见我向你微微一笑，接着你就该惊讶地张大嘴，然后会心一笑，冲我狡黠地眨眨眼，最后偷偷摸摸地告诉更多的人我在这里。任高台之上的人喋喋不休吧，我们冲彼此做个鬼脸。我搜寻着，为何梦圆和肖肖双颊通红、眼泛泪花呢？还有燕于远、吴世麦，连刚刚分离的江离也夹在其中一本正经的样子！艾明华，你究竟皱眉立在那里像根竹竿一样的干什么？

台上的人有如此魅力？

我再次注视高台上高大的那人。高大全身颤动，仿若癫痫发作，又像精神病人狂躁时一般，高大吼着："讲了这么多，是不是觉得我很啰嗦？你们中有几人是家财万贯，权势倾天？如果有，可以直接出去不用听我讲了，家里金山银山、人脉关系等着你继承与经营，何必为高考拼死拼活呢？很好，没人走是吧？一群乡巴佬，穷光蛋！那你他妈还有什么资格不好好学习？别告诉我你就是爱擦鞋洗车刷盘子的工作，别告诉我你甘愿做牛做马服务大众，那只能说你命贱！但现在改变命运的机会就在眼前——高考！你们不就是希望拥有安逸舒适的一生吗？考得好，上了名校即便你整日打电脑玩游戏，未来依旧进大公司进官场，成为有钱人买洋楼开豪车，想干什么不能干啊？考得不好，你一辈子也就这样了，你们的父母起早贪黑就养了一只可怜虫，你是不是还要拉你的死妈穷爸一起为奴为婢啊？看看你们现在谈的所谓的恋爱，真有纯真的爱情？扪心自问，你们自己成天在学校花了钱浪费了青春究竟收获了什么？告诉我，你们对得起自己的父母吗？"

专注和神圣渐而瓦解，同学们的双颊微微抽搐，眼里开出更多亮晶晶的白花，有的人低下了头。台下响起低声的抽噎。

不，不是这样的！我想反驳他，我想跳出去指着他的鼻子大骂，可我该说什么？

高大雄赳赳地在从高台左边踏到右边，又从右边踏到左边，义愤填膺地吼："你们对得起自己吗？别人可以拿第一，而你明明心中嫉妒嘴上却说不在意，为什么？别人可以废寝忘食，而你一次次说背书却又一次次打破誓言欺骗自己，为什么？别人上得起名校名动小城，而你只能上个二流甚至三流学校，为什么？为什么！为什么！摸着自己的胸口，告诉我，你们对得起父母、对得起自己吗？"他泣血般向天而问。

"对不起！"女生们互相抱着，失声痛哭，泪流满面。

"大声点，我听不见！"

"对不起！"他们身体倾倒，声嘶力竭。操场终于放纵地响起一片哭声。

他指出的不正是我的缺点吗？可是一可是我为何被送到学校来读书，一读将是半生啊！

我也想流泪了，但完全不是因为他自以为是的说辞！我看着那些悲伤的脸孔，其中有我的朋友,也有我的亲人。

风愈加狂暴,甚至已有一两滴硕大的雨水砸在我的脸上,生疼。我祈求道:"赶快散了吧,让大家进教室躲躲。"

该死的正义还在喋喋不休。他突然变得温柔:"我知道,我知道大家很苦。我们拼死拼活多年寒窗获得高分才能进好学校,可那些富人官家呢,只需用钱打点,就能抵得过我们千辛万苦得来的果实,高考公平吗? 不公平! 我一个同学,想考清华,第一年没考上,差几分,决定复读,学校给了他二十万。第二年仍然没考上,复读,学校又给了他二十万,第三年考上了,学校再给二十万。他不想上清华,想去香港上学,但那所学校只招收应届毕业生。但人家老爸有钱有关系,给他改了名字、年龄、学籍,在学校和教育局打点一番,销了档案成了应届生,最后照样去了香港上他想上的学校。你有他这样的成绩,复读后学校给二十万? 你家有钱? 你家有关系?销学籍、改档案,打点得了教育局? 你家还等得了你三年? 但是,我们还是要拼啊! 我们唯一能向人夸耀的就是我们自己! "

我们唯一能向人夸耀的就是我们自己!

他的话语越加坚定,掷地有声:"为了辉煌的未来,我们只能扩大黑眼圈,颓弛食欲,衰弱脑神经,减损寿命;还不够,我们必须确保我们的黑眼圈比别人更大,食欲更不振,精神更萎靡,脑神经几近崩溃! 我们的口号是要成功,先发疯! 只要学不死,就往死里学! "

"要成功,先发疯! 只要学不死,就往死里学! "波波音浪直冲霄汉。

我无力地滑到墙角蹲坐,双手抱头,一阵目眩。又来了,那种感觉,一只蚯蚓骚动着想从鼻孔钻出来。有东西滴到地上,被大风吹着倾斜滑动。咦,六月飞雪之意我懂,可天降赤雨是何征兆?

"哪个在那儿! "喊声炸响。

我回头一看,一个老师正在攀爬回廊前的台子。原来不知不觉中我的半边身子露到了拱门外,他冲我而来。魂惶惶心摇摇,完了完了完了。缩回半边身子,却意识到已于事无补。我站起来,慌慌张张,无处可逃。

"站住,你游? ! "

他替同学们喊回了魂,恍惚有人踮脚眺望。

他摆出豁出一切的架势朝我扑来,欻欻欻一阵急雨打在他脸上,他吃痛地弯下腰捂着脸。

"啊——"同学们尖叫起来,忙乱地以手遮头,队形霎时散乱,正义也停止了演讲。

可是没人喊解散,反而有更多的老师赶往这里,我还看见半疑惑半冷冽的老艾。

我横下心，一步跨出拱门，跑过那个蹲下不停叫唤的老师，从高高的回廊跳下操场，有人张开的膀子拦我，我弯腰从他的膀下跑过，又将另一个人撞得七歪八倒。一步一远足狂移。我想起来，似曾有那么一天，我身如火炉、意识涣散，似乎被一双有力的臂膀抱着飞着，听得见嗽嗽的喘息声，感受得到耳边呼啸的风，我在颠簸中却觉得安心，眼里满是半透明的宁静的天空，一如眼前吹落到我心中变得安静的风雨。

我冲出围拢的人，奔过密集的人群里，眼里闪过张张凝固了慌乱与惊奇的脸，晃过那些矫健而活泼的身姿。他们会记得，在他们的青葱岁月里，曾有一名英俊少年挟狂风骤雨而去，在他即将隐匿进烟雨泛滥时，他转身挥动胳膊，远远地喊："同志们，后会无期。"然后他消失了，如梦。

或者如傻×。

最危险的地方就是最安全的地方，此话不假。我一直躲在花园里，坐在地上，背靠长椅的扶手，屁股凉凉的。操场由喧嚣而至于回音而终于寂静。哗哗的雨流滴着凉滑的幽芬，残枝似乎也展露了新绿，它要混入夜色了。我感到冷。

看看表，接近五点，快下课了。

我走出花园，下了阶梯，迈出学校。医生的屋内黑漆漆一片，她为何不开灯？

我拍打玻璃门。

"来哒来哒。"她按亮灯，开了门，看见是我，说："你呀？哪个回事，摔了嗷快点进来！"

她迎我进去："你先在沙发上坐哈，我给你拿块帕子擦一哈。"

"不不不，不坐哒，身上不干净。"

"没事，你坐。"她越过药柜朝里屋走。

"不用不用，我拿完药就回寝室洗个澡换身衣服。"

"那也要得。"她转身想了想说，"拿啥子药嘛？感冒哒唛？"

我烦恼而诚恳地说："我这一向睡不好，想拿瓶安眠药。"

"安眠药？"她因惊讶鼻子更高更漂亮了，她走过来说："安眠药不能随便开哟，还莫说一瓶。你先说哈哪个回事。"

"要高考哒，心里紧张，特别最近考试多，晚上焦得睡不着。"

"确实是个问题，可以理解，那也用不着开安眠药噻，开些安神的药就好哒。安眠药危险，副作用大，"她在药柜边拿药，说，"我说呀，关键是你自己莫要有压力，平常心对待。"

我满腹失望，但仍感激地说："嗯，谢谢！"

她给我一板胶囊，说："睡前一颗，莫多吃。"

我从兜里一股脑儿抓出许多张钱，又一股脑把医生挑剩下的装回去。

"那你慢慢忙，我先走哒。"

"快点回去换衣服，莫感冒哒。"

"要得。"

我迈步走到门口，迟疑了。我扯住的步子一定使我看着很奇怪。

"嘟个？"医生问。

我回身快步走到她面前，说："我想借你吉他，你房间里头不是有把吉他吗？不拿出去，就在这儿。"

"你要弹哪？"

"嗯。"

"要得要得，等哈嘛。"

她撩开帘子走进里屋，我站在原地。

"进来嘁。"她扶帘说。

"我不想进去，你拿出来嘛。"

她隐没在帘后的黑暗中。

很快，帘幕被揭开，她将吉他递给我，我接过。现在有机会仔细观察它了。这是一把很漂亮的木吉他，十二品格，尼龙弦，从一弦拨到六弦，音质醇厚。

"你坐啰。"医生从矮柜后拖出来两个高脚方凳，我坐上一个，医生隔我不远坐在另一个上。"你还是先把外套脱了嘛，我有，你先披一会儿我的。"

"不用，我马上就完哒。"我抚弄着琴弦。

"看不出来你多才多艺哟！"

"哪儿有，才学两天，只会弹一点点儿。我有个建议。"我试着用宜远那边的腔调。

"啥子？"

"你在布帘后安个灯吧。"

"嘟个？"

"太暗了。"

"看不到吗？卧室里有灯，我基本够用了。"医生也跟着我说了宜远话。

"其实我特别害怕。早上你要我进去的时候，我想伸手拨开布帘，一眼就看见布帘与墙缘流泻出来的幽暗，我胆怯了，退后两步，想跑。天啊，这又不是午夜的医院，即使是，布帘后也没有立着一具尸体，脸色黛黑四肢僵硬地用她无瞳的双眼瞪着我。你见过猫吗？"

"见过呀。"

"我以前见过一只猫,它抬起小爪子,迟迟不肯放下,盯着屋顶的一角,跟着某物的轨迹缓缓移动。但什么也没有,屋顶除了幽暗什么也没有。你喊进来啊。我拉开布帘,幽暗似冥河浸漫了寸寸光阴。踩着头发的走廊,脑门儿晃来荡去一双脚,只有牙齿的面孔,生怕一只涂满红色指甲油的手骨卡住我脖子,"嗖"一声把我拖进去。当时一点异响就能叫我歇斯底里蹲下抱头痛哭陷入绝望。"

"没事,不是都过去了吗?世界上没有那些东西。"

"是没有,可我还是害怕。你太狠心了。"

"什么?"

"你走廊的地板下面是不是拴着一个男人,他趴在地上不见天日,瑟瑟缩缩如狗?地下的房间有一张床,骸骨僵卧,红色的鞋上落满尘埃,是不是?我只管向前,腿绷得笔直,却不敢拔足奔跑,身后的东西被惊动飘飘忽忽朝我追来该如何是好?怎么会有木偶和布娃娃这种东西,我向前走,它眼珠子跟着我转,回头看它,它又恢复了原样。在我吁口气时,它蹦到我面前,咧开嘴,桀桀地笑,像个孩子一样问我:你觉得我漂亮吗?"

医生歪斜的脖子已经立直了,手放到了唇边。

我躲过她的视线,说:"你看我现在可以开安眠药了吗?我精神已经不正常了。"

"哈?"

"你为什么不问我原因就给我做了眼罩呢?"

"因为你不像能用一个眼罩干出坏事的人啊!而且,我那时候就从你嘴里听到了家乡的味道。"

"我嘴里也有宜远的味道啊。为什么现在不愿意给我开安眠药呢?"

"我开不了,你只能去医院。"

"哦,开不了。比如,我确实理智正常,身边的人也都这样认为,因为某种特殊原因,我不能告诉你开安眠药的目的,但我保证,不自杀,也不用它害人,我诚恳保证,甚至跪下来哭求,告诉你一旦目的达到就报告给你用途。那么你会开给我吗?"

"这样的话你就不需要开安眠药了,因为你没病,也不自杀,也不害人,就没有用到它的地方。既然用途是可以公开的,一开始就应该公开。"

我想了想,说:"会有的,如果我是一个化学天才,但不为人所知,没进这个院那个院,一直独自在家做着实验写着笔记,此时我必须用到安眠药这种东西。但我不能告诉你用途,或许是不好意思说我是化学天才,或许是害怕你不相信,有时候,很难讲清楚不做某件事的原因。"

"哈哈哈,化学天才!"

"哎呀,我小时候也说过要当科学家这样的话呢,假装是化学天才嘛。"

"天才的化学家很早就会被世人注意的,不会默默无闻到如今。"

"又比如,我是一个艺术家,我隐世不出,已经画了一屋子超凡入圣的作品,此时我欠缺灵感,我需要安眠药这种东西给我不一样的刺激。我不是一个乱来的人,我还有健全的逻辑思维能力,我懂得控制每一次的剂量,因为我还要画很多名垂千古的画作。你看我现在就能进行缜密的假设和分析,那么你能给开吗?"

"这些情况很少见。"

"可是会有的,可我始终拿不到一瓶安眠药。我们有选择吗,连一瓶安眠药都不能得到,能选择怎样生活吗?"

她又把手贴到嘴边,想了一会儿。她说:"开不了安眠药不只为了保护你,也为了保护其他人。至于生活,看你信自己还是信命了。"

"如果连自己都不信自己了,谁还会信自己。不打扰您了,医生。"我将吉他交还给她,她接住了抱着。

"不是要弹吉他吗?"

"有点冷,想回去,下次吧。"

"也对。那你早点回去。你没事儿吧?"

"没事,我回去了。"

我走到了门口。

"伞,我给你一把伞。"

"不用,"我扭头对她说,"您知道吗,我完全不能理解你为什么要离开宜远,那么好的一个地方。我以后一定会去宜远的,在那里生活,或者对自己失望了,在那里死。"

"欸?"她发出声音,我将她显示探问的身子抛在脑后,走出诊所。

路过校门,我想起自己似乎饿了,于是走进旁边一家糕点小店。留着短发五官清秀的老板姐姐侍立一旁,听候问询。我在橱窗前筛选,有很多种面包。眼角闪过一抹亮色,望去是熟悉的穿黄衣、垂一瀑青丝的女孩儿。我立即背转身,熟络地问老板:"这种面包好多钱?"

"肉松的废?五块。"

"好吃不?"我期望她只是路过,不会进店。

"看个人口味吧,像我喜欢吃肉松,觉得还可以。你淋雨哒呀?全身楞个湿。"

"嗯,买完就回去换衣服。"

然而她进来了,眼角的亮色逼近、扩大。她没叫我,没看见我。还好她没看见我,否则第一句话该说什么呢?我向后斜一眼,另一名店员在招呼她。

我选了一个面包。"要这个。"我小声对老板说。

"要得！"哎呀，老板的声音真欢畅，要是她注意到这里如何是好。

我又瞟一眼，她已经装好面包在付钱了。她该是看见我了，即便我的背影她也认得，可她没叫我。

最好别叫我，我得小心翼翼待她离开。

"还要其他的不？"老板问。

"我看哈。"

她分得清我的声音。

"算了，就楞个。"我说。

她即将迈出糕点店了。"肖肖，你也来买面包喽！"我冲她的背影喊。

她转过身，见到是我，说："是噻，只准你来买不准我来买嗦。"

"哈，不是。"

我掏出好几张票子才凑足钱，剩的都是零碎，钱不多了。

"慢走哈。"老板说。

我提着面包，追上她，一齐走出面包店。

"你去哪儿？"我问。

"回家。"她撑开伞，把我罩进其中。

我们一直向前走，她既没在公交站停下，也没伸手拦车。

沉默。美术里是否有种叫清明的颜色？一如此时：深于青，万物漠然，逊于黑，免人绝望。为什么漠然，大概万物感受到世间的秩序，纵然柳树腰身袅娜，灯光温馨灿灿，开不了口还是开不了口，无心的没有表情。为什么免于绝望？因为人尚在行走，无论距离远近。于是在这水意盈满的深于青逊于黑的清明的颜色中，柳枝挂露低垂，灯火依人意亮灭，鞋子踏过地面发出轧轧声，雨水透过鼻子、嘴巴浸入心肺。各依秩序，各自活法。心里稍稍通透。

"我来拿伞嘛。"我说。

"不用。"

"不是还没下课废？"

"快哒。"

"那也还没下课噻。回家哒又来上晚自习？"

"不舒服，请假哒。"

雨水打伞嗒嗒声。我昔以相识若沉默是境界的表达，但此时尚知煎熬。

我们已在我的翻涌和受困中走了很久。

"后来去向医生那点儿看哒没得？"

"没有。"

"去看哈噻,或者去医院看。"

"我不相信骗子。"

"不关她的事,她啥子都不晓得,是我求她的。"

"我没说你。"

"哦。"

向前的沉默,局促不安。衣服真黏人。

谈谈这场突如其来的雨吧。她看见下午在操场引起骚乱的我了吗?"你看天上在落雨不?"

"落。"

"是在落,不是有些不一样。"

"么子不一样?"

"你感觉到的雨和我感觉到的不一样。"

"不懂。"

"每一秒的肖肖都不是上一秒的肖肖,现在的肖肖不是以前的肖肖。所以每一次你剪头发或者换一件衣服,我都害怕要去重新认识你。最好的那个肖肖在哪儿?说不定当我和你说话的时候,她正在哭,因为我没理她。"

"你想多哒。"

任何思虑都能用"想多哒"作结。

"你以前扎的好"

"现在流行长头发。"

我们在一个公交站台驻足。雨在某个时刻已经停了。

"我走了。"她收起伞,说。

"嗯。"

我站立一旁打算送她离开,那些车子减速亮起红色的车灯,轮胎碾过湿漉漉的地面,发出绵延的柔韧的声音。我想我一直很儒雅。犹豫一阵后,说:"欸,你莫是要请我吃饭咯?"

"嘟个?"

"后天我生日。"

"你过生日我就要请吃饭唛?"她不解地反问。

"是噻。"

"那也该你请。"

"好嘛,我请就我请。"我瞅嘴巴说。

"不去。后天有朋友到我屋头来耍。"

"我们不是最好的朋友嗖？你哪个可以不来？"

"不是啊，我们一直是普通朋友嘛。"她奇奇陆怪地望我一眼。

"啊？"

"都到高中哒，有自己新的圈子，我不想总是停留在过去。"

"啊一都到高中哒，有自己新的圈子，不想总是停留在过去。"我又没问你这些，说得楞个深沉做么子嘛！你们初中同学是不是过两天要聚会？"

"嘟个？"

"你帮我给青青嘛。"我从口袋里拿出一个盒子，盒子是红色的，被彩条封住，顶上结成一朵花。

"啥子？"

"礼物。"

"你自己给噻，我不晓得她来不来。"她探着身子，远眺公交是否来了。

"求你了，她会来的，我问了，可她不会见我。"

"哎呀，你真麻烦，人家不收我就扔了。"她抓住盒子插进口袋里。公车来了，停靠在路边。

"我走哒。"她迈步离开。

"好嘛好嘛，再说。"我挥着手。

她上了车，挤在黑乎乎的人群里，侧对我静静地站立。车走了，她从视野里拉远，车还在，人却看不见了。

黑暗房间有个小小的身影惊起，哭声传来，有人慌忙走进抱起。他只能嚎哭。天真如不解不欲春秋代谢而饮泣，浓烈而痛彻心扉却不懂呼天抢地。模糊不辨，像一缕清烟绝尘而去，不可握紧。

车消失了。雨接着下，噼噼啪啪。

行走是一湍从天河冲击而下的瀑布，在巨大的轰鸣中寂寂无声。我一直走啊走，走啊走，被雨打着，恍恍惚惚，失魂落魄。似人群熙攘慌慌张张。不知时间遛了多长，当我停住脚步时，一眼便看见眼底高高的山崖，平时瞥一眼便令我感到腹中瑟瑟的她此时分外可爱。原来不知不觉中我走到了回家的那条山坡小路上，原来天意冥冥中已指引给我归宿。

我向前一步，到了悬崖边。崖壁直立如刀削，我一阵恍惚。我再向前一步，崖上泥沙滚落，半个脚面悬空。望向崖底，我头晕目眩，仿佛灵魂已在下坠，翻滚着坠啊坠，落不到底也抓不住东西，永世在沉沦中战栗！

　　我惊慌地退后，我跪下抠紧沙石才不至于害怕跌落山崖。悬崖不是可爱的吗？我应该笑容满面地跳下去，心满意足地投入她的怀抱啊！可我因何而害怕？咬一咬牙来一个助跑纵身一跃便好。可我担心万幸中的不幸，摔不死该如何是好？到时身体残疾、头脑痴呆，一边受人咒辞一边累人照顾，于心而言实在过意不去，我怎配浪费他人生命而苟活呢？

　　我走下山到大街上去。为了不至于下山时滑倒折了胳膊或腿，我索性趴在地上一路扒拉着滚下去。满坡的石子略得脊骨生疼，泥水敷了全身。我毫无怨言，我也不该有怨言，活着承担苦难，一切本该如此。

　　千辛万苦滚到公路边后我爬了起来。左侧山坡右侧又是断崖，烟雨茫茫少有人家，时不时开过一辆小轿车，即使开着雨刷，司机仍向前探头。

　　我徘徊不定委决不下，是该躺在公路上安安静静地闭上眼等待碾轧呢，抑或趁一辆轿车正要驰过时再奔上前被其顶上天呢？这是一个问题。但我一定会死吗？会不会安然无恙地爬起来？是否会给司机师傅带来无穷无尽的麻烦？或者被认为我是在碰瓷？即使我脸皮厚如城墙拐角也当不起这样的指责啊！

　　那就从长江大桥上跳进江里吧。可即使如此行事也并非万无一失。好人长存，勇者于滂沱大雨中跃入江波来救我该如何是好？无论营救成功与否，我又置他人于险境，也无法预料自己生死的结果。

　　世界上死于意外的人千千万万，为何我不是那幸运的一份子？车祸、天降电视机、桥塌……在灵魂离体、意识消散的瞬间，所有的犹豫和思虑都不再是自我解放的禁锢。我既不会被指责为轻生和不负责任，也不必对自己的生斜口他人满怀愧疚。我将于意外后永脱苦海，世间万千烦恼不再与我有干系。可命运之神竟不肯赐予我意外之灾的荣光！要知道，只要他肯动动手指头或者打个喷嚏，我就能在惊愕和恐惧或者微笑中瞑目如愿。我痛恨自己啊！如果有勇气跳下悬崖，或者淹死在江里，那么所有的指责和愧疚又算得了什么呢？可我该死的羞耻心和懦弱病总在妨碍我！

　　我又开始漫无目的地行走。走啊走，走啊走。雨小了，噼噼啪啪变得淅淅沥沥，行人三两慢条斯理。看，小城多美啊，这是暮色，暗暗朦朦，一场场五光十色的霓虹，一幕幕停驻又驶离的公车，一回回伞下的路人，天边还有一座座居雾环山，轻柔又奇异。

　　"一二三四……"小朋友兴高采烈地数着莫名其妙的东西。

　　"莫跳，有水！信不信我打死你咽！"女人说。

　　小朋友真不乖，水都溅上我衣襟了。

　　"今天晚上回去吃么子？"

"都可以嘛，你弄饭哈！"两人撑伞依偎着从我面前走过。

于人前秀恩爱能使他人受感染变得幸福吗？你们一定怀着美好的初心。

"楞个暗才来，我都着淋死哒，滚，莫跟我说话！"

"莫生气，莫生气。"男人追着讨好着，还撞上我的肩。我一个趔趄险些摔倒。

我挡了人家的道难道不该说声对不起吗？好吧，回头时那人已经走远。

我明白，各人有各人的生活，我羡慕你们，兴许你们也羡慕我。可你们不了解在雨中行走的我，就像我不了解仰望高楼时看见的灯影下的他们。这繁华的世界叫人憧憬和欣喜，又叫人悲伤与绝望。

冷，真冷。

真好，没人愿意为我撑伞。

若我的心是石头长的便好了。

我已走到小城最繁华的地带一八号路口。商场外电子鼓乐动感，教人心脏跟着颤跳几近癫狂，这一家的音箱震动着动次打次动次打次，过了界线，那一家的喇叭唱着我要做你的新娘，相爱的人到天荒；楼宇接天，环望一周目断锅盖的苍穹。那么多的行人和车辆在这里交汇、拐弯，在这一秒选择了进入的街道，继续各自的一生。

孤独于热闹中更孤独。

我悠悠然地穿过马路，头撇向一边。我想：我看不见看不见，千万不要撞我哦！

安全过完马路后，我推开门，走进这家新开的咖啡店。这里并没有特别之处，如同普通的快餐店一样。店里好多人，大家于雨天拥坐在屋里，吞吐热气，欣享美食。我走到最里的柜台前，一路上能感受到大家惊愕的目光，似有窃窃私语。

我扫了一眼柜台前几位诧异的服务员，有一位长着一头浓密的卷发，微微镀金色，似乎有些脸熟。我微笑着问她："请问这里有笔和纸不？"

她诧异而至呆愣，接着慌慌张张地说："啊——有！有！"真是一连串有趣的表情。

她从柜台后找出纸和笔给我。

"谢谢，"我说，"请再给我一杯咖啡。"

我往回走，捡起几张散在桌上的报纸。我走到唯一余下的靠窗的位置，将报纸一丝不苟地铺上去，争取不留一丝缝隙，免得脏污的我铜们不洁。

我正要坐下时，桌子摇晃了一下。我偏头看去，相接的邻桌有一对小情侣，那男生暗地里挪远了胳膊，他见我看他，便装作兴致勃勃地扭脖子。

我恳切地说："对不起，我就坐一会儿。"

"欸——"他像突然意识到我在对他说话一般，说，"没得事没得事！坐嘛坐嘛。"

头发镀一点金色的服务员端来咖啡放在桌上："您好,您的咖啡。"她站着,神色略显犹豫。我尽量显出绅士风度,问:"有事磕?"她摇摇头说:"没得。"

她回到柜台。

哈哈,是否被吓到?是否被感动得无以复加?已经心急如焚,想打电话安慰我了吧?可我现在要向你揭露真相——事实情虚!你以为我是一个傻子、疯子,一生一世为你如痴如狂吗?其实,我正悠闲地靠着餐厅的木桌上,偎在暖烘烘的人群中,无所事事。一杯咖啡热气袅袅,玻璃外飘着雨声,温柔地润湿耳朵。

但我为何浪费笔墨写这样一封信呢?你一定迷惑不解。是这样的,我估摸着我终有一日会举世闻名,所以写下此信,拜托你那时便公之于世,以此在我仰赖成名的事业之外彰显我忠贞的品行,同时也可令你声名遐迩,不论爱情或事业,大有裨益。经炒作,我们的名字将家喻户晓,口口相传。既互有获益,何乐而不为?届时,万望看准,公开适当内容即可,切记!

小妞,约我的美女还没来,居然敢叫我一阵好等,待会儿我非得当着众人的面把她撼在桌上狠狠地打打屁股不可。如何打发时间?在脑子里龌龊你一番?干脆先给你讲个故事聊以打发时间吧,故事关于我某位傻乎乎的同学。我们且叫他小明。

小明是个很爱笑的人,初时我便了解。上高中的第一天,当班主任在讲台上高谈阔论时,教室的门被敲响,我们朝门口看去,一个瘦瘦的男孩儿站在门口,咬着唇讪笑。

班主任调侃:"都过去半节课哒,你莫是走错教室哒地!"

岂知他回答:"嗯。"

我们顿时开怀而笑。大概他也觉得这是一件好笑的事,咬住的嘴角笑意愈浓。

班主任追问:"那你哪个还晓得回来?"

他说:"我在那个班坐哒半个小时,老师点名的时候没点到我,我去问,跟老师在名单上从头找到尾都没找到我的名字。准备去教务处,突然看到名单上班级不对头,我才发觉可能是走错哒。都还没来得及跟才打得火热的小伙伴们道别就怪不好意思地跑出来哒。"

一阵哄堂大笑。

班主任在笑声中把他迎了进来:"找空位坐,过两天再调。"

他环望一周,瞅准我左边的空位,走过来坐下。他看见我看他,咧开嘴露出牙,温和地一笑。我回了一个微笑。我原本期望有一个美女同桌,但他坐在了我旁边,可气的是一坐就是两年半。

小明是个很古怪的人,初时我便了解。后来我问他:"我第一次看见你的时候,就是你来暗的那天,哪个要对我笑欤?"

他大惑不解,说:"哪个不对你笑欤?笑表示友好噻,也是一种礼貌。"顿了顿,他又说:"再说哒,你晓得我们是第一次见唛?搞不好以前见过,只是彼此不是令对方于茫茫人海中擦肩而过时因心有灵犀而回头瞥一眼的人而已"又来了,他奇怪的言论和说教。

最古怪最惊恐的事情发生在刚开学的那段时间里。小明那时还是走读生,但他晚饭在学校吃。初始听别人念叨我还不信,他们神秘紧张又津津有味地重复着:"太吓人哒,好恐怖!"当传闻发展到人人谈论的地步时,我才意识到该正视了。于是某天下午放学之后,我尾随小明进了食堂,打了饭在离他不远的地方坐着。

传闻居然为真!我亲眼看见他拿了两套碗筷,自己面前摆一套,在他的对座摆一套!他聚焦于对座那,眼里闪着奇异而温柔的光,就像秋夜里坠入荒野湖心的星星。他像自言自语,又像与人愉快地促膝而谈,他说:"我尝哒,饭菜还可以。不喜欢吃唛?要不我喂你嘛。"他夹菜的筷子停在半空,他的嘴角弯起甜笑,像交舞的春光。可菜凉在了半空,对座没有舔舐柔软的舌头,报以甜蜜的一笑。星星暗淡了,春光化作隆冬,他摇摇头,苦苦地缩回手,自顾自地啃食米饭。我吁一口气——突然——他又抬起头,拂过柔软的风,星子欢畅地闪,生机勃勃吐出大珠小珠一串:"吃完饭逛会儿再去——"猛地凝固了,他终成一尊铅色的雕塑,只剩那复归空虚的凝望,静默、幽咽。他低下头,那么缓,那么慢。他的两排牙齿勾住手背,叼起一皮肉,咬下去,那么狠,仿佛也咬在我的心上,仿若咬出了几个窟窿,仿若压紧的肉吧唧吧唧作响。"莫犯病哒,好好吃饭。"他说。

从始至终,他对座的人都没回应他。因为对座根本空无一人!

我看着他,所有人都在看着他,我们低着头却斜着眼,宛如做贼般看他。

他伸手又开拇指和中指,把嘴角向上推。他又笑了。

我真是非常害怕,好多天都不愿同他讲话。他察觉到我的心境,便也顺着我。比如桌子相邻手肘却从不越界,若无必要绝不开口交谈。可他是友好的,我也愈禁不住好奇。对善良的人我有必要欺压一番,以切身的言行给他教训,我抱着好心,是想让他懂得未来通达地在社会行走。所以我渐渐放下害怕,他笑时还他个微笑。

果然,我发现了一些东西!他是个倒霉蛋,命定背负厄运的人!最为经典的一件事发生在他搬到学校同我成为舍友以后。一晚他找我借了校园卡出门买夜宵,过了会儿,他两手空空地回来,原来走到半路发现忘记带卡只好折返。他拿上卡再次出门,买回了一包方便面,然而,正在泡面时他竟失手打翻了它!汤汁溅上手背,他疼得跳起来,劳心费力打扫了一番不说,肚子更是饿得咕咕直叫。我劝他再去买一包。他气呼呼地出门,没走十步便想起又没带卡,他转身正往回走,只差几步,一阵风却蓦地刮来,门吱呀一声——我们四眼相对,眼睁睁地看着视线被挤扁——门砰地合上,视线切断,他被关在了门外。我一边替没拿钥匙的他开门,一边嘲笑说连老天都不叫他吃饭。这次他学乖了,检查再三,卡——带着,钥匙——没落下,出门。你能说他疏忽大意吗?冥冥中自有天意,现在我信了,当老天不叫你如意时,即使你躺在床上都会崴脚!他又没带卡!可连我也明白地看见他是揣上卡再出的门呀,为何卡还留在屋里的桌上?但他终究买回了方便面,他特意跑了老远去教室拿上他自己的校园卡。

前台那个漂亮的女服务员总是偷眼瞧我,我猜她爱上我了。待我写完这封信,敞开天窗告诉约我的女人从此不必纠缠后,便要去勾搭那位漂亮的女服务员。兴许牵牵手接接吻再甩掉她之后的某一天里,我也会像现在有些思念你一般思念她的。我并非浪荡公子,心寄某人时我也会全心全意地取悦她,哈哈,只怪我闪亮的魅力犹如妍蕊般不断招引蜂蝶。

我们接着讲小明。我成功了,我同这个古怪而倒霉的人成为了朋友,意思就是,他成了我的观察对象。总之,面含微笑拂人如清风加身的他开始像个孩子莫名其妙、不可理喻时,他问我:"我们是朋友吧?""是。"我当然该如此回答。他很开心地笑了,说:"待会儿一起吃饭,我请客!"但是,这个敏感儿执拗的混账啊,我到底如何触怒他,他竟公然冷眼待我?于众人面前招呼他,他竟视而不见听而不闻,扭头走过?他竟在桌上划分三八线,讲定领地领空不许侵犯后三天不同我交谈?现在回想,一次是因为我下午没叫他吃饭,一次是因为手里剩一颗糖给了其他人而没给他,那次他鼓着腮帮子说:"给别个都不给我,不是朋友哒。"我半开玩笑地回了句:"好,不是朋友哒。"第二天早晨我向他问好,他冷冷地问:"你是谁?我们认识吗?"

可是没关系,怎样折腾他都没关系,最后他总会觍着脸主动同我和解。只要我表现出些许的"原来你是这样想的、我不知道会对你有这么大的影响"的意思——甚至这些也不需要,只要我呵斥他说还把不把我当朋友,以后再也莫玩这一套哒,那么他就会像只得到主人嘉奖的哈巴狗一般欣欣然了。倘在这个过程中,他的某些行为伤害了我,我完全不必耿耿于怀、施展报复行动,因为他的痛苦将甚于我百倍千倍。有一天他同我争吵直至挥起了拳头,甚至他还要用凳子砸我,幸亏当时被隔壁房间的一群理科生拉开了。事后我们各自闷闷地坐于一边，我打算出门消消气，走到大门外发现没带手机，回来正要推开宿舍门时，却听见里面回响的啪啪的声音，清脆结实得犹如名贵的瓷器一个个被砸碎。透过门缝看过去，小明在扇着自己的耳光玩，脸颊像被刨去了五槽肉，他时而痛苦，时而笑着！"你哪个不像别个一样幸福地死于意外？"倘能以暴力为享受，则罪恶必不加身。可他不能。暴力不是无缘无故的，但暴力绝对不是被允许的。所以他本来就是最大的坏人不是吗？这么坏，拳头的暴力，言语的暴力，伤身又伤心，居然把他人死于意外的悲痛当作幸福，一切都是他自作自受，罪总该赎清的。

我和肖肖绝交了，就在今天上午，我朝她大喊大叫，谁叫她对我的事指手画脚呢。可惜了，曾经的我们一去不复返，但不需要时间，因为我没悲痛，不必平复。正如曾经的小明所言，毕竟这是一个平凡的世界，每个人都向往着天外的自由，有比天高的梦想，但每个人又拘囿于现实的血肉和呼吸。明明盛满满满的恶意，却又装出慈眉善目或痛心疾首的模样劝导他人走上所谓的正途——以爱的名义。我打翻了肖肖的恶意，我本该感到由衷的高兴。

观察在继续，我明白了食堂恐怖事件的由头。小明一直喜欢一个女孩儿，但没有人见过她，每当我问起，小明都支支吾吾、难以启齿，我知道怕是连小明自己都许久未见了。某天上课，我正专心听讲时，大腿突然一阵揪疼。偏头看去，小明全身战栗地抓着我，眉毛抖抖索索，咬紧的牙关艰难地挤出几个字："她——加——我——了！""了"字未完，他压抑不住语调，幸亏我连忙打一声大大的"阿嚏"替他掩盖过去。真丢人，同学们都在笑我。对不起，他向我道歉说。下课后，我问他怎么回事，他却不理睬我，而是两眼放光地盯着手机，手指如飞地打字，我隐隐看到他似乎正在聊QQ。

从此以后，小明再没拿两套碗筷，关于他的恐怖传言销声匿迹了。

我还记得他第一次给她打电话的情景。他拿着手机在走廊里踱步，一脸兴奋而苦恼。他像终于下定了决心，狠狠压下几个键，但他突然停住了，祈求一般地看着我。他又开始来回走，他终于拨了出去，一拨完就把手机按在我手中，双手蒙住耳朵，像要隔绝铃声。可他忍不住地看，生怕她接听了而他没发觉。

"喂？"电话里传来女声。

"喂？"

他从我手里抢过电话躲到一边。他说："喂，是我，小明。"

……

"没得事，就问你好不好。"

……

"那不是，我反正比那些考不起高中，初中一毕业就出去打工的人好些地！"

……

"你才二百五，不说就不说！哼，再见！"

命里有时终须有，命里无时莫强求。这个蠢货，什么都不懂。他问她："你哪个不主动找我说哈话嘛？"

"忙嘘，一天哪像你哪个悠闲嘛！"

"是，那你个忙你的，不说哒。"

他赌气地删了她的QQ和电话号码。他每天黯然神伤，不说一句话。他在等，等她发现他这次的认真后会主动打电话过来。可她没有，她怎么会知道呢，她毫不知情。

他的日记本里写着："时而的几条信息，间或的关切问候，一线相思重重川岭隔不断；不时的留言，半嗔半甜的笑骂，柔柔辗转的几缕幽情述不完。恨时间相负，没有带走深情，反而越添想念。

我在遥远的这边，你在渺茫的那边，相隔是这样的远；各自为生活和学习困扰疲乏，我不求促膝相叙，只盼偶有一谈是这样的难！你的关心是这样的少，可你每一次的蜜语在我看来是这样的好！我的小小的心完全借你的若即若离、忽冷忽热而跳动。

因为距离远，难得有时间，所以很少被撩拨起思念你的心弦，可我会突然在不知道的某一时刻、某一地点，陷入对你的深切的思念，忘却周遭，独有你。相思构成了网，忧伤围砌了墙，这网与墙拘围了我的天地令我越不出。无端勾起的相思犹如澎湃的海潮，在我逃不掉的这天地里从无限远的地方向我逼来，拍打在我的头顶，我先是挣扎，最后沦丧，沉入了深渊里的迷茫——那里有一种叫我痛苦又迷恋的忧思。

桌上放着一杯候几天的茶，棕黄的茶水荡起柔婉的波澜，杯底沉积的肿胀的叶子如海底的巨大的藤。透过玻璃，我看见自己在纠缠着的华美的茎蔓中挣扎，水里回荡着挣扎的喉咙喊出的暗哑。

敢是你不记得你因家中的事忧郁伤神而消失的那几天里，我是如何遍寻人不见，最后你恶狠狠地打来给我宽心的那一通电话了么？敢是你不认为我眷恋你的笑靥、迷爱你温柔专横的声音么？还是你认为曾经的都已成过往，现在天涯人两茫茫了么？是啊，曾经相处的时间已久远，就算是口口声声称爱你的我也已不记得每一笔点点滴滴，哪怕是铭记得最深的也只剩记忆里的一个个画面，甚至这些画面都失去了声音和流动而只剩黑白了。

是不是我在深夜的孤灯下发呆，你在暖暖的被窝安眠？当凛冽的风里有我忧愁的眼，你是不是正欢悦地同朋友聊天；我在这里思念你，你又在哪里唱着歌呢？

把现实刷成灰白，把未来涂得黯淡。问自己，这是不是故作的悲哀？夜色推开，思念就有了安全感。凉如水纵是思念的温度，绵延无边却不是它的终点。真想问问你，"你是否感觉到相思把你拥抱，抚你入睡，它还跳动着一颗挚诚的心？"

嘘，不要把我偷看他日记的事告诉他。哦，你也没法儿告诉他了。

那段时间小明是多么刻苦地学习呀，挤进了年级前十。他还是那样的笑，收到褒奖时稍微有些腼腆。有一个月再没联系她了吧，可她居然不闻不问呢！她有没有想过以前那个常常叨扰她的人在这一个月里兴许出车祸死掉了？或者她压根儿没想到过这个人？他最终没忍住，贱人就是贱人，他屈服了，重新找回了她的号码，在QQ加上了她。"喂，在不？"

"喂，在。"

"啷个样？"

"么子啷个样？"

"你没发现我删你号码哒呀？"

"你删我号码搞啥子？"

原来她对他的痛苦和挣扎一无所觉。曾有个人因她痛不欲生呢！曾有个人发誓不再联系她，却臭不要脸地违背誓言了呢！违背誓言会遭雷劈的吧？

前几周的某个晚上，下了自习一回宿舍我就掀开他被子，我问："你是啷个回事欸？你逃课是要逃到么子时候？"

岂料他泪流满面地看着我，喃喃自语："黄昏陪我说话的人没哒，新年陪我聊天看电视跨年的人没哒……"

"喂，你说清楚点！"

"她回来哒，他们班搞同学聚会，我想去看她，她说她不会见我的，我只是想看她，就像朋友一样她回来相亲，要结婚哒，她叫我以后拍哒婚纱照一定要去给她点赞……"

她回来了，可她不愿见他。于是他给她买了礼物，彩条封住的红色盒子里，有一条项链，北斗的模样。他一直藏在口袋里，在遥望江水淌过山脚的时候，在凄清的花园坐着的时候，按一按盒子，他就想死。那个女孩儿终于快乐地唱起不关他的爱的歌。从此他只想死。

"楞个点事欸，没得么子大不了的。"

他却像着了魔障，依旧自言自语："你猜哈我值好多钱？猜不到哈？我是判给我爸的,他不养我,在外面找了个阿姨,说每月给我一百,一年一千二,十年一万二,楞个算我也不算太便宜哈? 起码现在我是买不起自己的。但每回只有等他过年回哒老家,外公外婆才有机会差我找他要。阿姨有个娃儿,比我小一两岁,我大概两三年会和他们住一些时候,他们对我很好。但千万莫大意,要小一百个心,莫起晚,

多做事,要笑,要表现得自己很单纯没得多余的想法,小心别个轻描淡写的对你懒的评价,毕竟别"一天工作、做家务很辛苦。但我还是犯浑哒,有一次我跑哒,哪个呢? 因为我嫉妒我的妹妹。""你有妹妹? 哦,后来的……"

"外地的村子,能跑到哪儿去? 我净拣小路走,经过灌木林、柴房、锁住的狗,免得作发现。我不晓得去哪里,觉得他们会找到我的,总会的。"

"然后?"

"然后就作找到哒。我爸骑摩托带到妹妹,他把她从车上抱下来,妹妹走到我面前,还不到我的腰高,她努力仰头,嘟起嘴巴,婴儿肥没消完的脸上满是小娃儿的幽怨和不情愿,亮晶晶的眼珠子抬高望到我,肉嘟嘟的小手把一支雪糕举高,可怜又可爱地说:'哥,才买的,给你。'我让阿姨、爸、弟弟和妹妹看笑话哒,因为妹妹愿意把她的雪糕给弟弟吃不给我吃。我望到妹妹顺睫毛翘起的亮亮的眼珠子和嘟起的嘴唇,天使这个词突然冒出来,那一刻我实在太爱她哒,我愿意花掉下半生所有的时间、精力、钱财帮她度过人生所有的坎坷。我有预感,她将是我的天使,但不是现在,至少再等十年,等她再长大一些,能挨到那时候不?"

实验终于有进展了,表面热情,其实我在心底冷静地看他走向崩溃。你问我为何对小明的事知道得这么翔实? 为何有些细节似与我俩之间的故事相吻合? 你以为我编造了这个故事来影射我自己吗? 不不不,千万别误会,我还活着,而小明确已死了。前不久我换了新的女朋友,某天在我们三个一块儿去食堂的路上,小明突然说:"我买哒一瓶安眠药。"

女友问:"小明你买哒安眠药啊,你失眠哒喧?"

他吁口气,说:"我不想活哒。"

"哦,那你快点死,剩的给我留起,刚好最近失眠。"女友笑着乱说一通。

我一把搂过女友,问:"你失眠哪? 莫是想我欸?"

小明又说:"活起真疲惫。"

"疲惫就要死唛? 疲惫的人多哒去哒,哪个没看别个死。要死快点死去,啰啰嗦嗦烦死个人,瞧不起你!"女友转而抱住我,说,"太好哒,以后只有我们两个人吃饭哒。"

"嗯。"我说。

"喂喂喂,有点儿良心不?我要死哒地!"他抗议一般地说。

"棒棒棒!"她说。

小明不再说话。

过了两天,我见他虽然依旧情绪低迷,但仍按照平日轨迹学习与生活,便问他:"你不想死哒唛?"

他抬起头笑笑。

试验品难找,为了长久利益,我假装安慰一番:"有么子大不了的嘛,你看一些遭遇灾祸的人,虽然很痛苦,但也努力生活。你不就一个感情挫折嘛,何必地,是不是?没得么子过不去的坎儿,再说这个还不算么子坎儿。"

他点头称是。

当晚他没回宿舍,我觉得他可能回家了。

第二天他没来上课,班主任向我问起他,我说不知道。

第三天他依旧没来上课,班主任又问起,末了他抱着膀子阴沉沉地走开了。

当我们一致认同该给他打个电话问问时,却发现他手机关机了。我们试图联系他的家人,又发现资料里的家庭联系方式填的还是他自己的号码。我们此时才发觉没人去过他家,没人见过他的家人,除了他展现于人前的躯壳和通过躯壳偶尔外溢的精神外,他如谜。

大家都说他逃学了。我犹豫着该不该把前几天他说过的自杀的想法讲出来。

过了两个星期,天气逐渐转热,炎炎夏日明明白白告诉世人它要来了。有天舍友正在洗衣台洗衣服,他感到脚踝攀上了一个软软的东西。舍友伸手一拍,啪一声脓水四溅。舍友当即恶心得低头干呕起来。一看吓一跳,满地的蛆像竞赛似的从洗衣台下爬出来,绿头苍蝇嗡嗡嗡架着战斗机,隐隐有臭味散发。他连连后退跌坐在地。

我们烧了开水拿上笤帚在洗衣台前准备除蛆大战。洗衣台下围了一个高高的硬纸板。

"谁去揭开它。"

一阵推辞后,我们选定了一人。他捂着鼻子蹑手蹑脚地走过去,拈着指头磨磨蹭蹭。

"快啊!"我们催促道。

他揭开了,然后晕倒在蛆泊中。

一个人弓在里面,一张干瘪破碎的脸朝向我们,一团团的蛆从眼眶、鼻孔、口腔涌动而出,舍弃为供养它们而被啃光的宿主。还能看出,那个人在笑。

啊！我的试验品！

此时是在上语文课还是数学课呢？若在平时，我该在明晃晃的日光灯的照耀下拥坐于同学之间，那窄小的空间暖和、舒适、安心。现在，梦圆对谁咒骂祝他出门被车撞死，撞不死还来回碾压三道呢？有人注意到教室有个位置空着吗？是否有老师问起？是否有同学谈起？教室外的郁郁葱葱间会有鸟鸣吗？可惜不属于我。湿润的走廊里喧嚷如旧否？可惜不属于我。又有人感叹时光倏忽吗？可惜不属于我。

那些都不属于我。我坐在这间餐厅里，享受漂亮的女服务员爱慕的眼光，只等高考完拿了毕业证欢欢喜喜地到大城市上大学去，你知道，凭我的聪明才智，无论如何学习也不会差的。

她来了，那个迟到的女人。

好吧，先玩玩她再彻底甩了她。至于你，只要答应我信中的请求便好，以后不用再联系了，我们终究会成为没有丝毫相似的人。

再见。

我长长地吁一口气，放下笔，完结了。

天完全黑了，雨闪着光，更加小了，像诗中的袅袅晴丝。

原来窗户关不住了，雨飘进来，泅了笔迹，湿了脸。

我小心翼翼地将它和中午写的信叠在一起，塞进衣服的衬里。现在除了新进的客人还会吃惊地打量我以外，再没人对我注目了，真悲哀啊，人类的残酷。哦——不，还有那位漂亮的女服务员也在看我。

我拿好笔和剩余的纸张走到柜台，还给她："谢谢。"

她慌张地接过东西："不用谢不用谢。"

我转身离开，突然记起还未付咖啡钱。我折转身，发现她用十分奇怪的眼神盯着我。大概没想到被我察觉到她盯视的目光吧，她显得局促而拘谨，眼神游移，似不知是否应当看我。

我问柜台后的收银员："好多钱哪？"

"八块。"

我摸出所以掩钱，数一数，不够。

收银员在等我付账。

"喏，给，我请他。"头发镀了金色的服务员说。

收银员收了钱，出着小票。

"谢谢！"

我想将身上那点钱给她，她却慌忙推开我的手："用不着用不着，我请客！"

"谢谢。以后还你。"

我把钱摊在柜台上，转身离开，我推开门即将跨出店时，听见她喊："你去哪儿？"

我走出店，关上门，隔着玻璃使劲朝她挥手。

她嘴唇动了动，我听不清她说什么。我看见她急急忙忙地从柜台后拿出一把伞就要追出来，我立马闪入雨中跑了。

我记得她，在我们教室的那一层，常在走廊看见她，因为她的头发有着特别的金色，所以我格外注意了些。久而久之熟了吧，每次见面招招手、笑一笑，算是打招呼。

大家在雨天倾心于逗留敞亮的屋里或窝在被窝看电视吗？为何小城空人，只有寂寂闪亮的霓虹了呢？到处都是光，一圈一圈。黑幕低低覆着四角高高的屋顶，广袤之外是五彩绚烂永恒旋转幻灭的星河，那里只有爆炸和寂静。啊，是了，他们在家里，在咖啡厅，欣享美食。

顺着八号路口跑上去到了屋门口。门锁着，屋里没人。我开门进屋上了阁楼，从我堆放的书的其中一本的夹页里找出几百块钱揣进兜里。不再停留，锁好门打辆车奔向车站。车站里失了热闹，候车厅稀拉地坐着没精打采的人。我穿过候车厅，踩着水走到汽车待发的坝子上，着装妖冶的女人到处拉客："到哪儿？上车就走！上车就走！"

就是它！我看见了！老天总算成全了我一次！

我从那些拉我的手中挣开，走近看中的那辆车。

"快快快，还有空位，上车买票，上车买票，马上发车。"车门处的女人喉咙嘶哑。

我趔趔趄趄地爬上车，摇摇晃晃地站起来抓住车门，准备走上阶梯上车厢时，耳边传来司机的喝止："欸，做么子做么子，脱鞋子！"

我似乎想起来，坐长途车是要先脱了鞋装塑料袋中，赤脚上去的。

我蹲下来脱鞋，但鞋带成了死结。

"欸呀，你在搞么子，你快点嘞！后头还有人等到起的！"我转头看司机的脸，他很不耐烦。

我掏出钥匙环，用上面的剪刀剪开鞋带，我抱着鞋站上台阶，把鞋扔出车外。

司机怔住了。我微微一笑，通道总算畅通了，我不再挡道，也没人吵我了。"师傅，现在可以哒不？"

"耍么子脾气。"我听见嘟囔。

我踏上阶梯走进车厢到最后两排的空铺睡下。

灯光昏暗，犹如黏土的浓墨。我蹲在黏土里。车窗外昏暝的夜色和着湿答答的积水凌乱了光晕。发动机启动了，轰轰震得我全身暖暖的。骗子，车又停了一个小时了吧？哪里是立即走？汽车悠悠而动，转弯，如美好的船。阵阵灯光飞掠，最后连熟悉的小城的光也消失了，剩沉沉而轰轰的黑色。时间是断裂的河吗？我一直在瀑布坠落，须臾才于平缓处安流。有人叫我："喂喂，三百！"我摸出三百，循声给了钱。"袋子，吐。""别吐，你等着。"我手里拽了个袋子。我又睡下，晕啊。小镇镇牌在光影里一闪而过，其余什么也看不清，大概倾圮的乡村面目老旧，愈加衰落。那些人是在酣睡抑或已经远离呢？错过了吗，那幢灰白的三层小楼？哦，原在记忆里已然拆毁。我觉得我感冒了，体温忽冷忽热，我还得不停地抖动双腿来分散注意力，否则我必感到一根柱子撑破我的脑袋。每一次颠簸都让我觉得难过，那灵魂一因感冒而迟重的灵魂跟不上身体的颤动，摇摇晃晃许多次像被甩到身体的边缘——此时魂的影逸出，躯干阵阵冷洌。晕啊。时间是断裂的河吗？我一直在瀑布坠落，须臾才于平缓处安流。可我还得不停地抖动双腿，唯寒流令我清醒，唯凛洌逼我冷静。黑夜和沉默赠予我灵感了吗？我想拿笔写些什么，可是笔呢？"喂喂，到了，下车！"到了？怎会这么快？至少得花两天时间吧？我还没吐呢！浑浑噩噩，我站起，听见绑缚身体的锁链的响声。我跳下车，眼角有了另外一些颜色。使劲眨眼，看见陌生的阴郁的天空，呼吸陌生的无味的空气，看见陌生的冲霄的方楼，听着陌生的口音、咋呼。那些拖带行李的人艰难地往前走。我知道，到了，宜远。晕啊。于是我奔出车站，奔上陌生的街头，拉住陌生的人，询问熟悉的地名。他们反问我陌生的问题，做陌生的手势，投以陌生的眼神，他们看我，像看陌生人……于是我一直走啊走。无尽的黑暗空间，我孤独一人在空际流浪，可我很疲惫了，既是命定，我愿接受放逐。心儿在无声中碎裂，碎片四散，如雪花埋葬到肮脏的深处。我愿沉眠。真好，我要睡觉了，我很高兴吧？大家都很高兴。

　　那就沉眠。我终于拥抱了我眼里的世界。

繁复

第一章

有热红的东西在爬我的眼。

我睁开眼，纳入一片光。渐渐我看清这个地方，它是一个堆满杂物的小房间，我睡在一张小床上，头和左侧身体抵墙，脚的尽头的左侧立一扇露缝的门，右手边的大的小的杂物的阴影外面，一扇木窗高悬，恰有阳光透进。

很饿，很渴。

我撑起身子，胃里一阵酸液搅动，难受得只剩力气喘息。我听见外面有了响动，虚掩的门被推开，一个逆光的叠许多黑白的影子朝我跑来。

"你醒啦，"是个动听的女孩儿的声音，"别起来，快躺下！"

她扶我躺下。我看清了，那个女孩子穿着白体恤，盘发髻，宽额头，瘦削的脸如雕塑的层次感。

我喃喃自语："怎么梦到你了，我这一天都在想什么？"

她扑哧一乐："是，你正在做梦。"

我抬起手，狠狠给了自己一耳光。

"哈！"她蹙眉而笑，说，"你傻啊！"

"没做梦？真是你，欣欣？"

"你正在做梦，怎么会是我呢？口渴吧，我给你倒杯水。"

"我的手机呢？"我连忙问。

"哦，手机—"她斜转身子，从旁边高高的杂物柜上拿来手机，说，"给你。"

"谢谢。"

"说什么谢谢嘛！"她走了出去。

手机污秽，已经关机了，大概早没电了。我取出电话卡，把它们扔在枕头边。高悬的窗子前牵起的绳上挂着我的衣服，我穿着睡衣。

欣欣走进来，把水放在柜子上，她把我扶起，让枕头靠墙立着，使我靠在枕头上，然后递给我水。我接过水叽里咕噜一口气喝了个干净，她又出去给我倒了一杯。

"这真不是梦。"我说。

"哦——原来是真的！"她恍然般说。

"我怎么在这里？"

"我正想问你呢！昨天我在做面，爸突然打电话叫我赶紧回去，刚进屋就看见一个人睡在床上，觉得特别眼熟，跑过去看居然是你。我爸说你靠在屋门口，他叫你，摇你，你居然倒了，吓死他了！然后他把你送到卫生院，医生说是急性什么发烧什么的，打针、输水、开药，最后就把你拉回来了。我还想问你'为什么是你？'"我打断她。

"啊？"

"为什么恰好遇到你？"

"遇到的就是我啊！"

"这是宜远吗？"

"嗯。"

"哪有这么巧？"

"巧吧？真的，我觉得神奇得不行了。"

"换作别人就不巧了吗？也许不是吧。我好饿……"

"马上中午了，我们去爸妈那儿吃饭。"

"爸妈那儿？"

"就是我爸妈，他们在旁边的村子搞的面坊，这个面坊是前不久买的，我照看。"

"哦。谢谢。"

"说了不用客气嘛！你先休息吧。"她掩上门走了出去。

我放平枕头躺下。这大概不是梦吧，我很清醒。世事凑巧，我还活着，被熟人收留，住宿有了着尽管对方未开口挽留，但我会厚着脸皮争取的，取出电话卡时我已有所决定。接下来呢？世事果真如此凑巧？据说袁欣欣初中毕业后便嫁给了一位师兄，去了宜远一个叫云醴的地方，之后离婚，还有了孩子。但我们三年未见未联系，我同所有的初中同学都未见未联系，我从哪里听来的谣言？况且她还小我一岁！上了高中的就我一个，我知道很多同学都去跟父母搞面坊了，那可真是个赚钱的行当，据说日进斗金。一到春节，回小城省亲的人开着豪华轿车涌来，一大家子呼呼喝喝地进了酒店或餐馆，他们可以作证。所以呢？我在宜远了，我不上学了，孑然一身，浪荡在外，可我没钱。没关系，我可以重新开始，我想好了，毕竟啊，我是费尽千辛万苦才找到这里来的。

我听见轰隆隆的机器的响声。

床下摆着一双拖鞋，大概是给我准备的。试了试，有些大。我下了床，扶着床沿，依在墙缘，拉开门缝向外看。

屋子的卷叶门高高拉起，屋外的水泥坝子、凹了一个大坑的土路和对面的脏房子和着阳光挤进视野。门口有一个高高的四脚玻璃柜，其中紧挨着几个铁盘，上面盖着湿布，只在有些盘子的布的上下两头顺顺溜溜地弯出几尾白条子，柜子前有一个电子秤，外面还站着一位老婆婆。屋子里有天然气炉子，一张小桌和两三个凳子，墙面的钉子上挂着毛巾。左边整面墙被一些鼓胀结实的尼龙袋子掩住，白色粉末飘散。

我看见那个轰隆隆作响的机器，它贴右侧的墙。欣欣斜对我在机器前双手拨弄、翻卷，从机器铲形的口子里抓出一把白条子。机器停了，她走到玻璃柜前，把颤动的白条子放到电子秤上。"五毛钱的啊？"她说着，从秤上拣了一溜，揭开一个铁盘上的布放进其中。她撕下一个挂在柜子抽屉旁的塑料袋，食指、拇指一搓，袋子便开了口，两手撑边一翻往秤上一拢一倒，白条子便毫无悬念地进了塑料袋。

"您拿好咯。"她把袋子递给外面的那位婆婆。

婆婆给了钱，提着袋子走了。欣欣走到机器前，机器又隆隆响了一阵。

窗外阳光耀眼。我取下晾衣杆上的衣服，摸摸衣服的夹层，信还在，但干后发硬。我站在门后换下睡衣，柜子上放着我的身份证和所剩不多的钱，我将它们揣进兜里。走到外屋，欣欣正坐在面柜前的小矮凳上摇着扇子望着外面，脸和灰白褂子上扑满了面粉。

"怎么起来啦？"

"活动活动。"我伸展着身体。

"不难受了吧？"

"舒服多了，"我走到门口说，"这边有点热呀，我走的时候家里还在下雨，怪冷的。"

"慢慢热起来啰。"

"有水吗？我想洗把脸。"

"有。"她从架住机器的铁板下面拿出铁盆，拿了挂在墙上的毛巾，从外面的洗衣台接了盆水。

我在门外接住盆蹲下来。毛巾有些滑手，浸入水中，漂起可爱的白色珍珠粉。洗了把脸，顿觉神清气爽。我端起盆，想倒掉水。"别别别。"欣欣叫住我，走来接过盆，又走进屋，把水倒进柜子边的桶里，说："可以洗拖把，水很贵的。开面坊就这个样子，随便，招待不好的地方别介意。"她给我搬来一个椅子放在小矮凳旁边，我坐下了。

"怎么会呢，挺好的。我爸现在也搞面坊呢，不过听说一直赔钱。其实我们可以说老家的话。"

"是哈，你不说我都没意识到。"

"算了，这样讲话也挺好，我先适应一下。"

"再见你真好，你回过初中吗？"我佯装兴奋地说。

"回过。"

"我没回过。"

"很多东西都变了，操场翻修了，老教学楼也拆了，厕所换地儿了。彭老师怎么样了？她身体一直不好。"

"不知道，到了县城上高中就没联系过了。"

"听说生了一场重病是吗？以前她对你多好，买这买那的，我都嫉妒了。"

"嗯。"

"你都不上QQ，想找你都找不到。"她说。

"高中太忙，现在也很少用QQ了。"

"那是，您是贵人多忘事，哪记得我们嘛。"

我笑了一下。"每次坐那儿写作业，上课，写作业，上课。再说，你是我的大班长，可不敢忘。"

"你什么时候把我这个班长当过数？当班长的第二天你就把我气哭了，非得抬出老师宓能压你。"

"那也是压住我了。"毕业后其实都没有什么可说的，开头第一句问在吗，第二句问在哪里，第三句问最近过得怎么样，然后就没话说了。"那次是个什么事儿来的？"

"老师没来，你上课讲话，叫你别吵了，你还越说越来劲儿。"

"你就这样哭啦？"

"不是，哪个缺德的说我把你的名字记在纪律本上了，你过来叫我划了名字，我不划，你居然吼我。"

"哈哈，还有这样的事。对对，想起来了，那时候还有什么纪律委员，从前只有我记别人的份儿，哪有别人记我的。"

"您是谁呀，凌炜，我哪敢记您名字，我不说，您都不知道我还是你小学同学呢。"

"这不是以前不懂事儿嘛，后来我们不是相处得很好吗？别计较了，啊。说起来，分到一个班的小学同学好像还有两个吧？我记得娇娇也是，不过上高中的就没俩了，你们都跑出来挣大钱，联系少咯。"

"我现在给初中同学打电话也少了。"她说。

"偶尔你们还给我打一个。"

"那时候你还喜欢青青呢！我还多为你俩上心的。"

"多久以前的事情了，小孩子的玩意儿嘛，别提了。"

"那是那是，我看姗在也是小孩儿的样子。人家说放下了挂嘴边，放不下才闷心里。"

"因为我觉得提这些没意思，反正别提了。"

"前年孩子满月，摆席你没来吧？"

"我托人送了五十块好吗？知足吧你。"顿了顿，我问，"那你婚姻什么个情况？"

"离了，烂人一个。"

"好，有魄力，我欣赏你！你有什么打算？"

"看看能不睡到好人吧。"

"哦，那你放心好了，肯定遇不到的。"

"欸？"

"说着玩儿，说着玩儿。生意怎么样？"

"还行吧。"

"每天几袋面粉？"

"七八袋。你怎么知道？"

"七八袋很不错了好吧？我爸也做了一阵子面，在西安那边，每天三四袋，后来就不干了。"

"我说你怎么还知道做几袋面粉。喂，你怎么晕在我家门口的？"

"我被偷了，什么都被偷了！"

"被偷了？几个意思？"

"我自己都还没搞明白。我先出去转转，回来给你讲。"

"去哪儿？"

"随便走走，就在附近看看。"

"我跟你一块儿去吧。"

"不用，你好好看店，我走不远。"

"那早点回。待会儿吃饭。"

第二章

右边不远就看不见房屋了，所以出了门我一直朝左走。土路像被陨石砸过，留下一个个大坑。中午的太阳照着被遗弃的村子见不到一个人，矮房子破落，泥敷瓦的，水泥半塌的，间或有半敞的门。大概村镇是一样的，都在阳光下显现鬼气。

走了好久我才看见两间衣服铺子。进了一间，四面墙壁密密麻麻地挂着衣服，连屋子中间也被两列向里的挂满衣服的架子分隔开了。我顺着架子找，没找着心仪的衣服。

"有人吗？"

我边喊边往铺子深处走，到了尽头，看见衣服围起的角落里一个女人戴耳机对着电脑，手里捧着碗，长长的穿黑丝的腿绞在一起。她看见我，边摘耳机放下碗边说："随便挑，看上哪件就拿。"

"有适合我穿的吗？衬衫。"

她打量我，从架子上取下几件，说："这些就不错。"

我从中拿了一件蓝色格子的，又从店门处拿了一双蓝白相间的休闲鞋换上，我问她："多少钱？"

"八十五。"

我付了钱，店主将衣服和换下的鞋子分别装进塑料袋里给我。离开的时候，我问她："附近有卖蛋糕的地方吗？"

"卖蛋糕一不知道。你往前边走走，如果没有的话那就是没有了。"

"谢谢。"

出了店我接着往前走，走到了村子尽头，仅有几所破屋，再往外便是看不到终点的孤零零的土路。我又往回走，左顾右盼。

我最后不得不停下："没有啊！"

这里没有蛋糕店。幸好，这里有乡村超市。我走到超市的冷藏柜前，拉开玻璃，选了一个葡萄味的冰激凌，问那个趴在收银台的发了福的店员："多少钱？"

"两块。"

我给了钱往回走。我对自己说："今年是比以前凄凉一点点，要自己掏钱，买的还不是蛋糕。虽然生日过了，依然祝我生日快乐！"

我吃起冰激凌,我得在回到欣欣家前吃完它。

我走进屋,欣欣已经把柜子推进来了,正在用袋子装剩余的面。

"你看,我的新鞋好看吗?"我将脚伸到前面,展示新鞋。

她瞥了一眼,说:"刚买的?很好看。你怎么自己就跑去买鞋啦?"

"不然怎么样,叫你一块儿,花你的钱呀?我还买了新衣服,我进去换,别进来啊!"

"换好了去吃饭。"她说。

"不做生意了吗?"

"半天不开没事,反正没得人。"

"哦。"

我走进里屋,把衣服和拖鞋放下,迟早得买这么一件的,就不必欣欣破费了。

收拾完我们走到外面,她拉下卷帘门锁上,骑上停在坝子里的电瓶车,把没卖完的面放在车篮里。我坐在后面。驶出村子,原野像尸体干瘪的皮一般展开,在太阳下荒凉而恐怖,遥远的地方山峰森然。不一会儿,褶皱似的歪歪斜斜的屋子曲起,我们到达了目的地。那是一个稍大的村子,那时已经有许多小孩儿端着饭碗光着身子在门外跑了。

我们在一个坝子里停住,我下了车,看见店铺招牌上写的鲜面条几个字,正是我昨天躺下的地方。

"小凌,快进去坐。"一个男人从邻居稍高一些的坝子上跳下来,他留着两撇胡子,灰白色的褂子卷起,袒着肚子,肋巴骨一根一根清清楚楚。

"叔叔。"我问好道,他应该是欣欣的父亲。

"来来来,进来坐。"他甩起胳膊,趿着拖鞋把我带进屋,穿过漂白粉的做面的屋子,进到里面的起居室。起居室不大,来回六七步,日光灯顶头,墙上贴满了画报,画报散发出一种柔和的红色光辉,印的是一些不认识的长相甜美的明星。一排沙发对着电视,沙发前有一张四四方方的矮木桌子,有两间门上贴了画报的隔间。绕着屋子摆了饮水机、冰箱一些东西。电视边敞开的门后似乎是个后院,可以看见明亮的天光和火砖墙,炒菜的声音从后院传来。

"小凌,你先坐到看哈电视,饭马上弄好哒,我先出去哈。"叔叔说完,冲后院的方向喊一嗓子,"弄饭的快点!"

"好哒好哒,娃儿睡觉,莫吵!"声音从后院传来,答话的应该是阿姨。

"你先坐哈。"

"要得,叔叔你个忙自己的。"

叔叔溜达出去了。

我坐上沙发，旁边还坐着两个人，是欣欣的妹妹和弟弟。他俩看来和我一般大，黑黑的皮肤，妹妹留着稀疏的斜刘海，穿一件黄色的T恤，弟弟的腿分开，脚踩在桌沿，头发捯饬过，全染成了黄色，高高蓬起，刘海整齐地泻下来遮住眼睛。读初中的时候我在学校见过他们几面，有些印象。桌子上的水果篮里盛着葡萄，妹妹端了过来，她娇娇地说："吃吧。"

"我不吃，谢谢。"

弟弟摘了两个葡萄塞我手上，说："吃啊，别客气！"

"哥哥想吃就自己拿。"妹妹放下水果篮，进了后院。

这时我看见那个小孩，胖胖的脸蛋胖胖的四肢，躺在沙发另一侧睡觉，而他的年轻的母亲已经走了进来，为他盖上小被子。

我问："这是你娃儿？"

"嗯。"

"和你长得好像，一样好看。"我倒看不出小孩子和大人有何相像，只记得大家看见孩子时都是这样评价的。我问："叫么子名字？"

"袁满。"

"满满。"欣欣弟探身捏孩子的脸，揪起一团棉花般可爱的肉。

"让他睡，莫弄醒哒。"欣欣拿掉弟弟的手。

满满的头发朝后梳着，扎了两个小鬏，应该是个女孩儿。我问："男孩儿女孩儿？"

"女孩儿。"

"你会成为她的好妈妈的。"

阿姨喊："端菜哟！玉宝，喊你老汉儿回来吃饭！"

"我去喊。"欣欣从后院跑进来，跑了出去。

欣欣和玉宝收拾沙发前的木头桌子，将果盘和纸巾等东西放到边上，再拿碗端菜。我站起来想去帮忙，欣欣弟拉住我说："你坐，莫管。"

饭菜上齐，我们围着桌子坐，我和欣欣坐在沙发上，叔叔回来坐在阿姨旁边，有些挤。阿姨长脸微胖，头发用一根细簪子别在头顶。

弟弟站起来问："哥哥喝不喝啤酒？"

"他今天就不能喝哟，你给我拿一罐，"叔叔对弟弟说完，又对我说，"多吃点，把身惇好，休息两天，过两天好好喝。"

"嗯。"我真是十分饿了，可劲儿刨饭。

弟弟拿了两罐啤酒回来了，拉开拉环，"哧"的一声。

阿姨不停地给我夹菜，说："弄得不好，将就将就。"

欣欣妹可爱地抱怨着："凌炜哥哥，我是不是我妈亲生的哟？我肯定是从哪个崖上捡来的，平常不弄好的给我吃，今天我炒哒两个菜还说我弄得不好，哼。"

阿姨说："你是捡的嘛，老鹰崖那边捡的。"

"那我把你们吃穷。"

我听着觉得高兴。他们说话很奇怪，一会儿用老家的话，一会儿用宜远话。

叔叔突然问我："你嘟个跑宜远来了？还晕在屋门口？昨天我到门口看到个小娃儿睡在那儿，吓我一跳，开始还没认出来，再一看，这不是凌家屋头那娃儿嘛。"

我咽下饭，将那个还不及圆好的谎言说出："我来宜远打工，结果下车去了趟厕所包就丢了，一下子不知道怎么办，到处找，心里一着急，就晕了。"

"宜远车站哪？"叔叔惊得目瞪口呆，筷子停在空中。"哇！"弟弟和妹妹都惊叫了一声。

我埋下头刨饭，听叔叔说："嘿！那你这一找就找哒好远嘞，你是嘟个找过来的？"

"我就一直走啊走，坐车，问路，到处找。"

阿姨说："最后还是没找到？那东西丢完了没得？"

"还有一些钱，我放在身上的。当时我特别着急，真的不知道怎么办了，回也回不了，又没得地方住、没得亲戚，着急死了，一着急就脑壳就发昏，又走又坐车，乱跑，鞋子都不晓得跑哪儿去了，不晓得跑了好久跑了哪些地方。"

欣欣说："慢点吃，我去给你倒水。"

叔叔说："那你这一找就是不得了，从市里头打车过来莫就要个把小时哦？"

欣欣妹说："哥哥，真的是太神奇哒。"

阿姨念着："菩萨保佑，菩萨保佑。"

"还菩萨保佑！"祕弟不屑地说。

"是菩萨保佑噻，你以为呀？不然哪来楞个巧的事？你是不信，以后你就晓得的。你爸往回也不信，嘟佃在嘴巴不敢乱说哒哟？"

欣欣弟说："菩萨保佑凌炜哥哥飞过来的。"

欣欣把接了水的杯子放到我面前说："好哒，要问等别个吃完饭噻，来都来了，再说那些没用的做么子。"

我咕嘟嘟喝了两口。

阿姨问我："高中毕业不读哒呀？往回你成绩好得很嘛，你是今年高中毕业哈？"

"没毕业，跟不走，不读哒。"

"这边有亲戚不？"

"没有。"

"那你来了住哪里？"

"我以为这边工作好找，找到了会安排住宿嘛。"

他们都笑了起来，咖弟说："胆子大！"

阿姨说："真的是胆子大，屋头人也放得下心？亏得遇到我们。"

叔叔说："你先住我们这里，晚上就睡那边面坊，刚好有地方。"

"谢谢叔叔，我过两天找到工作了有住宿的话就搬走。"

"这么客气做么子，又没得人撵你，跟袁欣欣是同学，老家一条街上的，你长期住都没问题。给家里打电话了吗？"

"晚上回去手机充电哒就打。"

"用我手机打就是。"叔叔说着就要拿手机。

"我号码存手雄的。"

"那你晚上回去打，莫让屋头人担心。"

吃完饭我看了一下午的电视。三点多的时候袁满醒了，见到我这个陌生人就哇哇大哭。我去抱她，她哭得更凶。欣欣抱着她，抚慰着，在屋里唱着歌绕来绕去。我看着他趴在欣欣肩头，真想上去和她亲近。

吃了晚饭，欣欣骑车送我回去。当曛暗的原野送来阵阵清风，当欣欣指给我澡堂交给我屋子钥匙后骑上车子折回，当我淋着热水耳朵里响着别人的交谈声，仍觉得如梦一般。

不上课，没有电视，不能开手机，混到九点我就洗漱准备睡觉了。杂物高处的窗户外一片漆黑，只有蛐蛐声。我没有关灯，躺在床上，忽然间有种奇异的感觉，就像回到小时候。那时八点左右就洗漱完上了床，有几次耽搁到十点才睡觉，我就觉得焦躁而困乏，认为那么晚的时间全世界都沉入了梦乡甜甜睡去，只剩我自己。

第三章

叔叔让欣欣闲着带我玩，活计由弟弟妹妹担着。但我用行动表明我留在这边帮忙，我有成为长工的觉悟。

晨光熹微，我靠在门口迎接欣欣。电瓶车的颠簸震醒清冷的街道，她停下。我接过一大包炒面和面皮子，她一转车把，车便坎坎坷坷地给街尾和村外的饭馆送去预定的面。她返回时，我已经把面柜推到门外，铺上湿布，备好面粉，打点完一切。即使初时，哪怕只帮忙搬一个凳子，我也避免袖手旁观，现在已相当熟练。认真的样子是美的，我爱看她做面。机器如昂首蛟龙，欣欣于龙身前，击打，拉伸，扭结，动作行云流水，龙头义无反顾地吐出根根筋髓。飞舞的白色粉末像精灵一样轻盈，十几天下来，我又白了几分。

之后我们叫早餐。

"今天吃包子还是杂酱面？"欣欣问。

"包子吧。"我说。

她到马路对面叫上两屉包子，买两袋豆浆，我们共享美好早餐。我们在屋里尽情坐着，或者说话，或者不说话。有人买面我抢着招呼，我学着那些摄入记忆的温文尔雅的人说："您好，请问您买哪种面？"

欣欣说："不用这样。"

我说："生意肯定蒸蒸日上。"说完一错指，搓开塑料袋，拢到秤盘上，一倒，面趣和谐有致地装进了袋子。

午饭我们俩就在这边面坊吃。起初我只能帮着刨土豆皮、择菜，当我强烈要求欣欣同意我试做一两道菜后，我就爱上了厨师这个职业了，厨师真是一位大艺术家，从模仿到创造，食材放多放少都大有讲究——可他们不再让我做饭。吃完午饭欣欣会进里屋睡觉，她的确应该休息，她和叔叔阿姨三点钟就起床了，我未到的时候她和其他人一样每天只吃两顿饭呢！做面是个体力活儿，比手劲儿，她一下就能扳倒我。

时不时有人打电话来叫送面。我一个人通常会情不自禁地走来走去，脑子转得飞快，什么也没想，累了靠在门边，看正午的太阳，扑卷的灰尘给对面房屋画上泥妆，满载乌金的货车如矍铄的老头儿，晃悠而遒劲地驰过土路的大坑，霎时疾风扬尘,混淆煮沸的空气,愈加活跃的夏蝉依旧欢唱不停,忽而骤然停止,骤然开始。

炒面卖完了,而时间还早,欣欣就会打电话叫弟弟妹妹送面过来。又来了一辆电瓶车,或弟弟来,或妹妹来,或同来。我喜欢欣欣妹珊珊。回家下车时脚还没站稳,她就像受了委屈的孩子似的娇娇地叫妈。看电视时她偎在阿姨身边,她带我去市场买菜。玉宝也就是欣欣弟给我讲故事。"我拿到初中毕业证后就直接撕了,哎呀,看到那些白纸黑字感到头疼。""面坊外过路的大车爆胎,一颗螺丝弹出来,对面屋子的玻璃门一下子炸了,射到屋主人的眼睛里,眼珠子都爆了。""去年有人在大爸的街上开了面坊抢大爸生意,坏了规矩不说,那家人还压价卖,害我大爸赔好多。最后大爸找了叔叔、幺爸,还有姑爷,带上混过武校的几个哥,把那家人收拾了一顿。我亲眼所见,他们把那女的撼墙上扇耳光,那男的才是正菜,他们踩着男人的手腕用凳子打他,问他滚不滚。最后一不注意被那女的给挣脱了,那女的提起菜刀砍大爸他们,虽然被爹的大表哥飞起一脚踹脱了手腕,大伯背上还是留了刀疤。"

"就这样?"我看着他撩起袖子展现他臂膀的力的美。

"后来那家人就搬走了。"他说。

"砍了之后怎么处理的?"

"他们女儿回来了,大爸说算了,就走了。"

三个故事的真实性都值得怀疑,只是我自此很少靠门边了。

日暮时分,我们收拾屋子,骑车,去另一边。满满朝人扔枕头,扔玩具,将人砸得生疼。她爬上沙发蹬我的头和脖子,她钻桌子底下,打碎盘子。珊珊抓住她搂着她,她便抠她的脸,在她手臂上留下尖利的牙印。她的母亲有时吼她两句,阿姨便一把放下手中的活,搂过满满说:"娃儿还小,让她闹。"我喜欢满满,我想抱她,可她咬我。

我陪叔叔喝酒,接着说胡话,一边吹嘘一边批评我们的社会和民族。我们打麻将,这是传统,我三岁就会了,猜牌、出老千、算计,承让承让,不敢说精通,倒是都会,清一色、乱七对、杠上花,常有。我总是赢家,自有分寸,小赢。

晚上看电视,这像马尿一样在杯子里漂浮冒泡的黑色是什么颜色?

第四章

　　午后,叔叔打电话来叫我们收拾了去欣欣的幺爸家吃饭。我们赶到那边的小镇时,叔叔他们已在轿车里等了。

　　"你坐前面。"叔叔说。

　　我刚坐上副驾驶,满满就叫起来:"不要他,不要坐!"

　　"我坐后边吧。"我说完,准备下车。

　　"没事,坐前面就是。"阿姨说。

　　"不要!不坐!啊一不要他!"满满歇斯底里的尖叫刺得人心酸。

　　欣欣拍了孩子一嘴巴:"嚷什么嚷!"

　　"没事,我坐后面,榆抱满满坐前面。"

　　"好。满满不叫,不让叔叔坐前面,我们坐前面哈!"阿姨哄着孩子。

　　我和做与孩子换了座位。

　　"不一不要他!"孩子仍然在叫嚷。

　　"你再叫把你甩出去信不信?"欣欣厉声说。

　　满满呜呜地哭着,阿姨哄着她。我挤在车窗一边,满满总是不喜欢我。

　　车子沿着弯曲的盘山路下到平原,驶上了平坦的柏油路,车子渐渐多了。天气闷热,风呼啦啦烧进车内,飞逝的行道树荣荣萋萋。

　　"我们吃了晚饭就回去,明天还要做面。"叔叔说。

　　"你以为老幺会让你回去?不喝够还想回去?"阿姨说。

　　开了将近两个钟头,我们进了城里。人群摩肩接踵,车子拥堵,高楼大厦犹如巨人,我颇有隔世之感。

　　"叔叔,这是哪儿啊?"我问。

　　"西陵区。"叔叔说。

　　"哦,还有哪些区呢?"

　　"伍家岗,点军,夷陵,貌亭。"

　　我小时候没听过这些地名。

　　"我觉得伍家岗区环境太差了,以后我当区长了就好好整整。"玉宝说。

　　"你?区长?"阿姨说。

"厕所里头的蛆长哦？"叔叔说，"你蛆长我就除蛆长。"

"哈哈。"

"你还不信，等着。"

车子在一个菜市场外停住，叔叔按下车窗喊："老幺，走！"

市场口边的面坊里斜出一个人，扁脸，光头，系围腰，全身漂白。"幺爸！"欣欣他们喊着。

"你们先到屋里去，明秋在屋里。"他说。

"那你想得周到，这么早把我们叫来，自己闷头做面发财。"阿姨说。

"哎呀，嫂嫂呀，来来来，下车抱一个，这么久没见，想得紧！"他走近车窗躬下身往里凑。

阿姨嫌弃地往车里靠了靠"走走走，别管这神经病。"她催促叔叔说。

车子继续往前走。我问："叔叔，白山坡在哪儿呢？"

"白山坡？不知道。"

"哦。"

"有熟人哪？"

"没有，我小时候在那里住过，想去看看。"

"白山坡？听都没听过。"阿姨说。

"用手机查一下就不知道了，笨。"珊珊说。

"就你聪明。"玉宝说。

"幺爸家里有电脑，待会儿用电脑查。"欣欣说。

车子开进一个小区，门口的牌子上写着"张家小区"。我们下了车，走进一栋楼，坐电梯到了十一层。门开着，我们走进屋子。

客厅围了半圈沙发，沙发前一个长桌，对面是电视，一侧是阳台，瓷砖像是画了一次不再成功的妆，被众人的鞋踩得乌七糟八。客厅坐着许多人，七八个挤着沙发，一些坐在高的矮的凳子上，还有从其他房间走进走出的，有一些孩子跑来跑去。他们叫道："二爸来了！"

一个短头发脸上长了雀斑的女人兴高采烈地走过来说："哎呀，我家宝贝来啦，快进来坐。"

"叫奶奶。"欣欣对袁满说。

"奶奶。"孩子甜甜地叫。"幺婶。"玉宝他们也叫了。

"乖乖。"女人亲着满满。

"明秋，那我叫个奶奶你也亲我嘛。"叔叔张开手后仰，兴奋地环视一周屋子，让所有的人都注意到。

"哪个要你抱？我还是抱我家幺女安逸。"女人说。

欣欣弟和欣欣妹挨个问候长辈，满满也一个个地叫人。

"这位小兄弟是欣欣的同学，过来玩两天。"叔叔指着我说。

我笑着冲大家点头问好。

其中有个年轻清瘦的人向我递烟："来一根儿。"

我笑着摆手拒绝："我不抽烟。"

"不抽烟嘟个行？来嘛，一支！"

"真的不抽。"

"真的不抽啊？"那个人收手了，叼入自己的嘴巴。

玉宝和珊珊带着满满到其他房间找他们的兄弟姐妹玩去了，我跟着欣欣坐在靠边的凳子上听叔叔他们闲侃。叔叔真流氓，老是和另一个小伙沙着嗓门讲小叔子和嫂嫂的故事，要抱来抱去，他们谈生意，讲笑话，他们把生意夹在笑话里讲，我跟着他们笑。有人嗔着闪躲，有人哄笑。

我把凳子朝欣欣挪了挪，问："这里有电脑吗？"

"有。"她说。

她带我走进一个卧室，床上有很多打闹的孩子，被子、床单乱糟糟一团，珊珊和她的表姐妹们在玩电脑。

"起来咯，用用电脑，待会儿给你们玩儿哈。"欣欣对他们说。

有的叫着姐姐，有的叫着姑姑。"让开，让开！"玉宝将小孩子轰开。"你来吧。"咖说。

我操作电脑，在网上找到宜远的地图，输入白山坡，点击搜索，可地图并没有反应，接连查找都是如此。"电脑卡住了？"做说。

我移动鼠标，拖动地图，都没问题，地图上还显示着我们的位置。

"你试试其他地方。"欣欣说。

我输入西陵区，下拉框显示出一列更详细的地名，我点了第一个，地图很快就显示出来。

"有白山坡这个地方吗？"离得近的一个半大的女孩子说。"没听过。"一个男孩子回答。

"我知道！"我向后看去，一住八岁的孩子兴奋地举着双手。

"我问我妈。"他跑出了房间。

"百度呗。"玉宝说。

我百度了白山坡，页面显示出好多东西：熊的鲜血染红了雪白山坡，葡萄酒白山坡，野山坡。没有白山坡。我输入宜远白山坡，却出来了吉林白山市、长白山。

"名字记错了？会不会改名字了？"珊珊说。

"改名字了也能查到的。这样，我把地图放大，你们帮我找找，读起来音相近的也行。"我说。

大家都围拢来。我把地图放大，几根小手指在屏幕上摸啊摸的。我们把宜远的犄角旮旯儿都看了一遍，仍然没发现白山坡。

刚才跑出去的小孩儿又跑了进来，挤到了我们中间说："我妈不知道。"

我说："你们玩吧，可能是我记错了。"我离开电脑，小孩儿蜂拥而上。我和欣欣走到房门。"你是不是记错了？"她说。

"可能是吧。我出去一会儿。"

"你去哪儿？找白山坡？我再帮你问问，你这样怎么找得着？"

"不是，就想在附近看看。"

"我跟你一块儿吧。"

"不用。没事啦，我就在周围。"

她拿出两百块钱，说："你把这些钱带着。"

"我带了。"

"多带点，万一不够呢。"

我本想推拒，但看着钱，说不定真用得着，还是接受了。我说："过两天我还你。"

"没事，你先拿着用吧。你早点回来，晚上还要吃饭。"

"好。"我和欣欣坐到靠门的凳子上，过了会儿，趁他们聊得火热，我溜了出去。

第五章

　　我走出小区,站在路边。这里的街是四车道的,街边长满了繁茂的树,枝叶交接,爬满天空,抵御艳阳。

　　前面一辆空出租开来,我招招手,车子停下,我坐上去随口说:"白山坡。"

　　"白山坡?是哪儿?"

　　司机师傅是个中年人,方形脸,浓眉炯目。

　　"您不知道?"

　　"不知道,大概哪个方向吧。"

　　"我也不知道。"

　　"说个离那儿近的地儿。"

　　"七码头。"

　　"嗯,七码头我知道,滨江路那边,没听过那儿有个叫白山坡的地方,你是住那儿吗?"

　　"嗯。"

　　"那行,载你到七码头你再给我指指。"

　　"嗯。"

　　司机挂了档。

　　"等一下!您真没听过白山坡?"

　　"没有。"他郑重其事地摇摇头。

　　"我以前住过那儿,好像和七码头挺近的,我不知道。"

　　"小伙子,你不是本地人吧?"

　　"嗯。"

　　"会不会把地方弄错了?白山坡是个地名吗?还是那儿某个饭馆或其他东西的名字呢?"

　　"不会错,我小时候住过,肯定有这地儿,好大一片地方呢。"

　　"你小时候?那时候应该有我了吧?"我猜司机师傅大概讲了一个笑话。他接着说:"如果你知道路的话到时候可以给我指指。"

"不知道。"

"那没办法,我确实不知道地方,对不起。"

"没事儿。"

"还去七码头吗?"

"不去了。"

我伸出半只脚踏在地上,准备下车,又收了回来。"师傅,您再想想。我记得一条公路直走,左边是江水,右边有个岔口,卖好吃的糖葫芦的。岔口不通车,是座桥,桥下排污水,流入江里。再往里走有一座小桥——小桥——小桥很窄,接着走——再是——对,那里面还有一个商店,卖旺旺酸奶,也很便宜,五毛钱一瓶。还有——还有——菜市场,有次我感冒了,特别严重的感冒,就经过那儿,我还喜欢吃那里的炸酱面。"

司机师傅眼珠子转到眼角,斜着向上瞟瞟车顶,说:"对不起,我不知道,你问问别人吧。"

"哦,谢谢。"我下了车。

"可能人老了,记性不好。"他透过车窗说。

"没有的事,师傅您还年轻着呢! 哈哈,您慢走啊。"

"好嘞再见。"

"再见。"

出租车走远了。这个师傅真不错,我要打电话给出租车公司,给他好评。

我又招了一辆出租车,我正要坐上去,司机却阻止我:"喂喂,去哪儿?"

我说:"白山坡。"

"不去。"车径直开走了。

我连招两辆都是如此。

不去? 还是不知道? 据说,最熟悉一个城市的人莫过于当地的出租车司机。可我不禁要放弃这种寻找的方式了。

我又招了一辆。

"白山坡。"我看着那个鼻翼汗涔涔的年轻司机。

"上啊。快快快。"

我连忙打开车门上了车。车开了。我舒一口气,静待到达目的地。

我望着那些缓缓后退的街道,脑袋里像在拼七巧板,这两块的轮廓仿佛吻合,实际不是。太阳下的街道,有的繁荫清凉,有的空落安静,哪一条是我曾经走过的?水泥没有留下我的足迹,但我知道,总有一条,也许就是上一条,是我从前踏过的街道。车子七弯八拐,慢吞吞的。即使在直道,司机师傅依旧开得悠哉悠哉,过路口时,像连走也走不动了。我赞同他的安全意识，却不欣赏他的速度和技术。

不知道开了多久，我听见他自言自语："白山坡怎么走来着？"

片刻后，他说："嘿，兄弟，我搞忘怎么走了，你帮忙指指呗。"

他是个骗子，我用手掌擦擦眼睛，说"那一往前走。"

"左转。"

"左，右，再左转。"

"前面那个岔口。好，就是这儿。"

滴滴滴，打票声。"三十。"司机说。

司机接过我的一百块钱，显得格外开心："对，我就有印象好像是这儿，平常没跑这边儿，不记得路了。"他找给我钱。

我接过钱下了车。也许他根本不知道白山坡在哪里，他一直在等我发现他走错路后为他指路。这是一场不知终点的行车。车子并没有离开，我猜他正透过后视镜偷窥我的行踪，他一定奇怪为何他胡乱开一气竟逐渐接近目的地，奇怪这个地方居然叫白山坡。我有些后悔给他钱了，倘若他还以这种方式载客岂不是也有我沉默并纵容的责任？如果他又不知道地点，而恰巧有位乘客初来乍到人生地不熟呢？现在车上有司机的名字，还可以记住车牌号。谁会去记车牌号？找出租车公司的电话得花些工夫，是很容易，但总得花些工夫……

我看见路边公交站有电子地图，我在地图上找到回小区的路。走了许久，转到一条安静的林荫道上，有许多年轻人，或骑车，或漫步，或匆匆，或情侣，或三五成群，来来往往。路的两边用高高的铁栅栏隔着，里面树木挺拔，遮掩住大房子的腰部。再走了一段，我看见一块横放的大石头，上面用遒劲的红字标明"宜远工业大学"。大石头边的保卫室前肃立着两位执勤人员，他们并未对进出人员进行检查。我跟着那些年轻人进了学校，抬眼看见五星红旗，迎风飘扬。旗帜后不远是一幢长长的楼房——第一教学楼。我从这个校门逛到另一头的门，学校像一个花园，那些蓬头的树高高低低，映出清凉的影子，还有五颜六色的花凡，有图书馆一从窗户遥望到层层楼层层书架层层书的一角，有囊括天南海北美食的风味食堂。全是年轻的面庞，我很奇怪为什么他们现在不上课，在学校里走动。以前老艾说大学课少又自由。本来我也可以是其中一员。

热辣的太阳温和了，夕阳流金，校园更加美丽。人从教学楼里蜂拥而出，该是放学了，天色不早，我该回去了。我走到那栋最高的教学楼前，看见校门了。

一只黄色的小猫咪在草地里打滚，真可爱。它抬头看我，冲我叫了一声，圆圆的脸蛋恰好半个手掌大小，后面两只小腿半蹲。我伸出手假装要去抓它，小猫咪跑起来，我沿着草地跟着它跑。"呀！"我捂着鼻子蹲下来，疼痛减轻，放下手看见前面地上坐着个女孩儿，周围散着几本书。我撞到她了。

"对不起。"我给她捡起周围的书，上去扶她。"没事儿吧？"

她龇牙锁眉拍身上的尘土。

"对不起！"我继续低头道歉，我抬头，侧脸一晃而逝——远处，变成了背影——何其相似！是她吗——可她以前不穿裙子。以后再也见不到了。追上去看看，掀，认错了没关系，认错也无须尴尬一追上去！

"对不起，"我对那个被我撞倒的女孩子鞠了一躬，说，"我必须得走了，真的非常对不起。"

我拔足狂奔，推开路人，容不得转弯和障碍。"对不起，请让让！"我只能如此道歉与喊叫。

我气喘吁吁，到处都是人头。这张脸不是，那张脸也不是，在哪里？究竟在哪里？不管在哪里，我都要去找那个人，我不知道那人的名字，那人的院系，不知道那人住几公寓，甚至不确定那人是否是这个学校的学生，可我记得那人的音容笑貌，足够了是吗？我要找到那人，这愿望如此强烈！我在学校里飞奔，绕着她出现的那个点在附近的路上绕来绕去，没有，没有，依旧没有！完了，丢了……

我眺望了一圈，这是一幅画，除了点缀的事物，更多留白。我快走到了校门。我看见她的青丝一甩又隐没在外出的人流里。我撞过前面的两个人。"啊！""哎哟！"他们大叫。我姗边回头对站立不稳的两人说："对不起，我很急！对不起！"

"喂！"我跑到校门，像有人叫我，我朝喊声看去，居然是保安。

"你，过——"不等他说完来到我面前，我一发力就奔出了校门，绿荫大道无限生长，一辆公车停在路边，门松了一口气，开了，乘客先下后上，融入彼此原先所在的拥挤。我急忙从攒动的人头中搜寻。"站住！"我听见另一个保安的喝止，接着是紧追的脚步。

我不停。前面那些人见我朝他们跑，纷纷尖叫。我只好掀开他们，说对不起。

"抓住他！"有人见保安追我，喊了一句。

"别让他跑了！大家小心！"

我什么也没干啊，他们一定是误会了。

衣服被人拉住，身体的惯性使我瞬间挣脱，反而听见对方吃痛的叫唤。勇者往往于乱世现身，义者常在危时显露出高尚的情操，今天我反而与他们为敌了。我拨开、撞开、抓开。乱了乱了，有人抓我有人躲我一片惊叫。有一瞬我想停下来给乱糟糟的众人澄清，可前面的她一直跑，抓着包蹬着绛色细高跟"嗒嗒嗒"狂奔，头发高高飘起，我只好不管不顾，全力跟上。

她一直跑，我一直追。静了，静了。她拐进一个小巷，我跟着飞过转角，眼角闪过

高高的墙。她在巷子深处转上旁边的楼梯。远远地，那栋似是木制的两层小楼

茕茕独立，深褐色的栏楣和木板就像深沉的泥土立在空中。我踩上楼梯，晃过嘎吱作响的褐色梯板，梯板里装着褐色的条纹，我拐了一次，没有楼梯了，我站在过道上，眼前一扇紧闭的门。

我推了一下，不动。

"有人吗？"

没人应答。我又推了推门。

"我知道你在，对不起，兴许我唐突了。但你和我一个朋友长得很像，我非常非常想认识你。"

没人应答。

"做这种事情也是不要脸到家了，我没有别的意思。我只是非常，非常，非常想要看看你！也许是我看错了，但请你开门。"

还是没人应答。

"对不起，真的对不起！我这样很不应该，但请你开门，开门，开门啊！"我近乎哀求了。突然门开了，我退两步。她握着一把水果刀俯身摆出攻击的姿势，头发披拂，前如乌帘侧如青瀑，汗珠从额头顺着熟透的脸颊，顺着如白鹭舒展双翅的鼻翼，划过嘴角，滴下来。暗月的眼睛深藏黑色的睫毛下，香肩半露如桨划过云朵容容的天空，因呼吸急促而起伏的绛色带子系在黑色一字连衣裙上，提了一个夏夜与醉虹的问题，由脚下的绛色高跟鞋回答。夕阳从她身后房子里的落地窗照过来，把她和屋子变成了旧时光，红色的朦胧里飘着清香，如雾，如荷，如白露。

我喘着气，太阳穴突突地跳动着。说："为什么追我？"

她的声音真好听，像起伏的沙堆，细腻、温厚、低沉。"我想确认是不是你。你为什么要跑？"

"我能不跑吗？所有人都在躲，身后有人紧追不放，换你你不跑？你傻啊，不知道叫我名字吗？"

"嘿，"我说，"其实我只是想偷偷地确认。"

她放下刀，呼吸渐缓，说："进来。"

"不用不用，我马上就走了。你住这儿？"

"不是。"

"哦。"

"暂时住这儿。"

"一个人呀？"

"要你管。"

"随便问问嘛,爱说不说,不说拉倒。"

"切。"

"切你妹。"

"我没妹。"

"切你姐。"

"我没姐。"

"表姐堂姐都算。"

"你可以去试试。"

她的睫毛又长又翘,我看着她的眼睛,等她看我时我又移开视线,可目光依然撞上了,我不知道移开视线好还是一直盯着好,如果一直盯着,她大概会移开的。我还是移开了。我说:"穿得挺时尚。"

"去年的衣服。"

"虽然衣服是旧的,但不同的搭配形成不同的风格。"

"嗯。"

我应该找些有意义的话来讲。说些什么呢?真着急,这种场景简直像小说。我应该告诉她我嘴巴笨。

"你是不是也在做面?"

"是。不比你,高材生。"她靠在门口,拿出纸巾,擦拭汗珠,拍拍胸前腹部衣服的褶子,拉住下摆抻了一抻,整理凌乱的自己。

"我没读书了,现在还是你姐家里的帮工呢。"

"是吗?"她疑惑地望我一眼。

"成绩不好。"

"你成绩不是挺好吗?"

"高中不行了。"

"是吗。"

"你还好吧?"我说。

"还好。"

"是吗?"

以前我没构想再见她时的言辞吗?

"你刚才在学校干嘛?"

"走走不行啊?"

"我知道了,一定是去找朋友。"

"要你管。"

"我没管你啊。"

这真是个艰难的时刻,每个人都有这样的第一次吧?

"对不起,我嘴巴笨。"我说。

"我知道。"

"哼。"我故意把嘴撇得大大的,此时也不忌惮撒娇卖萌了。

"哎哟哟?"她打量我,薄嘴唇合成一颗可口的樱桃。

"哈哈,那先这样吧,我再找你,我还要赶去你幺爸家吃饭。你不去吗?"

"不去。"

"去吧。"

"不去。"

"哦。那加个QQ吧。"

"不是有吗?"

"哦,对对对,那我走了。"

"好。"

"拜拜。"我冲她挥手。

"拜拜。"

我转身下楼梯,木板"嘎吱嘎吱"响起。下到一层,往下走几步梯子踩上地面。木楼用四只粗短的木脚撑在空中,有两层,每层用粗实的栏杆围出一个过道,两层过道有楼梯相连。

我向上望,安安静静的木楼就像用铅笔画成的蔬菜素描。青青扶着栏杆伸出头在看我,高高在上,头发瀑布般垂下来,发丝下的黑暗中有半弯月亮。有个东西从她脖子上垂下来,摇摇高高,闪闪发光,可隔得太远,看不清。我朝她笑,那月便圆满一些,她在瞪我。我朝她挥手,她把头转向一边。我跑了两步,回头喊:"青青,我走了!哈!哈!哈!哈!哈!"

"神——经——病——以后嘴巴能别那么笨吗?"

我觉得我疯了,我突然就说:"那我写给你好不好——"

"不好——"

不好,不好。我感到剜心的痛。

"下次有人追你记得往人多的地方跑——绝对不要给陌生人开门——"

"要不是看你求得那么可怜,我才不会开!"

"无论如何也别开——"

"好——"

我继续走,快到巷口了。我又回头看,还能仰望到那一点高高的月和脖子下的光亮。

"这——次——真——走——了——拜——"我亲吻食指和中指,吹给她一个飞吻。

她低头,难道呸了一声?她张开嘴,快速地说了些什么,却没传来一点回响。

我跑出了巷口。

第六章

　　他们开车去了附近的酒楼，占了一片地儿，分三桌。老一辈的人一桌，年轻人一桌，年轻妈妈、小孩儿、不喝酒的一桌。我原本想坐珊珊旁边，但叔叔硬拉我跟他们坐一起。

　　服务员穿着绣有龙凤的旗袍将菜肴盘盘端上来，渐渐摆满桌子。长口深盘，四础炉盘，楼船尖盘，云顶双层盘，波浪纹，百花纹，弥勒图，山川图，缤纷繁饰，丽靡烂漫，如亭台楼阁高低错落、勾心斗角。宜远有个风俗，掷骰子比大小赌酒。骰子落入甬道、廊榭，岂知一个七八岁孩子钻出桌子爬上椅子，手挤入曲折的暗道握住骰子，轰隆隆，噼啪啪，负栋之柱、架梁之椽，孩子一爪，可怜碎片。母亲抱过孩子检查个遍生怕伤着，服务员则蹲下擦地。我旁边那个光头男人冲左右挤了下眼，耸动眉毛望向跪着的服务员，大家都望去，她爬进桌底拾掇碎屑，香白的大腿露出绯红的旗袍，屁股高高翘着，摇摇晃晃。

　　人们为一个骰子惊叫连连，看他人连输几局无可奈何怀恨饮酒，实在快意无比。

　　"青青幺女儿呢？"叔叔开口问。

　　"她说不来了。"一个中年人回答。

　　"上次回去订婚，这才多久，就和她男人搞一块儿了？"

　　大家哄笑。

　　"管她的。"坐在中年人旁边的女人说。

　　"老二我不会说话，还是祝他们结婚以后幸福恩爱！来来来，为我家青青闺女找到归宿干杯！"

　　"谢谢。""谢谢。"那个男人和女人说。

　　"来来来！干杯！"

　　我跟着大家站起来，喝了一杯。

　　两个小时后摇完骰子我们就回去了。大家酒量真好，鲜有人吐。我们回到屋里，他们搬出几个大桌子，厨房一桌，客厅两桌，摆上麻将大杀四方。小孩子跑进卧室玩电脑游戏，稍有胆量的年轻人便跟叔叔那一辈的人一桌打麻将，年龄小一点如我一般的就一块儿玩纸牌。我和剩下的人坐在沙发上看电视。

"你来吗？"玉宝坐在桌边问我。

我摇摇头，说："不来。"

"来吧！"

"我头晕。"

"姐，你来。"他说。

"我要带孩子。"欣欣说。

"还差个人。"

"我来。"珊珊说。

"我去洗脸。"我说。

"卫生间有毛巾。"咖说。

我走进卫生间，看见有三块毛巾，白色的，红色的，黑色的，该用哪一块？还有盆，如果这个是洗脸的，那洗脚的呢？如果这个是洗脚的，那洗脸的呢？我只好把它当洗脸的了。我想用它接热水，我把水龙头拧到一边，可出来的不是热水。没办法，我只好用盆接淋浴的龙头出的水。洗面奶倒是摆满了盥洗台，可我没带牙刷。我没找到拖鞋。

我到客厅绕过来麻将桌，问欣欣："你知道拖鞋在哪里吗？"

她到门边鞋柜上给我拿了一双。

我将自己的鞋放到鞋柜，换上拖鞋，走到卫生间门口。门从里面反锁了，有呕吐声。

我坐到沙发上，跟着他们看电视。

好像很晚了，朦胧中听人说："不行，喝多了，我去睡觉，老幺，哪里睡？"

"随便找个卧室。"

那人进去了，似乎抱出了什么东西，然后又进去了，卧室的灯灭了。

我也很困。我绕过麻将桌，走进黑暗的房间。

路上我买了两本书，我一直压在皮带里，此时拿出来，抱着书爬到床的最里面，用外衣包住书，放到颈下当枕头。

"齁——齁——齁——齁——"那人打起呼噜。

床很软。辗转反侧。

奇异的味道，像呕的酒，像湿热的袜子，像陈旧棉被。热，脖子黏巴巴的。

有一条腿横过来搭在了我腿上，我向墙缩了缩，那腿便滑了下来。那人吧唧了一声，呼噜声歇了，那条腿又跟了上来，可能它觉得这个姿势很舒服。我慢慢把它蹬向一边。

"齁——齁——齁——齁——"呼噜声起了。

睡吧睡吧,快睡着。

过了很久,好像没过多久,我觉得好挤,刚才有几个人过来睡了?床弹动了好几下。我的屁股上贴了什么东西,一张脸?臀部肉很多,枕着一定很舒服,干脆身子再斜一点予人方便。太热了,脖子上直冒汗。牙也没刷,明天回去赶紧刷牙。睡吧,睡着了就好了。不行,窗子打开了吗?得起来开窗。我睡着吧?是只手放上我的侧腹?疼痛袭来,我的臀部被什么用劲一抓一推,对折了一下,我翻身坐起,完全清醒。那张想要更舒服枕上来的脸磕到我膝盖,隐隐泛白光的手还想干涉,我躲开了,它们不再动弹。

"鼿——鼾——鼿——鼾——"连绵闷雷。"哎呀,这个哪个能算?下家都打哒你才叫杠,不得行!"房门敞着一条缝,麻将声、争辩声和微光透进来。床上横七竖八躺了五个人。

不知道几点钟了。

我打开床边的窗户,赤脚跳到外面的阳台上。凉风习习,几颗暗淡的星辰不肯隐没,兀自闪烁。从十一层纵目而望,一片红光,城市嗡嗡作响。我静静地吹风。

"咚!"我转头看见欣欣从另一个卧室的窗户期倒阳台。

"还不睡?干嘛呢?"她问。

"吹风。我换新号了。"我把路上买的新号码告诉了她。"你怎么还没睡?"

"把几个调皮鬼哄去睡了。"

我笑一下,坐上窗户沿。"带孩子辛苦吧?"我问。

"一天烦死了,有时候恨不得掐死她。"

"孩子还小,调皮是应该的,就这聪明劲,指不定是个栋梁之才呢!"

"有你一半聪明就不错。"她说。

"哈哈。你要常陪她。"

"陪的还不够多啊?"

"读故事,唱唱歌,怎么都不会多的。"

"哪有时间讲故事。"

"这不是有没有时间的问题,这是你必须做的。"

"这么激动干嘛,你喝多了吗?"

"我才喝一杯!你要给她讲故事。"

"好,一定给她讲故事。"

"给她一个回忆起来,每件物是快乐的童年。"

"好,给她一个回忆起来每件事都是快乐的童年。"

欣欣问:"下午去哪儿了?"

"随便转了转。我丢了一件东西，还不知道丢哪儿了。"

"什么东西，我帮你找。"

"算了，一个小玩意儿，不重要。"

"我也经常丢东西，是落家里了吗？ 没事儿，有时候费劲找反倒找不着，你不找了吧，说不定它就自己出来了。"

"嗯。"

"你找白山坡干嘛？"

"我小时候住过宜远，住的地方就叫白山坡，我想去看看。也许是我把名字记错了。"

"嗯。"

我伸手从窗沿下拿上一本买的书，翻着。

"你买的书？"

"嗯。"

"好看吗？"

"还没看呢。"

"你是个很好的人，有礼貌，善良，有才华，虽然有时候也很小气，很犟。我以为你肯定会上大学的，和我们不一样。"

"哈，是吗？ 你是夸我还是在骂我？ 人家说先夸两句再指出错误是一种很好的批评方法。"

"当我夸你咯。"

"还是当夸我好了。"

我们吹着风，看着天，安静了一会儿，我问："青青订婚了？"

"嗯。"

"多久了？"

"前不久。"

"多久结婚？"

"计划是明年吧。"

"男方是做什么的？"

"开面坊。"

"怎么认识的？"

"相亲，其实都是熟人。"

"还挺巧！ 我们好多同学都是相亲结婚的哈！"

"嗯，一天都在面坊里待着，只有相亲嘛。你要青青电话号码不？ 可以叫她出来玩儿。"

"不要，人家都订婚了。记得她结婚时带我去喝杯喜酒。"

"好。"

"以前还说她要是不嫁给我我就去大闹婚礼，真好笑。以后别提她了，还挺难受。"

"好。"

"我也要相亲！我要娶一个漂亮的、喜欢我的女人！"

"好啊，我认识好多面坊小妹儿，介绍给你，就怕你看不上。"

"对眼儿就成。"

"你刚才不是还说要漂亮吗？"

"就明天！我要订婚，给人家戴戒指，永远和她在一起！"

第七章

我睁开眼睛，瞌睡虫还在用钳子夹我的脑膜，刺眼的阳光从窗户射进来，燥热如背部的汗渍。身后鼾声不息，我困在一亩三分的床角，被子堆在床沿。我伸手拿下窗台的手机，屏幕显示十点多了。我梭下床来到大厅，大厅很亮，窗帘半拉半敞，外面晴空一片，麻将桌混乱，麻将也混乱，我走进卫生间，打开水龙头，想等温水，但始终是凉的，浇了几捧凉水，却洗不掉脸上滑腻的油脂，只好粗糙地抹一把香皂冲掉，躺回房间的床角。人声渐渐起了，客厅脚步走过，有人拉开卧房的门向我们喊："伙计们，吃饭哒哟！"躺在我旁边的人翻了一下身，我率先坐起来，打个哈欠，睡眼蒙胧。

换了家餐厅，热热闹闹地吃了午饭，我跟着叔叔他们回了面坊，美美睡了两个晚上才觉得恢复了力气。过了一天，晚饭后，叔叔蹲在屋门口抽烟，我在一旁看烧白的大圆形太阳迫近对面屋顶外遥远的山口。我正盘算如何提出想法，叔叔开口问我："住得习惯不？"

我说："习惯。"

"有么子不习惯的地方就说哒！"

"要得。叔叔你们忙自己的就行了，莫管我。你们做面一天还是累哈，三四点就要起床。"

"累也要做嘛。"

"挣钱就得行，我看生意好得很哈？"

"好么子哟？就靠给几家馆子送炒面撑起的。"

"每天早上送面就送的那几个馆子唛！"

"嗯，明年子把面坊卖了，再找一个。"

"明天我帮到送，体验一下，我还可以早上起来帮到做面。"

叔叔提眉咧嘴说："欸呀，哪要得哟？你安安心心在叔叔这里要一段时间，其他莫管。"

"没得事，帮哈忙嘛，不然每天麻烦娘娘弄饭多不好意思的。"

"你不来也是她弄饭，多个人多双筷子个嘛。"

我还要说话，就听阿姨在屋里喊："老袁，姐姐打电话来哒，叫明天去他们那儿。"

叔叔喊："要得要得。"

我说："叔叔，要不明天你们去嘛，我留下来看屋，帮到卖面，我自己做饭就行。"

"用不着，一路去。"

"你来接电话噻。"阿姨喊。

"来哒。"叔叔甩掉烟，摇起胳膊，跨进屋里，钥匙在腰间叮当响。

我想向叔叔提出留下来当帮工，这样就可以一直住下去，然而总被打断。我跟着他们走了许多亲戚，大家太劳累也太寂寞了，要在一起才能确证自己还在生活。我们要了二楼一个三张桌子的包间，长辈一桌，年轻人一桌，不喝酒的母亲和小孩儿一桌。我们这一桌中最大的已经二十三、二十四了，结了婚有自己的孩子、面坊和车。一个叫唐天一，我们叫他小一哥，是个肚子圆滚滚的胖子，头发像浸过油，一绺一绺，一甩头，前方的头发斜斜地缠上耳朵，点烟、说话自有一股老大哥的风范。一个叫袁华，瘦瘦高高，白脸棱角分明，爱把烟叼在嘴里，眯眼透过烟雾看人。他们俩都上过武校，被一干表兄弟崇拜着。我最有好感的是袁健林，年龄与我相仿，在读高二，他有个奇特的鼻子，方方大大，跟个坦克似的，鼻梁像长长的炮筒。八九个人坐在长凳上，围着黑色方桌，正中的九宫格火锅的红汤表面浮着一片片红火的油膜，升腾白气，小火微沸，努力不叫油膜连成一体，将木格子冻结。桌子表面像经过一场毛笔挥洒的艺术，朱色毫末凝结在瓷杯瓷盘上和桌上，酒瓶林立，挥洒人的性情狂放得惊心动魄。筷子伫在味碟上，那一沟绝望的死水，铜的绿成翡翠，铁罐绣出桃花，油腻织成云霞。我务必是喝醉了，不然其余人怎么都带着微笑看一场好戏，而我却在看一场失败的剪辑——画面分解成了一帧一帧，鼠标每一次点击都漏掉了大段，不停向后跳跃？我喜欢和自己喝酒，欣欣说的，一个透明人坐在对面与我把盏，我举起酒杯，言语一句，杯杯饮尽，不用听人废话，不用被别人看傻子似的看着被灌酒。就像袁健林。他已经喝得七荤八素了，肘子压在桌上，脑袋歪着往肘子上掉，他还伸缩指头，喊声铿锵，和他对面的袁华划拳："乱劈柴呀，好兄弟呀，四季财呀，九公里呀！"

袁华输在了第二回合，他向我们撇了一下脸，棱角懊恼自己，他拿起杯子喝光了酒，再给杯子倒满，问袁健林："老实说，你睡过几个？"

袁健林迷迷糊糊地说："一个，只一个。"

"乱说，我不听你这些屁话，我们两个还是接到来。"

袁健林的歪脑袋转了个向，对我旁边的欣欣说："姐！"

欣欣答："欸！做啥子？"

"我们两个走，走一个。"袁健林举起杯子。

袁华不满意了,不耐烦地说:"姐你二坨牛肉,你在搞啥子,我们两个一对一,找别个搞啥子? 找别个你就先全部走一圈,干不干嘛? 我就问你,还想不想睡小妹儿嘛?"

袁健林要说话,袁华站起来,咄咄逼人:"少屁话,少挨打,我就问你,想,还是不想?"

"想……"袁健林边说边往拿杯子的右手倒,直到杯子落在桌上,右胳膊压在桌上才稳住。

我们哈哈大笑,袁华瘪起嘴巴说:"那呦,说楞个多。来,就为你这个梦想,我们喝一杯。"袁华、袁健林仰头各干一杯,袁华拿过袁健林的杯子想给他倒酒,满半杯瓶子空了,桌上立的其他瓶子都是空的,他扭身看背后,地上摆着两个酒箱子,箱子里的瓶子也是空的,袁华喊:"服务员,来件国宾!"

欣欣说:"算哒,算哒,莫喝哒。"

袁华说:"没得事,健林喝得楞个开心,下回儿不晓得等到啥子时候儿,喝不完再退。"

服务员提来一件国宾放在袁华脚边,袁华大叫一声:"我晓得了,睡的他妈!"

旁边看热闹的十多岁的男孩儿放肆地笑了。小孩儿不懂规矩,没注意其他人都没笑,表示"嘟个能说这种话",就算有人笑,表现的也是苦笑。我一定醉入膏肓,听错了。算起来,袁华和袁健林之间是什么关系来的? 表兄弟? 抑或更远一些? 在场的可不止我们小年轻呀,幸好旁边那一桌声音震天,劝酒正欢快。我把杯子里剩的一半酒吞了,借它清醒清醒。小一哥坐在袁华旁边,两颊配红,夹烟的左手的虎口扳住袁华的下巴,右手一下一下地拍打袁华晃动想摆脱的脸:"喂,你说啥子? 唉?"

袁华甩掉虎口的固定和右手的拍打:"你听我摆个龙门阵嘛,绝对摆得抻头。"

"摆不抻头嘟个弄?"袁健林本来呆呆地望着桌面,此刻突然来了精神,望着袁华,目光炯炯,大鼻子挺起,两颊的肉隆成期待的弧线。

袁华说:"既然同志主动要求,我就不客气了。服务员,来个大碗。"

服务员从饭桶旁边拿了个黄釉碗来,碗口很大,如十五遥望的月亮,但碗内似乎不深。袁华腿软,晃了一晃,把碗放到面前,挤开其他杯杯碗碗,从地下的箱子里提了一瓶,手指穿过盖子拉环拉开瓶盖,唯当眶当一瓶啤酒全倒在碗里,他再提一瓶,拉开盖子倒进碗里,酒没了碗却还没满,他又提一瓶拉开盖子往碗里倒,白色的小珠粒儿堆成了塔形溢出了碗口,酒色渐渐浮现,历史的琥珀汇集,倒退成一碗松脂。

我不知道袁华是否摆抻头了龙门阵,不知道袁健林干没干那碗酒。我这时候想到了青青，我有时会想到她。我没见到她，没人提起她，她的父母有时在筵席上现身，有时没有。她在这座城市里，在那所学校旁边，在那栋小木楼里，可她在干什么呢？这真是一种奇怪的感觉，当我在一个热闹的场合经历一件热闹的事的时候，却想另一个相隔很远的人在做什么。她窝在沙发看电视？和朋友一起逛街？还是在思考？这种感觉真奇怪，让我想打电话问问她，她给我答案。"喂，青青啊？我猜你在家里，对吧？你在干嘛？你猜我在哪儿，在你叔叔这里。猜我在干什么，他们一起吃饭咯。哈哈哈，闹，推推搡搡，疯疯癫癫，就感到累，累了就睡着了，去，随后，光阴冷冷清清，传来。

这里没有时间，连续是人类臆想的东西，一切连续都不存在。我们到了宋志宏家里，他是个精瘦的青年，一年前娶了欣欣的一个远亲，在女方父母的面坊里当了一些日子的帮工，后来女方父母出资在这个小镇上置办了一家面坊，他们便离开了娘家来这里单干。我们来得早，圆脸的可爱女主人招呼我们坐在门口嗑瓜子，宋志宏光着精瘦的上身在里面切面。才坐上板凳，阿姨就严肃地对玉宝说："袁玉宝，今天晚上莫跟你哥哥他们去。"

玉宝低头没说话，宋志宏在屋里打趣："这会儿先答应下来，该去的时候偷偷去。"

阿姨说："你们也是可恶，我跟你说，作捉到起哒是没人管你的。"

宋志宏说："没得事，最多作打断腿再上个新闻联播嘛，还可以在全国出个名，是不是，玉宝？"

玉宝悻库地笑。

宋志宏说："小炜晚上跟到一路去玩噻？"

我不禁好奇，问："干啥子，去哪儿？"

珊珊说："哥，莫听他的，千万莫去。"

女主人给我们一人倒了一杯水，杯子给到我这里来了，她问："弟弟现在还在读书吱？"

我说："在叔叔家当几天帮工。"

宋志宏朝我挤眼，却向着欣欣说："读书有什么好，不如跟着二爸学做面，以后自己开个面坊当老板，挣个几十上百万。没得本钱找二爸借嘛，还不用还。"

欣欣说："再乱说给你两耳光！"

"你还凶啊？你说是不是，小炜？"

珊珊说："小炜哥哥以后要回去读书的，他每天都看书呢。"

宋志宏说："读书有啥子用哦，现在的学生越读越傻，出来一样找不到工作，我们废，累是累哒点，来钱来得快，生活也安逸唦。"

我说："书我只是偶尔翻翻。"

他说："你看网上三天两头出个教授专家，说一些话那是人说的呀？前两天就有个新闻说哪个大学教授性侵女学生。"

我只能笑笑，这些事我不懂。

"我看大学上没上是一样的，隔壁那个张家娃儿，在城头上大学嘛，三天两头往屋头跑，看电视耍手机，她妈跟我们聊天的时候还说他经常带同学来屋里吃饭，吃哒不收拾跑网吧上网。有一回路过我们门口，喊他过来喝杯酒，不来，一口也得行嘛，他摆个手直接走哒，做不来事，做不来人。"

"可能人家当时有事，不喝个酒嘛，跟做不来人没得关系。再说，上大学不只是为哒找到个工作。"

"不找工作那饿死啊？"

"不是不找工作。各人有各人的追求吧。"

他转过头说："那我看，你也是傻哒。"

我立即抬起头，同他针锋相对："至少还有理想不像你们天天打麻将！"

他愣了一下，转回头背对我，将面团砸在桌上提起来："嗯，那是。"

撤回的目光碰见阿姨，她跷着一只腿，双手抱着，呵呵笑两声表示我们的谈话很有意思。

叔叔说："年轻人有年轻人的想法嘛。"

欣欣说："他们怎么还没过来啊？我肚子好饿！"

"给老幺打个电话，催一哈。"

第八章

晚饭之后我们住进了宾馆，开了几间麻将房和普通房，一些人留下，另外一些到楼下歌厅唱歌、炸金花儿。我在沙发上听他们飙了一会儿歌，回了房间，这次倒像自己家，洗漱和休息很方便。

八点半左右，有人敲房门。我开了门，门外站着袁华、袁健林、玉宝和我没见过的一个人。那人的脸黑黑的，像排满芝麻粒儿，又粗糙又细密。他们都只穿了背心和短裤。

"走，带你去个好地方。"袁华说。

"哪儿？"

"包你爽。"

"那些地方我可不去啊。"

"放心，不是找鸡。"

"行，等我换鞋。小一哥呢？"

"喝趴了。"

我们一块儿出了宾馆。宋翔家的面馆也开在郊区，条件却比叔叔那里好上不少。几条街道交叉，路平平整整的，放眼望去，两旁都是亮灯的四五层楼房。沿街走了几步，袁健林打开他的手机电筒，带头钻进一道巷子。他们走得很快，似乎被什么东西驱赶，不想说话。巷子两侧墙壁高高，经过了一个厕所，因为我闻到了臭味，往下走了一段，四五米宽的路斜插过来，低矮的木板房零星亮着灯。穿到对面的巷子，可以看出这是两侧木板房的房后夹缝，又走了一会儿，巷子尽了，下面是一片空地，空地尽头一堵围墙默然伸开在不远处与木板房后墙相接。我们跳下去，脚下是硬实的夯地。跑到围墙前，墙脚垫着几块儿石头，我们踩着它们翻过墙壁。这是一片草地，一排茂密的树木在眼前沿围墙伸开，透过树间距看见左面十几米外有一扇铁门和一间亮灯的值班室。我跟着他们蹑手蹑脚地朝右走，路的尽头是一个长方形操场，一个足球场大小，一栋大楼在操场另一边，矗立在高高的地基上，晶莹剔透，宽宽大大，黑黑白白。

我们在学校里。

"去那边儿。"袁健林指向右方。

没有了树和草地，我们沿着围墙跑过去，隔好几米才有一盏高高架起的幽暗的灯。那是与教学楼相对的另一角，堆着五六摞水泥板，水泥板后有一扇黑色的高铁门，我试了试几根钢条的像门一样的地方，拉不开，焊死了。一边有三四栋小楼，黑黢黢的，估计是宿舍楼。

袁华抬手腕看看表，说："老规矩，先是跑的，第一个不管漂亮难看，是男的就换。"

"玩儿什么啊？"我问。

"摸屁股。你先看着，待会儿再上。玉宝上不上？"

"我再学几次。"玉宝摸摸脑袋说。

袁华、袁健林和另一个我不认识的聚拢了，各自伸出一只手黑白配："黑板白板配！黑板白板配！"

"叮叮当，叮叮当，叮叮叮叮当。"铃声悠悠地荡过来，教学楼由安静转入死寂，顷刻爆发巨大的欢呼。

"谁来配合我？"袁健林问。

"我来。"袁华说。

"算了，还是郭磊来吧，我怕我还没摸你就先摸了。日，运气好，是个女的，就她一个。"

我顺着他们的视线看过去，教学楼出来很多人，看不清模样和装扮，只是一根根模糊的条形。他们走下长长的阶梯到了操场，向这里最外面的宿舍楼走。宿舍楼与教学楼中间空着的地方，有五六步阶梯向上，似乎是个小广场，还能看见广场三面矗立的楼房。

有几个学生明显打尖，步履匆匆。

"他们去哪儿？"我问。

"那边是厕所。"玉宝说。

"别搞混了，我一直盯着呢。"袁华说。

最前面的那几个学生的背斜对我们了，距上小广场阶梯不足半辆公车，人在幽暗的灯下分得清衣服和腿脚。袁华点上一根烟，袁健林、郭磊走出水泥板混进操场，跟在前面那几个学生之后，突然他俩一前一后跑起来，双腿跟风火轮似的溅出火星，后面那人还喊着："还我钢笔！我要给老师说！"眨眼他们跑到一个长头发长腿的女生身边，后边的追上前边的，一推，前边的便撞上女生，女生"啊"一声一个趔趄险些摔倒，前边的呼起黑色手掌打后边的，后边的跳开，手掌随身转个圈融入女生黑色的身体。呼巴掌的弯个腰反去追原来追他的人，嘴里喊着："别跑！"女生停留了几秒，走向厕所。

过了会儿，袁健林和郭磊从左边绕了回来。

"健林哥，怎么样？"玉宝迫不及待地问。

"太爽了，那屁股，是我摸的最大的一个。"

"该我了。"郭磊说，"我要摸手。"

郭磊和袁健林站在一起，两个人挽起手，居然互相"断"了一个。他们亲亲密密地混进操场的学生群。操场上人影幢幢，有来的，有回去的。袁左郭右，向厕所走了十来步，袁健林便挨上了和他们同向的两个结伴女生中右边的那一个，这样，袁健林就像被这个女生和郭磊给夹住了。郭磊伸出手，从后面越过袁健林，重重拍了一下这女生的屁股，她"啊"一声，郭磊停下脚一把抓过她的手放在嘴上，女生突然被拉住，又"啊"地长叫一声，惊慌缩回手。郭磊反应过来，他是既拍且抓错了人，连忙道歉："对不起对不起！"在前的袁健林气得扭腰甩了个兰花指嗲声嗲气地说："死样，老娘的手摸不出来？ 今晚你自己开房吧！"说完他跑了，袁健林叫一声"亲爱的我错了"，紧追而去。

女生同伴扶住她说："没事吧？ 那俩人变态啊！"

"没事，给我一张纸。"

女生接过纸张擦手，他俩相携着往厕所走了一段，匆匆返回教学楼。

很快，袁健林和郭磊绕回来了，郭磊舔一圈嘴唇，滋滋地响，像在回味："好香，好滑，好嫩！"

"舔得爽吗？"袁华问。

"爽！"

"尿水脏了人家的手。该我了，快点儿！"

"你来吗？"袁健林问我。

"你们玩儿吧，我就不去了。"

"很好玩儿的，没事儿，你就随便摸一下。"袁健林说。

"你们动作快点儿，要上课了，我还没摸。"袁华说。

"袁华上吧，我再看看。"

"他来了还有你的？ 你就随便摸一下试试，找个身材好腿长的，"他把我推出水泥板说，"人少了，跑远点儿，摸完往人多的地方走。"他俯低身，做出跑的姿势，催促："跑啊！"

我掉头望望操场，人少了，间隔大了，都在往回走。我慢慢地跑起来，并不激烈。

"就前面那个。"袁健林说。

前面那个女生穿着蓝白校服，于她显得太大了。我跑到她身边时，传来袁健林加快的脚步和喊叫："还我！ 我告老师了啊！"

我一加速,越过了女生。

"前面那个。"袁健林在后边说。

额头流下汗水,被跑动的风拂着,又觉得凉凉的。我看见前面的女生摇晃的屁股,听见袁健林说那屁股,是我摸的最大的一个,又听见郭磊舔嘴唇的声音。操场的灯不知道被谁加了档,一下子大亮,覆着绯红丝质面料的屁股清清楚楚地翘在眼前,在画八字,她停下脚步跪在地上,满地的瓷渣,整条腿从旗袍缝露出来,无遮无拦,像外婆刚蒸熟出锅的洋芋,喷香,青白。她钻进桌下,只露出袅袅婷婷的屁股,正中一道阴线将它分成两半,若开未开的蜜橘。屁股收了一下,裤子起了好多褶皱,像南方的田垄,从山顶至山底围起来,圈藏了在肥沃热湿的泥水里漚熟的饱满稻穗,金灿灿,香闷闷,密密匝匝,一垄一垄。许多人挤眉弄眼。于是我刚中带柔又柔中带刚地一巴掌贴上去,恍惚感到一阵震动,听见长长的嘤咛,屁股渗出血,比绯红更红,绵软可手,颤颤巍巍,手贪婪地紧了紧,真个儿是发面团,馒头里包块儿璧,许多人凑过脸冲我挤眉弄眼……

"叮叮当,叮叮当,叮叮叮叮当……"打铃上课,那些学生加速越过我跑上楼梯进了教学楼。

我跑回水泥板后。

"大哥了,你搞毛啊?"袁健林气喘吁吁地说。

"老子还没摸呢! 你不摸早说啊!"袁华说。

"我摸了。"我说。

"老子还没摸!"袁华说。

"怎么办? 等下课?"郭磊问。

"小华哥,那儿!"玉宝眼尖,一下子望见厕所门口站着一个女孩儿,厕所幽幽光照下亭亭玉立,穿着白色T恤和包臀裤,倒背手,扭来扭去踢石子儿。

袁华将烟杆灭在水泥板上,低吼一声说:"健林,追我!"他奔出,脚步镇镇,袁健林追着跑到女生旁边推了他,他撞到女生身上,女生惊叫着倒坐在地上,他跟着压上去睡在她身上乱拱,女生哀哀叫唤极力挣扎。

"我靠!"郭磊兴奋地骂了声。

"干什么!"厕所里出来一个人,将袁华从女生身上推下地,拉起女生退到厕所门口,女生呜呜哭着躲进他怀里。他戴着深蓝的眼镜,长相斯文,他指着袁华质骂:"你谁? 有病啊?"

袁华站起来对着男生女生。"怎么了? 你几个小子,我就知道在这儿。"身后传来像牛哞哞一样的声音,小一哥一只手拨开我们,左手倒背,背着光,肚子一圈的黑色像牛一样庞大,摇摇晃晃走到男生旁边转个圈面向我们,攀住男生的肩问:"同学,咋了？"

酒味也像牛一样庞大。

男生没理他,依然指着袁华愤怒却并不高声地质问:"你几班的？"

小一哥磕磕巴巴地说:"李莫急,李跟我缩,一路找老斯去,你老斯蓝的吕的？好看不？莫用手指到别个,晓得不？"

"你谁呀？"男生扭动脖颈冲小一哥挑起下颌。

"是不是他摸李女朋友？噜,摸一哈咯,没事没事,啊！忍一忍。"

男生扭动身子想说话,只听砰吟,小一哥一直背在后面的手拍上男生前额,砖头掉在女生肩头滚在地上裂成两半,女生尖叫一声蹲在地上,瑟缩成一团抽泣,男生跪倒,手掩额头触到地上,低低呻吟。小一哥嘟囔着:"不就摸一哈吱,又不少坨肉,我硬是想不明白。"他加一脚,将男生踢翻了。

"小胖醉了,走！"袁健林他们拉起小一哥往回跑。

我觉得额骨裂成了好几块儿,热辣辣的,裂痕摩擦着咔咔作响,有东西流了出来,瓢泼在地。男生跪在身前呻吟,女生瑟缩抽泣。我觉得灵魂飘起来了,看见自己穿白衬衣的身体,表情木讷,眼睛却在黑夜里亮闪闪。

"跑啊！靠！"那几个人回来拉我。

脚跟离了地,欸绵绵的,哆嗦了一下站定了。我看见自己两步走到女生身前捡起半块砖头,朝那几个人做出扔的手势,他们遮遮掩掩地逃了,我扔出去,愤怒又哽咽地叫着:"狗日的,杂种,凭什么欺负人啊！"我捡起另一块砖头扔出去,抹了一把鼻子,扶起呻吟的男生,问女生:"医务室在哪儿？"

女生抬起脸,痴痴呆呆。

"医务室在哪儿？"

一下子梨花带雨,她哭了出来,哇哇响。她爬起来扶着男生的另一只胳膊,一边哭一边把我们带上厕所旁边的石阶,上了被宿舍楼围起来小广场,走进边角一个小屋里。屋子亮堂堂的,穿白大衣的大夫捧着一本厚书坐在旋转靠椅上,双脚搭在另一个木椅靠背上,这洁白亮堂让我一下子有了对身体的感觉。

"这是怎么了？"他放下脚过来帮我们将男生扶到了靠里墙的病床上。

"额头被砖头砸了。"我说。

女生哇开嘴,眼睛红通通的。

医生扶正男生的脑袋,摘掉他的眼镜,检查他的额头。虽然粘上些灰色石渣显得脏,但呈浅弧形的额头依旧漂亮。

"有点发红,破了点皮。"医生问男生:"听得见我吗？"

男生睁了睁眼,表情痛苦,哼哼着说出了清晰的话语:"能……"

"有什么不舒服的感觉吗？"

"痛……"

"哪儿痛？"

"额头……"

"还有没有哪儿不舒服？脑子里呢？"

男生哼哼又说了一遍额头。

"没事儿没事儿，"医生扭过头对我们说，"破了点儿，消消毒就行。"

"谢谢您。"我说。

他走向药柜。

女生抽抽搭搭地问我："谢谢……你，你……几班的啊？"

"十二班。别哭了。"

"初三……吗？"

"初——三？"我这才来得及看她：亭亭玉立，着装俏丽，柳眉朱唇，尽管预示秋季果实的饱满，终是初夏枝叶不充分的舒展。我心里一酸，说："嗯，初三。"

医生问："好好上着课，怎么被砖给砸了？"

"我们……我们……"

我说："我上个厕所。"

我出了屋，越走越快，跑起来，到了爬进来的那段墙下。我爬上树，抓着树枝，攀上围墙翻过去跳到地上。一个黑黑的影子蹲在前方高处的巷口，冲我叫："哥！"

是玉宝。

"过来，帮我搬石头。"

我开始在黄昏到那些小区里听二胡呕哑而悠扬，琴弦割在心上，又飘渺于另一方尘世。少年们踩在滑板上吆喝，少女们穿着裙子高傲地走过，小腿像牛奶一样白滑，未来那些姑娘都是绝世美女。如走的亲戚并非居于小区，我就信步荒凉的乡村街道，看汉子婆娘端着饭坐门口闲侃，汉子粗砺，女人都蒙络短裙、黑丝白丝，蹬靴子，上镶闪眼的装饰，在灰尘里端庄或摇曳，不是不漂亮，只是在这环境里有黑色喜剧的味道。黑乎乎的孩子如我小时一般玩捉迷藏、跑来跑去、被大人呵斥，他们躲进土墙下昏浊的灯光里，那里无人照管的放音机唱着佳人孤台的咿咿呀呀，慢板上下，字正腔圆，咿咿呀呀。

第九章

我和欣欣在面坊里坐着，她在打瞌睡。

我说："我要走了。"

"还没到吃饭时间。"

"我要到城里去了。"

她从昏然中清醒，奇留地望着我："哪儿？"

"我畛到憩的亲戚了，我要搬过去住。"

"是吗？"

"嗯。"

"就在这里住呗。"

"都住这么久了，太打扰你们了。"

"什么打扰不打扰的，你走了谁来和我们凑一桌打麻将啊！"

"哈哈，三个人可以斗地主嘛。我住这里吃你们的用你们的，还帮不了什么忙。"

"说这些干嘛，你一天饭量那么点，还不如我家养只狗吃得多。不是，是养只猫。"

"养猫还可以抓老鼠。我要赶紧换地儿，今晚赶过去吃好吃的呢。"

我走进里屋，叠好衣服放在床上，把换了新卡却无用武之地的手机与衣服放在一起，还有几本书，除此之外似乎没有可收拾的了。

"我把毛巾、牙刷带走了啊！能不能给我个大袋子？"我大声喊。

"是你什么亲戚？"

我被吓得叫了一声，抚着胸口转身对突然出现在背后的欣欣说："你走路怎么没声儿啊？"

"那是你什么亲戚？"她问我。

"姑婆婆。"

"住哪里？"

"嗯一夷陵那边。"

"具体地址呢？"

"具体地址？"

"是啊,不然怎么去找她？"

"哦,她让我到了那儿之后给她打电话,她来接我。"

"那儿是哪儿？你告诉我,我帮你查查,免得你走错了。"

这人怎么这么固执。我说:"清苑南路,好像地儿有点偏僻,不一定找得到。"

"是吗？你是真要搬去了还是在骗我？"

"骗你干嘛啊？"

我背过身坐在床沿整理我的衣物。

"你不会说谎,你每一句话都像在编。朋友圈和微博里都在转寻人启事,大家都说凌炜失踪了,前两天还有初中同学打电话来说这事儿。"

我继续整理衣服,把那些没叠整齐的再叠一遍,最后发现还不如初次叠的美观。我只好问:"你告诉别人了吗？"

"没有。"

"叔叔他们呢？"

"爸爸他不知道。"

"你别告诉别人。"我说。

"那你告诉我怎么回事。"

"现在不能说。"

"为什么啊？你有什么事可以告诉我啊！"她走两步站到我旁边,影子投射到衣服上。

"你别问了,以后告诉你好吗？"

她有几秒钟没说话,影子动也不动。

"好吧。那你还走吗？"她问。

"走！"

"为什么？是招待得不好？还是你认为平时干活太累了？你可以不用干活的。"

"不是,我要去宜远工业大学,我已经考虑好了。"

"有什么用呢？你上得了课吗？"

"大学的课可以旁听,研究生可以自己报考,等我考上研究生,我就可以回去了。"

"可你住哪儿啊？"

"去了再说。只要我说明来意,表现诚恳,一定会有人收留我的。"

"你有钱吗？指望谁来养你？"

"我会自己赚的。"我从柜子里找到一个袋子装上衣服。

"天真！"

"我就天真。我是一个懦夫，我怕自己有一天把这当作一种正常的生活，像你们一样。"

我提上袋子，她拉住我的衣摆说："走什么走？你知道怎样走吗？你跟我爸妈道别了吗？起码得和大家打声招呼啊！"

我不动也不说什么。

"你去找青青，我会向她说明，叫她带着你去学校。"

"我自己去就可以。"

"她带你去更方便，可以找学校老师。"

"是吗？"

"是"

"为什么啊？"

"那你现在告诉我你怎么从家里跑出来的。"

"以后再说吧，真的，你别问我了。"

"明早六点半有客车，或者等两天爸他进城顺便带你。"

"明早就走。那他们是怎么说我的，失踪的事？"

"买面，人呢！"有顾客在外面喊。

"来了！"欣欣喊着。"都说你不见了，就这样。"

"哦。"

"其实这样的日子我也挺惆怅的。"她走出里屋。

第十章

我把钥匙从门缝塞进屋里,乘上了车。三个多小时后,车子到了宜远西站,我忍住头晕,背着欣欣送我的包下了车。我环视一周,看见戴着大大的墨镜的袁青青,她抱着手,双脚交叠地靠着出口外的白玉柱子,脸上只剩漂亮的粉红嘴唇了。我尽显兴奋地冲她挥手,走到她面前。

"走。"她说完转身,干净利落。

她的头发盘着,几缕泻下,勾拉住依耳廓的墨镜的架子,她穿着牛仔装,紧身上衣紧身长裤,内里T恤在腰间先含苞后舒卷,贴出白色的一围,潇洒帅气。这时我才意识到,虽然她穿着黑色布鞋,但我也得抬头才能望见她的脖子。她匆匆而行,我低下头紧跟她。我们出了车站,她伸手招了一辆出租,她坐前面,我坐后面。她说:"宜工大。"

车子开了,一片静默。我望着袁青青发丝下白色的脖颈。

"今天怎么这么热啊。"司机师傅抱怨道。

"是啊,越来越热。"我接话说。

车子拐了一个弯。

"你们是宜工大的学生吗? 夏天挺不容易,热死了。"

"晚上都热得睡不着。"我顺着司机的话说。

"我们不是那儿学生。"袁青青说。

我堵住了嘴。

车子到了学校门口。"师傅,再往前一些。"袁青青说。

车子继续往前走。

"前面小巷口停。"

她给了钱下车,我跟着她下了。我们走进小巷,到了小木楼底下。

"我去拿东西,你等着。"她登上一层,打开门,走进去转向一边消失在视野里。屋子里很宽敞,垂着许多帷幔。她拖着一个胖大的尼龙袋走出来。

"我来。"我上去把袋子接过来说。

"是什么?"我问。

"你的床单被罩。"

"哦，红色的？"大红的颜色怎么也藏不住。

"冬天看着就温暖。"

"冬天，温暖……"

"你不喜欢？"

"我很喜欢。"

这次她与我并肩了。

我们经过校门警卫处时，值勤的守卫看了两眼我提的袋子。我心有惊悸，但岗哨或者不记得狂奔的我了或者是换人了，没阻拦我。我们沿佳木繁荫的小道到了五教前。草坪上仰着一只胖胖的翘着尾巴的小黄猫，它眯着眼，四只腿朝天抓着，一个女生提一小瓢粮喂它。

袁青青停下来蹲下，挠了挠猫咪肚子。"好可爱，我可以抱抱它吗？"

"可以呀，这不是我养的，是学校里的猫。"给猫咪喂东西的女生说。

也许是我上次来学校时逗弄的那一只。袁青青抓住猫咪的前腿晃了晃。"真可爱。"她说。

喵——猫叫了一声。

"真乖。"

喵——

"它知道我在夸它呢！"袁青青说。

"还真是！"那个女生也靠近了，说。

"乖！"

喵——

"不乖。"

"你要喂吗？"女生问。

"好呀袁《拿了一块儿猫饼干，凑到小猫嘴前："乖。"

喵——

袁青青把面包喂到了小猫嘴里。

"走啦。""拜拜。"我们和那女孩儿道别。五教门前，袁青青说。"把东西放这儿。"我们进五教乘上了电梯，她摁了六层，电梯上行。

"唉。"我叹口气，声音在阒静的电梯里显得格外悠长。

"怎么了？"她问。

"有点紧张。待会儿我该怎么说？"

"就说你叫袁炜。"

"哦。会不会有事啊？"

"不会。"

电梯上到了六层。出了电梯，袁青青径直把我领到了一间办公室之前。门开着，可以看见对面窗户下一排长长的桌子，一个人坐着，上身被电脑遮挡了。我向上瞟一眼，办公室的牌子上写着"学生工作办公室"。袁青青退到墙后，取下墨镜，那暗月又在闪耀了。袁青青把墨镜推进上衣口袋，她敲了两下门，那个人从电脑后探出头，是个戴眼镜的女老师。"请进。"

我跟着袁青青走了进去。办公室很大，可中间摆着一张只小了一点的方桌，方桌上放着疏朗的整齐的文件，再加上靠墙高高的柜子，办公室留给人的只剩方桌和柜子间不算宽敞的过道了。

"青青，来啦？"老师说。

"嗯。贾老师，这就是我那个表弟袁炜，您看看怎么安排。"

我朝贾老师微微鞠了一躬，她报以一笑。

贾老师屉里摸出一件东西给我，我接过来看，是校园一卡通。

"有个要退学的学生，你就先用他的学生证吧，在上面贴上自己的相片，一卡通密码是学号后六位。"

我连连点头，翻开学生证，上面写着文法学院中文12-1班，现在的照片是一个很帅气的男生。

"想听什么课你自己去听就可以了，上课时间和地点校园网上可以查到。"

她伏案写了一个什么东西，盖上章子，给了袁青青。是一张证明。"这样就可以住学校了，青青，你带他去四公寓吧。"

"好，谢谢您，"袁青青鞠了一躬说，"那我们先走了。"

我们退出办公室，下到一层，袁青青带着拖袋子的我到了四公寓。那是一幢宽宽的灰色三层小楼。我们看见坐在管理台里的微微笑着又像皱眉忧愁的阿姨。袁青青站在台前，喊着："阿姨，阿姨。"

"欸！有事儿吗？"阿姨温柔地问。

袁青青将证明给她，说："阿姨，您看这个。"

阿姨展开证明看了，说："哦，新来的。中文，刚好那房间空了一个，你们等等。"她进管理台后的房间拿了一大串钥匙，领我们停在一间宿舍门口，牌上标着126。里面有说话声。

"有人，"阿姨说，"今天周六，都在呢。"

阿姨敲了敲门。

"谁呀？来了来了。"门开了，一个光着粗肉膀子的大胖子，肉在歪脖上堆着，一眼稍开，一眼眍斜像一条缝，他问："阿姨，啥事儿啊？"

"你们新同学搬进来了。"

"啥？新同学？"

我们跟着阿姨走了进去，里面有些味道。寝室十平方米左右，对面墙上有一面被帘子遮住的窗，屋内阴暗，没有阳台。窗下抵墙是一张长桌，被书、碎纸和其他杂七杂八的东西堆填满了，只有放着两台笔记本电脑的地方还算整齐。左面靠墙摆了一个衣柜和床架，右面摆了两个床架，床架是铁制的、上下铺。右面靠门的铺上躺着两个人，我们进去时，下铺那个脸胖胖的拉紧被子盖住自己，遮住大腩的肚子，上铺那个则转过脑袋，隔着床栏使劲眯眼看我们，与前两个相比，倒像个骷髅头。

"你啊？"大胖子指着我问。

"你们好，我弟弟是刚来的交换生，希望大家多多照顾。"袁青青说。

"欢迎欢迎！"躺在下铺的小胖脸说，"我叫秦瑟，上面睡着的叫钟顾，这个大胖子叫萧言。"

"去你的！"大胖子打断他，乐哈哈地抱了抱我，我也乐哈哈地回抱一个。

宿舍阿姨走到对门的窗户，指着左边被杂物堆满的床说："你睡这儿吧。"

"行。"我说。

"那你们待会儿把床上东西收拾一下。"宿管阿姨对他们说。

"好，我们待会儿就收拾。"胖脸伸手从床头拿起眼镜戴上说。

"那就住这儿吧，有事儿再说。"宿管阿姨给了我一把钥匙，走了。

"以后麻烦你们了。谢谢。"袁青青说。

"没事儿。以后大家都是同学嘛，互相照顾是吧。"胖脸说。

"那我就先走了，"青青对我说完又对他们说，"再见。"

我放下东西跟着袁青青走出宿舍。她又到宿管阿姨那里，站在管理台前，说："阿姨，麻烦您以后多留意他一下，有什么事情您给我打电话。"

"行，行。"阿姨点头答应着。

袁青青在台上的报纸上写了一个号码。"阿姨，这是我的电话。"

"好，我记一记。你？"

"我是他姐姐。"

"噢，"阿姨又对我说，"你看你姐姐对你多好！"

"阿姨，我走了，您忙着。"

"好，慢走。"

袁青青步出宿舍，她回身，白皙的鼻子在天光下像安宁的海面。"回去吧。"

"就这样？可以上课了？"

"嗯。"

"我送你吧。"

"不用。你身上有钱吗？"

"有。"

"睁眼说瞎话，最讨厌这样的人。"她从衣兜里拿出一个小钱包，拿了五百块钱给我。

"谢谢。"

"那我走了。"

我犹豫地问："你还有两百吗？"

"干嘛？ 你先用着吧，不够再给我说啊。"

我本想找个冠冕堂皇的理由，但时间不容许。"我想去医院看看，做个脑部检查，我从楼梯上摔下来，流血还头疼，我怕有后遗症。"

"严重吗？"

"现在好一些了。"

"你早点去看。"她又拿出五百块钱，说："还好我今天预感到要用不少钱，提早带了，钱不够再给我说，早点检查，告诉我结果。"

我拿出两百还给她。

"怎么了？"她问。

"应该用不到这么多。"

"万一不够呢？ 叫你拿着你就拿着。"

我把手背在背后。她抓住我的胳膊，硬把钱从指缝间塞了进去，不耐烦地说："让你拿你就拿！"

我们快走到了大石头。"回去吧。收拾床铺。"她边说边往前走着，我目送她转过大石头隐没了。

第十一章

阳光从长长的林荫道走进夏天的剧本，长椅掩在假山前濯脚，那水是为湿润泥土从年轻的树根喷溅的。五月的校园繁花似锦，花籽扑簌漩涡一般降下，槐花的馨香攀援树身。空地里有人用脉管湿绿的棋盘，黄色、红色的棋是中国古代弈者，争奇斗艳而风度翩翩。观棋者居于森林之上，方方正正，紧张得全身的棱角变成了石头。只是未免太工整了。我正走着，却一时原扰鸟语，手机响了。

"喂！你在哪儿？别乱跑，我让青青过去接你。"欣欣着急地说。

"我在学校啊。"

"到学校了？不是叫你和青青一起吗？"

"是和她一起啊，她在车站接我，我们见了老师，安排好了宿舍。"

"那她打电话来要你的号码，说没接到你！行吧，接到就好。你住学校了？"

"嗯。"

"哇，挺好，挺好，我说吧，你自己来不一定找得着。你刚走，中午有人来买面就问起你了：那个小孩儿呢，怎么不见他。"

"嘿嘿。"

"钱够吗？"

"够了，能用段时间呢。我会找兼职。放心，绝不冲你客气，有困难就伸手。"

"那你好好待学校吧，没事儿我就挂了，有事儿联系。"

"嗯，拜拜。"

"拜拜。"

备齐了课表、书本，逛完了校园，吃了晚饭我回到宿舍。推门扑鼻而来浓郁的香水味儿，胖脸的秦瑟躺在床上玩手机，瘦长脸钟顾戴着眼镜坐在桌边对着电脑，手脚不停抽动。"嘿，哥们儿，回来了？"秦瑟说。

"嗯。"我笑着答应。

"下午去哪儿玩了？"

"四处逛逛。"我走到桌边，却无法靠近我的床。长桌列在两个床架之间，一头抵住窗户下的墙，一头对门，两侧与床架形成分别供人进出的窄道，钟顾恰好坐在这一侧的窄道口，而上床的爬梯在靠墙的那一头。

钟顾盯着电脑屏幕，脸色肃穆，眉头深锁，方框眼镜被顶了起来，手如蛇信子一般灵巧移动、点击鼠标，腿不停抽搐如镜片后的目光螺旋地跌入没有尽头的深渊。我不好打扰他，只能站在他旁边看他玩游戏。鼠标的敲击和游戏音乐的鼓点组合成二重奏。"天坑，天坑！""操！操！"时时加进的人声大号层层推向高潮。节奏加快，蛇信子从号筒中吞吐红色的残影，钟顾双眼喷出了仇恨，杀意切身，脸上蒙上了一层光辉，突然凯歌奏起，他软绵绵地瘫倒，死去。"回来了！"他又突然弹起来问我。

"嗯。什么段位？"

"黄金。你也玩？"

"从前，现在不了。"

"要进去吗？"他驼着背热情地让开道。

"谢谢。"

我侧身走进，将书包放在挨近爬梯的凳子上。我想出去洗漱，可钟顾又开了一局游戏，脸上蒙上光辉，手指在键盘上噼噼啪啪地敲着。我环望一周，最后用手指勾起下铺的褥子，褥子和床板间露出夹缝，我抓住上床的栏杆，两只脚踩进夹缝，步步腾挪，贴着钟顾的背扒出去了。洗漱完后扒了回来，躺上床，被子香香软软的。看了会儿书，到了九点，将书搁床栏上，睡觉。然而头顶的日光灯穿过眼皮照亮视网膜，鼠标在耳朵里连续炸响，始终无法入睡，我不得不继续爬起来玩玩手机看着书。

"操！断电了！"钟顾骂着。

我拖着沉重的艘挨到十一点，公寓熄灯了。钟顾黑黑的身影跑到他的床铺前，踩上凳子，伸手在床头拨弄一阵后，跑回来坐下。原来已经断样的游戏又连上了。

门打开又关上，歪脖子斜眼的萧言一摇一晃地走到桌子与钟顾相对的一侧，将电脑放到桌上，浑浑地说："钟顾，回来了是吧，我给你说，你以后要是再把你的臭袜子挂窗户上，我就给你扔了。"

"对，就给他扔了。"躺玩手机的秦瑟插话说。

鼠标激烈发声，钟顾没答话。

萧言身体前倾，伸手将钟顾的电脑盖子向下压了一截："喂喂，说你呢，听到没有？"

"哎呀，行球了，"钟顾推上屏幕说，"不就一双袜子吗，收了行了。"

"一双袜子？"萧言喘气哼两声，一只手抬起像勾着一只袜子说，"我下午用了一瓶香水才除去宿舍的臭味，整整一瓶啊！你袜子都能赶上毒气弹了。反正以后我要是再见到你挂袜子我就给你扔了！"

"扔啊，现在就扔，我床头就有呢，你去扔吧。"

"行，你说的。"

萧言拿上晾衣杆走到秦瑟的面前，挑起上铺床沿挂的一双袜子，而后走出宿舍。秦瑟见我在看，冲我歪脖斜眼吐着舌头。

"傻×。"钟顾说。

很快，萧言回来了。"宿舍干净了。"他一边悠哉坐上床一边说。

"再扔啊，床上还有，柜子里也有，随便扔，扔一双我买一双，反正老子有钱。"

"行啊，小逼崽子。"萧言拿起晾衣杆往钟顾床前掇着。

"我就熏你，就挂你床前，臭死你！"

萧言放下晾衣杆，走到钟顾面前，脸上堆积的肉块儿凸硬。一甩手，钟顾没推开他，萧言张开粗肉膀子一把抱住钟顾，将他甩到门边压在身下，两拳打到钟顾脸上。我赶忙下了床，秦瑟也跑过去伸开手挡在他们之间，我拉住萧言的胳膊。"别打！"我们说。

"你打，让大家看看，你他妈就知道打舍友。"

"小逼崽子，牛了是吧！"

萧言又要动手，我紧紧拉住他的胳膊。秦瑟拉开门，将钟顾拖出去，钟顾站起来，秦瑟把他推到走廊另一边。

我松开萧言的胳膊，他喘着气坐回床上。

"别生气了。"我劝道。

"呼——呼——呼。"萧言胸脯胀了又缩。

这时钟顾走了进来，倾身到萧言之前，说："我不跟你动手，我承认开始是我不对。""你还说是不是？"萧言怒气冲冲。"我承认错误了啊，我们现在讲道理。""欵，你个小逼崽子！""别说了。"秦瑟拽住钟顾的衣袖想把他拉出去。"操！"钟顾叫一声，推倒了饮水机的水桶，水桶砸到地上，水流了一地。

秦瑟把钟顾拉到门外，而萧言又要起身。"别呀。"我抓住萧言。

他歪着脑袋，斜那一只缝眼对着我，边点头边缓缓地说："放开，不然连你一块儿打。"

我隐约望见黑色的珠子，冷漠无情。我只好让开，跟在他后面走出去，走廊里站满了其他宿舍的同学。

"你这头死猪，一天吃了睡，睡了吃，啥都不会干，不是死猪是什么？"钟顾一边叫着一边被秦瑟往后拉。

"操！"萧言甩开拉住他的几只手，几步晃到钟顾身前，抓住他的衣领。"干嘛呢！"宿管大爷跑过来拉开萧言，挡住他。

"大爷，你别管，让我打死他。"萧言一边说着一边要往前去。

"打死他你不值当啊，还要坐牢。"大爷说。

"大爷,他喝酒了!"钟顾喊着,使劲从秦瑟肩上探出脑袋。

"操!"萧言骂着,又被宿管挡住。

"哎呀,你别说了。"我们冲钟顾说。

"别吵了!大半夜让不让人睡觉啊,要打滚出去打。"隔壁宿舍有人愤怒了。

"你们俩实在解决不了,我就叫保安和警察了。"大爷说。

隔壁宿舍的门打开了,一个人裸着上身膘肉立到宿舍门口:"要打是不是,来来来,我们来。"

"欸,没事儿。"宿管和几名同学上前挡住那人。

"你们别吵了,都要到十二点了。"另一个同学说。

宿管将萧言推回宿舍,走了出来,对钟顾说:"你什么也别说了,再打我就叫保卫处了。"

"没事了,大家都睡吧,晚安。"

"晚安。"

"你也早睡吧,啊。"秦瑟和其他人打了招呼,大家窃窃私语几句,渐渐大家散了。

我们回到了宿舍,我爬上床躺下,钟顾坐到电脑前发愣,萧言躺玩手机,秦瑟见我看他,便歪脖斜眼冲我一吐舌头窃笑着。

我听见开门声,一个暗影踩着窸窣的步子进来了。

"哟,学霸!"秦瑟说。

"啊,我不是学霸。"茫然的声音。

"说你是学霸,你就是学霸,你全家都是学霸。碘嗜。"

听见秦瑟的戏谑,我不觉笑出声。

"欸?"两只手扒上我床边的栏杆,一个脑袋伸上来说,"有人啊!"

脸的轮廓扁而长,眠眠窝在黑暗里看不到底,眉骨高得像搭了个棚。他就是秦瑟介绍的学霸齐舒了。

"嗨。"我说。

"你谁啊?"

"袁炜,刚来的交换生。"

"可你像中国人啊。"

"我就是中国人,从其他学校过来的。"

他放开栏杆缩回了头:"还有这样的交换生啊。又多了一个男生,地上好多水啊,桶怎么倒了啊?。"

秦瑟说:"倒了你不知道扶下啊?"

我问:"男生很多吗?"

"我们班的都在这儿了。"

"哦。"

走廊里响起吉他声,我侧卧着,睡不着。

"你在我们学校待多久?"下铺传来齐舒的声音。

"两年。"

"那你从哪个学校来的啊?"

"重庆那边。"

"重庆,好多好吃的。你喜欢看书吗?"

"喜欢。"

"那你知道福克纳吗? 还有康德、弗洛伊德、斐多吗?"

"知道一些。"

"你喜欢看动漫吗?"

"还行。"

"比如什么?"

"我看过会放电的那个,叫什么来着,丘比特?"

"哎? 丘比特? 你是在说皮卡丘吗?"

"哦,皮卡丘。"

"哈哈哈哈。"他放声大笑,像喘不过气。

吱——我听见床板的响声,萧言下床晃向了门口。

"哈啊哈啊哈,会放电的丘比特!"笑声刮擦。

"别笑了。"我说。

萧言打开门走出去了。

"丘比特,放电——哈啊哈啊哈——"

"有什么好笑的?"

"会放电的丘比特,怎么这么好笑呢,哈啊哈啊!"我操起床栏上的书扒在栏杆上倾着书角砸向齐舒一"别他妈放了!"楼道里炸开萧言的吼声和捶门声,书角砸到墙面的声音被淹没了。

秦瑟立即下床走到门外,许多开门的吱呀声。

"怎么了,怎么了?"大的小的好奇的声音问。

齐舒没笑了。萧言嚷着:"别放了行吗? 大晚上还让不让人睡觉啊?"

"没事儿,行了,行了,都回去睡吧。"这是秦瑟的声音。宿舍门口晃回了萧言,他进来躺到床上。

"没事，"秦瑟在楼道里说，"早点睡吧，啊！"

"你也睡吧。"有人说。

"好的，"他回答，"都睡吧啊。"秦瑟回来关上了宿舍门。

我没下去拿书，我只想睡着，键盘的噼啪声。像从高空向下跳伞，缺氧，恍惚。

第十二章

毕毕剥剥，小炮不停爆炸。

我似乎伸了伸脚，嘟囔了一句："谁呀？"

毕毕剥剥，毕毕剥剥……

"别他妈吵了，大清早还叫不叫人睡觉了，啊？"愤怒的吼声使我倏地转醒，对面下铺的萧言已经坐起，苦大仇深地看着窗外微亮的天。

毕剥声停了，有人在摆弄塑料袋。接着钥匙哗哗响一阵，柜子被打开，又被关上，发出两声金属撞击，几步跑动，书包倒腾的声音响过，门"吱"一声，齐舒踩着碎步出门，门合上了，过道里响起书包里的物件的可源与急急的脚步的合奏。

要不了多久欣欣该过来送面了。

闹铃响了，是从钟顾那里传来的，他翻个身，闹铃被关掉了。

秦瑟的闹铃响了，被关掉了。

原来我在腊的床上。

我下床洗漱完后离开宿舍，到五教找到上课的教室，从后门走进，坐在门边的位置。这是一个小教室，已稀稀落落坐了几人，第一排右侧齐舒坐在那里，眉骨触着书本。过了会儿，同学陆陆续续地来了。

一位结实的年轻汉子走进教室，不够长宽的皮被略显肿胀的身体绷得紧紧的，内里的白嫩、红润迫不得已渗出。他把背包搁在窗边的桌上，走到讲台前打开多媒体，等待的片刻，东看西看，像鸟儿抽动脑袋，算上走路时左右摇曳的身姿，颇为可爱。多媒体开了，他弓身插上优盘，弯腰盯着电脑，操作一番后，投影屏显示出一段文字，是一首诗。

让战争在双人床外进行／躺在你长长的斜坡上／听流弹，像一把呼啸的萤火／在你的，我的头顶窜过／窜过我的胡须和你的头发／让政变和革命在四周呐喊／至少爱情在我们的一边／至少破晓前我们很安全／当一切都不再可靠／靠在你弹性的斜坡上／今夜，即使会山崩或地震／最多跌进你低低的盆地／让旗和铜号在高原上举起／至少有六尺的韵律是我们／至少日出前你完全是我的／仍滑腻，仍柔软，仍可以烫熟／一种纯粹而精细的疯狂／让夜和死亡在黑的边境／发动永恒第一千次围城／唯我们循螺纹急降，天国在下／卷入你四肢美丽的漩涡／

打铃了。

"我们先看一首诗，谁能告诉我，这首诗写的什么？"他含笑地抽动脑袋捕捉我们。

大家轻声读诗。我的手机震动了，我看一眼，是袁青青发来的短信："在上课吗？"

我回："早上好，在上课呢。"

"有没有人知道？有没有人知道？"老师甩动着脑袋问。

"思乡。"有人说。

"哦，思乡？谁说的，来说说为什么？"

没人回答。袁青青的短信来了："晚上来吃饭，六点半。"

我回："那多麻烦你，我就在学校吃吧。"

"我的意思是，这首诗呈现的画面是什么，谁能告诉我？"老师盯住一个同学问，"李淑遥，你觉得呢？"

左前方一个苗条的背影挺了挺，柔和的女声沉吟着念了几行，说："写战争吧。"

"为什么？"

她轻声读了一行，又读一行。

"还有没有其他的想法或意见？"老师顾盼探求。

"爱情。"有人说。

"爱情。男生呢？男生有没有什么想说的？男生都消失了？"老师在寻找男生。我把自己藏在前面的背影之后，说："睡觉。"

"睡觉？男生在睡觉？"

大家嘻哈而笑。

"写睡觉。"我说。

"写睡觉？"老师的目光找到了我，"哪里看出来的？"

我正要站起来。"坐着就行。"他说。

"感觉。"我说。其实很明显。

"睡觉，有那么点意思。"

有些同学转头看我，嘀嘀咕咕。

我应该直接说上床。

"阁下眼生得紧，是我们班的吗？"

"我是交换生，刚来的。"

"噢，叫什么？"

"袁炜。"

他点点头，拿粉笔在黑板上写了"M"和"L"这两个字母。"这首诗写的就是这玩意儿。"

大家又开始读那首诗，字斟句酌。

"记得大一你们刚来的时候我就说过，你们以前中的毒太深了，要把初高中学的垃圾统统扔掉，现在看来，成效似乎有限。诗是什么？文学是什么？它不是思乡、战争、爱情等等一些模式，而是如同生活一般的无限可能。我们所寄身的是一个物质世界，但我们所生活的是我们感到的世界，那才是真实的世界。文学远离世界，又找到世界，去认识它，从而确证自己。"

青青又来短信了："随你，爱来不来吧。"

我立即回过去："好吧，我来。"

第十三章

上完一天的课，已到了黄昏。我回宿舍照照镜子，换上浅色的衬衫和薄裤，把自己打理干净，之后漫步向青青家。

学校外安静的大道被两行亭亭的树木遮盖，新绿映上黝黑的柏油路，稀释了炙热的阳光，折射出一种宁静的、沉醉的暗。我双手插裤兜里，缓慢地、轻柔地前行，愈走愈远，愈走愈深，愈远，愈深，远了，深了，处处宁静的、沉醉的暗，缭绕，至眠。我走进灰石板的巷口，遥遥望见那栋深褐的二层小楼，金色的光漫溢其后，糅合成迷蒙、静谧和沉重。愈走愈深，愈走愈远，深了，远了，踩石板走近，踏上木楼梯，咚咚，似依柔软，又如着硬实。上了一层，本想走侧边楼梯上二层，但我听见一层门里传来若有似无的乐声。停驻，敲响眼前的门。

咚，咚。

门开了。一个女人，手握门把，上身靠在半开的门上，波浪的头发，鹅蛋脸，瘦削、裸露的双肩，酒红的褶裙礼服。

"你是来参加晚会的吗？"她撅起唇瓣问。

"啊，不是。请问袁青青在这里吗？"

她豁然一笑："你是来参加晚会的吧？"

"晚会？不，不是。""请进。"她打断我，把门向外敞开，让开道，微微欠身，做出请的手势，屋里黏稠的酒的光色全倾倒出来。

"我是今天的迎宾小姐哦，从前没见过的客人。"

我只好面带微笑，迈步而进。细如蚊蝇的钢琴声搔着耳朵，偶有叱咤人声。眼前竟有一个五六级阶梯环绕的圆水池，蓄满了更深沉的酒红的水，红色花瓣荡漾，连池壁也看不清了。抬眼而望，距池几米远的另一边，巨大的分不清颜色的帘子面对我从高高的天花板垂下，直触一横微亮的地面，氤氲出矗立的一片薄光。硬而实的地板从暗影处逐光艰难地显示近黑的竖纹，又在光下抹去。帘后应是巨大的落地窗，落日在那里沉下。紧挨帘子的中央有一张黑色大理石一样的方桌和环绕的向门的沙发。瞳仁在眼角走一圈，屋子两侧立着几排布幔，分出七八个隔间，每个昏暗的隔间里都有一张桌子和一圈沙发，桌子上摆着精致的甜点和不同的酒。那么多深色的男女，穿着随意、休闲的人，正式、庄重的人，大方的人，清纯的人，张手靠沙发的人，只脚半低潇洒站立的人，持高脚杯的人，笑如清风的人，坐起喧哗的人，游走而侃侃的人……

我没看见袁青青。回头，自称迎宾小姐的姑娘不见了，她没在已关的门边。我向着垂地帘幕，经过布幔和布幔里的那些人，边走边瞅，小心翼翼避免引人注目。我绕过水池，走到巨大的垂地帘幕前。看看，摸摸，厚厚的帘幕由浅黄色绒毛制成。我走到大桌后的帘子中央，伸出食指把帘撩开一隙，手指触到玻璃，看见一排围成半圆的树木和茵茵草地，由夕阳照亮。不可思议，屋后是一片树林？

没看见袁青青，那些人成群结伙聊得欢快，我觉得他们在看我，怀有疑虑。我躲进帘后，看着屋后的草地、树木以及林子的深处，很漂亮，但是没有鸟雀的扑腾，显得空洞。我虚起眼睛，阳光明明洒在身上，却感受不到丝毫温暖。我希望自己是透明的。

也许在二楼。我从帘后出来，绕过水池，越过那些欢快的人，走到门边。我伸手，门却先我一步向外拉开，袁青青站在门外。

她蹙着眉头，脸庞被这间屋子蒙上了阴影，声音冷到我的心里："去哪儿？"

"去二楼看你在不在。"

"现在不在了。"她走进来，绕过水池。我在后面跟着她。

她扣着宽大的灰色风衣，垂到脚踝，松松垮垮，脖颈露出T恤金色的领边，头发拢在一边，绕过肩滑向左胸，穿着拖鞋的脚步高抬。她的打扮和这里的人毫无共通之处，甚至荒唐。

她在垂地帘幕的大桌右侧停下，转过身，靠上沙发最深的那条棱，手肘撑在扶手上，手掌扶起半边脸颊。

"坐。"她说。

我在她同一侧坐下。她盯着水池，脸上似乎未施脂粉，清冷平生几分刚毅。她没感到偷看的我？

"今天是你的聚会呀？"我问。

"不是。"

"可是这么多人。"

"你的聚会。"

"我的？"

"你来宜远，难道不值得庆祝吗？"她右腿跷上左腿，盯视水池。

"哦。他们都是你的朋友吧？其实没必要。"

她终于转过头看我："那怎么办？我叫他们全部走？"冰冷如机器，仿佛我下令便照办。

"嘿。"

"你不开心吗？"她又望着水池。

"没有啊。"

"如果不喜欢你就回去。何必纠结呢？"

"我喜欢。"

"你不忙吗？"

"不忙。"

这时一个男人走到了我们面前，穿着修身西服，顾长英俊。

"过两招？"他抬起下巴，挑衅一般地问袁青青。

"来就来呗。"

他坐上另一侧的沙发，从桌底掏出一盒东西，军棋？他把薄薄的棋盘纸铺在桌面，从盒子里倒出红色棋子给袁青青，自己留了绿色。

"今天我们换一种玩法。"他说。

"什么玩法？"

"我给你展示一次。"

他把两方棋子正面朝上布局在棋盘的双方界内，之后移来移去，一方的棋子吃掉另一方的棋子，不按棋子自身头衔大小。我完全看不懂。

"就这样。"他说。

"哦，明白了，开始吧。"

他们开始了。我一会儿看看棋盘，一会儿看看袁青青，稀里糊涂，云里雾里，不知道游戏规则。袁青青放下右腿，跷上左腿，裤腿悬着，沉迷其中。

"袁青青，袁青青！"我轻轻唤了两声，她大概没听见，没理我。

我干坐一旁，看看他俩无比认真地下棋，又看看那些相谈甚欢的人，不知晚会何时是个头。一点儿也不像我的家，还是出去走走吧，挨到结束就回学校。我轻轻起身，疾疾绕过水池，感觉那些人像在看我，可能他们根本没注意我。我打开门走出去，倚着过道栏杆。天将断黑，众星闪耀，昏黄的楼灯照着走廊。除了这里和天空，其他地方都黑黢黢的，巷子里只有这一栋楼。落地窗后的林子呢？

看了一阵，我走回屋子走近沙发。薄薄的光幕已退却，这一带也融成了酒红色。袁青青依旧在和那人下棋。

"哈哈哈！"他俩拍着大腿笑一阵，接着安静下棋。

我大声感叹一句："天气真热呀。"

没人理睬。

于是我坐上沙发，躺下，不在乎姿势好坏，动来动去，嘴里偶尔哼哧两句，手有时超过了棋盘的边界。她依旧下棋，有时说笑，自觉不自觉地让开我。

她太过分了，我打扰她下棋，提醒也好，责骂也罢，她总不该不闻不问，放我在宴会上孤苦伶仃吧？上午邀请我，我不答应似乎还报以决绝的口气，此时我把自己交给了她，却是这个样子，什么意思？不该来这里，一走了之。

我从军棋盒里抓了两个换下的棋子，掂了掂，很轻，塑料做的，但棱角锋利。我把它抛上去，落下来，我接住，又抛上去，落下来再接住，突然一个棋子落在指间没抓稳，一夹飞了出去，"呀"一袁青青叫一声，棋子掉在地上，她捂着脸。

"啊，对不起，你没事吧？"我问。

她咬着牙，脸颊露出酒窝，肯定很疼。她放下手，脸颊有一道血痕，她看看掌心，瞪我一眼："不下了，就这样吧。"她离开沙发，迈步打开门出去了。

那个男人面无表情地起身，走进侧边的帘子里。

我真是混账。我应该跟去看看吗？为什么我要跟去？我们没那么熟悉，是否太唐突？可我伤了人家，不是理应道歉吗？认真想想，我们没那么熟悉。

我离开沙发，走进垂幕边缘的布幔里，倚在墙角。四周的酒红层层叠叠、缤纷陆离，我看见暗处藏着的自称迎宾小姐的那个人，她靠着沙发，一手扶沙发脊，一手拿高脚杯。

"我都看见了。"她抿了口酒。

"怎么，不跟过去看看？"她又说。

"你是她好朋友吧？你快去看看她。"我说。

"不来一杯吗？这可是为你举办的晚会。"

"酒一定很好喝。你好好玩儿，我先走了。"

我匆匆出门，从楼梯上了二层，门缝透光。我敲敲门，没人应答。

我又敲了两下，喊："袁青青。"

门开了，宽大的衣袍罩着她。"有事？"她冷淡地问。

"对不起嘛，脸没事吧？怎么不把血擦了？"

"一点儿也不疼。"她转身穿过玄关，坐在对面窗前的沙发上，手拿镜子照着，把玩一般。

我走到她身边，说："对不起，疼吗？"

"我说一点儿也不疼。"

"你生我气了？"

"为什么要生你气？"

"那你原谅我了？"

"原谅你什么？你做错了什么？"

"你还是在生气。"

"你觉得是就是吧。"

"我弄伤了你的脸。"我蹲下来仰头看她。

她斜视我，说："就为这个？不值得。"

"那你现在把血擦了。"

"我喜欢现在的样子。"她欣赏一般看着镜中。

"你不擦就证明你还在生气，你生气会气坏身体、减损寿命，生气是由我引起，所以我会背负痛苦和罪孽。"

"你背负痛苦罪孽关我什么事？"

我一本正经地说："佛家言因缘，我执着虚妄之我，生无明，无明而行行不住，随业受报，得名色、六入、触、受，得爱、取、有，得生至老死，心有挂碍，你不肯治愈因我而起的伤口，我又造新孽，困还灭门内永世沉沦。"

她奇怪地直看我。我以为她会笑的。

"你知道轮回一次就得承受一个轮回的八苦吗？生、老、病、死，怨憎会、爱别离、求不得、五取蕴，你想想我得有多苦呀！你忍心？"

她还是直看我。

我实在没辙了，只好站起来。环视一周，这个屋子倒中规中矩，头顶一盏明亮的吊灯，四角各有一枝外表五颜六色的落地灯，没开。吊灯的白光照出褐色的地板和墙面，进门走过玄关有一个大鱼缸，缸里呼呼冒着水泡，放了些石头和楼阁，几条鱼穿梭不住。鱼缸后就是客厅，鱼缸正对一面墙大小的落地窗，窗外面是一个阳台，沙发靠着半面落地窗和整面石墙，沙发前有一张方形玻璃面桌。出玄关往左是厨房，另一半落地窗正对着，再往里，是一豌而窄的走道，有三四个房间。

没发现给我灵感的东西。我蹲下，在方桌玻璃面下摸索，摸到一个尖，"啊"一声，我迅速缩回手，另一只手抱住，埋下脸半蹲着。

"怎么？"

"没事。"我摇摇头。

眼角见她往前倾，手伸向桌底，我忙说："别，剪刀。"

"谁让你瞎摸的，怎么这么不小心啊？"她的脸上活络起来，有些嗔怪。

"没事，不是特别疼。"

她站起来走到电视柜前蹲下，拉开抽屉，拿出一个东西，重回来，蹲在我旁边。那是一支软膏。

"手张开，我给你搽。"她拧着软膏盖子。

"哈，我没事！你被骗啦！"我一下张开手，抢过软膏，拧开盖子，握着药膏就要往她的脸上凑。但我停止动作，因为她躲，以一种愤怒的表情看我。

不要碰她。别碰任何一个人的脸。

我把软膏放在桌上："喏，放这里了，早点好了才能变得漂漂亮亮的，我下去了。"我理理衣服，走到门口，又说，"记得一定要搽！"

我关上门，走下楼梯。天完全黑了，星座在深蓝的天空旋转。我吁口气，走下一楼，踏上小巷地面，影子投在长长的墙壁上隐现。我走了，到安静的大道上去了，有路灯，慢慢地散步回家。

"凌炜。"

背后她在叫我。我旋过身，看见袁青青站在巷口。"我回去了，你也回去吧。"

"晚会还没结束你怎么能走？"

"我不参加了，你回去吧。"

"你还没吃饭。"

"你快回去吧，大家都等着，我回学校吃。"

"不行，你跟我回去，"她几步追上来，盯着我说，"你一定饿了。"

"不去了，你快回去吧，啊。"

她撇着嘴角，黑白分明地眸子瞪我。

"我真的要回去了，回去看看书，睡个觉，明天接着上课。你也回去吧，别玩太晚，还有，注意安全，少喝酒。我走了。"

我开始后退，退两步便转过身不看她。我朝前走，一只胳膊被逮住，袁青青双手把我向后拉。我站立不稳，被拉着后退。"我真不去！"我说。

她不说话，一伍儿拉着。

我趔趔趄趄退着，伸手掰她的指头，我们搅在一起厮扭，歪歪斜斜，踩进树坑，撞上行道树，又挣出，一人甩起另一人。头顶的树叶密密麻麻，昏黄的路灯把它筑成倒扣的巢，像挂着千万个婴孩儿，他们旋转、抖动，发出响亮亮的笑声—哈哈哈哈哈，哈哈哈哈哈！我记起小时候，也在这样的路灯和树下，在宜远夜晚安静的街道上，我坐在爸的脖子上大笑，他抓住我的两只腿摇来摇去：哈哈哈哈哈，哈哈哈哈哈！

一个男人从旁经过瞧我们。

"看什么看！"我冲那人说。

他脸上横肉生起，歪脖子兴师问罪的模样。袁青青松开我，走前挡着他。"我弟弟喝多了，不好意思。"她气喘吁吁地说。

"你才喝多了。"我骂一句。

"那你可得看牢了，实在不行送精神病院吧。"那个人讽刺说。

"够了。"青青说。

那人哼一声走了。

我使劲夹住，可眼泪还是从眼角飙出，股股聚集决堤而下。我想憋在心底，可哽咽撑开气管割破喉咙，令我疼痛。我一抽一抽，又放声大哭，这样有些丢脸，便蹲下来把脸埋入衣袖。

"对不起，对不起。"我一遍遍嚎啕。我真正地流着眼泪了。"我要怎么办啊？我怎么这样啊？我知道我很怪异，反反复复，尖酸刻薄。我总是做一些事折磨你们折磨自己。我就是，就是控制不住。"一双纤细却有力的手抓住我的肩，促使我抬起头。睫毛粘住，水蒙蒙，我看不清，可是仍然感受到了那注视我的坚韧的暗月眼睛，眸子藏着一个宇宙，万千星系缠绕、延伸、旋转，闪耀斑斓，直把人吸纳其中，去那一个美丽的世界。

我说："我不想走，我不是真的想走。我要看你下棋，给你讲笑话，让你笑，问你疼不疼。可是我的脚就是动了，朝门外走，我想再也不要跟你见面，你好好下你的棋，好好听别人讲笑话，我完全不放心上。可我还是想，你会来追我的吧，一开始我要装作不理你，其实我心里已经乐开了花，我要在你愁眉不展的一刻突然冲你笑，争取吓你一跳，再傻再笨也没关系。"

柔软的手环抱我的脸颊。

"我全部都知道，"她说，"你说话温柔，你明明喜欢我，却不敢搭讪，你闹别扭，都是因为你爱我。"

"不是啊，完全不是！你一定会因为我烦恼的，就像——像——那爱情，我喜欢你，来临的时候，我不是我；深入的时候，过分地是我；成熟的时候，不知该不该是不是我；爱情离开的时候，我忧郁了，宁静了，以为终于是我。可是，可是。"

"是是是，就是！你被我奶奶赶出门，你会认真写字，你在冬天早晨来我家楼下等我，删我号码又忍不住联系我。好坏你都是凌炜，你就是凌炜。摸摸，我现在就在你身边。我相信你，你会变得更好的！"

"真的吗？"

"真的。"

我真想再大哭一场。"你一定要告诉我，一旦我做错了或者执拗了，你一定要告诉我。"

"嗯。"她抱着我，紧紧地抱着我。我像扑进了凡时茂密苞谷地潮湿的泥土里，跌在竹林去年、前年、无数年前堆积的竹叶上，叶声碎了清脆，噢，窸窣风在吹。我毫不犹豫地抱紧她。她柔软的下巴摩挲我的肩，温柔的呼吸转个圈拂过耳垂，我感到她温暖的身体，听见她心脏的跳动。我摊开一只手掌在她的肋下，借着暗淡的路灯看到掌心最粗实的几根掌纹，看见似从它们延伸出来的细密的纹路。我仿佛第一次看见自己的形体。我翻动手掌，手背呈现，青筋隐约排布，我翻过来，又看见掌心，我仔细感受翻动的动作，仿佛第一次感到自己的存在。我们拥抱着，我一句句地讲，梦呓一般把我从小城到宜远的事情说了一遍。

"我不想瞒你什么。"

"我感受到了。"

"你会嫌弃我吗？"

"不会，永远不会。走吧，回去。"

"嗯。"

我们俩分开了，她牵着我的手朝学校走。

"不回去吗？"我问。

"回学校呀。"

"晚会呢？"

"让他们玩儿着吧。你想回学校还是回晚会，听你的。"

"听你的。"

她眯眼笑一笑，用袖口给我擦去脸上的泪痕。

"你趿着拖鞋就跑出来了。"

"换好鞋你就跑了，你比兔子还快。"

"你是兔子。"

"好，我是兔子，你是兔子的宝贝，凌凌宝贝，炜炜宝贝。"

我觉得我的思维散开了，不能集中注意力。于是我反过来握住她，我想握得紧紧的，可实际却很轻，也许已经握紧了，但我感觉不到使出的力。我感到一种熟悉，也许梦到过这种场景。

我们走进大石头前地下灯泡射出的彩光里，青青大衣变换了颜色。她的头发乱了，我为她将顺拢到一边。这时我发现了一点别的东西，她的眼睛真大，阴影时是黑色的，光亮时是棕色的，层层叠叠，飘飘忽忽，有时竟成了红色。我说："你的眼睛中间有一点红色。"

"没你的好看。"

"我又得送小兔子回去了。"

"你回去吧。"

"你穿着拖鞋。"

"你声音怎么？"

"嗓子疼。"

"哭得吧？"她用手掌拊我的喉结，"你回去吧。"

"怎么可以？我会不安的，走吧。"

我牵着她，她便任我牵着。

"我以后不打你，不骂你。"我说。

"嗯。"

"不像今天这样冲你发疯。"

"你会对我好的。学校住得习惯吗？"

"不习惯。"

"要不你搬过来住吧？"

"没事的。我还有件事要告诉你。"

"说吧。"

"我昨晚欺负人了。"我将用书扔齐舒的事讲了。"我是坏人吗？"

"当然不是。"

"我要向他道歉。"

"你想做就去做吧。"

我们走进巷口，停在木楼前。楼梯的灯光照着，微暗。也许我经历过。

"现在该我送你了。"她说。

"不，我自己回去。"

"可是你送我了。"

"除非你认为今晚后我们就不再见面了，那么你送我是可以的。"

"哎呀，你脸红了！"

"所以我们别说难为情的话了。"

"可我喜欢，我最喜欢你说的那个你不是你的爱情的话，真有文采。"

"那是我从书中学来的，也是你给我的，已经在脑子里演练了千遍百遍。所以，小兔子，我是老手了。"

"小兔子是我专属的吗？"

"呃，也许其他人也用这个词，我会想一个专属你的。你希望我做什么事，你喜欢什么东西？"

"没有了。"

"我要做你喜欢我做的事情，送你喜欢的东西。"

"没有了，小宝贝。"

"如果有，一定要告诉我。"

"好的。"

　　她把头枕在我肩上，下巴摩挲着。她的脸颊贴上我的脸颊，像一浪麦穗，虽然我分不清以往乡下的是谷子还是麦子。我感到她的脖子，深深地陷进去，像陷进了马里亚纳海沟，一万米的地方还翻滚着暖流。

　　"回去吧。"我说。

　　"嗯。可是我还想送你。"

　　"回去吧。"

　　我放开青青。她走上楼梯，回头看我一眼，扭身进去，半开门探出半个脑袋，宽大的衣服前倾。"你到学校后给我发条短信，报个平安，否则我就当你失踪了，一个小时后我就报警。"

　　"好。"

　　她进去了，我直愣愣地看着，她再次探出脑袋。

　　"你不会有事吧？"她问。

　　"嗯，不会。"

　　"我们都不会有事。晚安，小宝贝儿。"她说。

　　我冲她挥手。

　　"你也得对我说晚安。"她说。

　　"晚安。"

　　"不行，再来。"她无比温柔与甜蜜，说："晚安，小宝贝儿。"

　　"晚安。"

　　她关上了门。

　　"晚安，青青。"

第十四章

早了解没钱活不安逸,如今切身体会没钱活不了的道理。我估摸着摆在眼前的不花钱的路只有两条,从五教十二层跳下去,像个瓷杯般炸开;离开学校,讨遍大好河山。相形之下,我倾向选择后者。世道浇漓,我该为学校考虑,省却学校为我擦屁股,又可周游祖国,何乐而不为? 我要测试,我能饿多久。

早上起来到盥洗室洗漱,我将脸埋进水盆里,面部感受均衡的水压,舒服,听见几个泡泡的声音。小脚步快速地从盥洗室外跑过,我仰起脸乜一眼,追到齐舒的一双赭色布鞋。我大声冲对面洗漱的哥们儿说:"今晚十一点停水你知道吗? "

他左右望望,茫然无措,回答:"是吗? "

"门口小黑板写的。"

"哦,待会儿看看,谢谢啊,我还以为你跟别人说话呢,"他笑一笑说,"你住我们公寓吗? 没见过你。"

"刚搬过来的。你学什么? "

"英语。"

"你好你好,我学中文的。"

收拾停当离开公寓,学校路边的宣传窗背后贴着许多小广告,有一张是招聘家教的。我照上面的号码拨了过去。我说:"喂,您好! "

"你好。"

"您要招聘家教是吗? "

"是"

"我要应聘。"

"你是在校学生吗? "

"是的。"

"我们这儿先给你登记信息,一有相关需要就通知你。"

"不是您招吗? "

"我们是代招。"

"代招? "

"我们是一个专业机构,用人方通过我们发布招聘信息,寻找兼职的一方通过我们更有机会接触到相关信息。我们先登记您的信息好吧。姓名？"

"凌炜。"

"大学和专业？"

"宜工大,汉语言文学。"

"电话？"

"就现在这个。"

"电话！"

"13716288978。"

"会尽快通知你。"

"谢谢,太感谢了。"

"不客气。那么你再交一百块钱吧。"

"为什么？"

"我们有一定的花费,比如通讯费,茶水招待等。当然,我们承诺会为你物色到合适的,并且最后返还一半的钱。"

"不能先帮我找到吗？ 等拿到工资,我一定会补交费用的。"

"对不起,这是规定。"

"您看,我是宜工大中文12-1班的学生,您知道我详细信息,如果我赖账,您直接来找我就是。或者,我也可以拿一些重要东西作抵押。我以人格担保,我是个值得信赖的人。"

"哈,不行。"

"拜托拜托,我急需一份工作,我没骗你,如果你帮我,就相当于——"响起一串闷热的忙音,她挂掉了电话。

我留意其他招聘广告,为医药公司发传单,体育馆维持秩序的志愿者,一张着装暴露的照片、姓名、地址一风骚成熟少妇借精怀子。我需要一份可靠、稳定而与课时不相冲突的工作。

徘徊了两天,学工办贾老师发短信告知我学校有一份实习,问我是否参加。在得到每天一百块酬劳的答复后,我毫不犹豫地答应了。第二天上午我们在四教机房进行了培训,近百人被分成了几个小组,下午正式工作。那是一段艰苦的日子。中午下课后跑到机房工作两小时,下午下课后工作六个小时,周六、周日整天工作八小时。跑着吃饭,跑着上学,跑着做一切事情。脚不跑的时候,脑细胞必定接近光速:我们每天浏览许多法律条文,从中梳理出需要的,制成表格。视茫茫、手抖索,屏幕上落下了黑色的雪花,进而变作蟹状星云的黑洞,有时连复制、粘贴也分不清了。但我们有独特的娱乐方式,把耳机插入电脑,让耳塞穿进离脖子较近的扣子缝儿,再从袖筒穿出,这时就可以把耳机的一只放在手掌心塞进耳朵,手肘支着桌子做出思考的表情——其实我们在听歌。

有一晚工作结束，回宿舍的路上，边走边和青青发语音聊天。

我问她："在做什么？"

她说："下班回来，公交车上。"

"我们什么时候一块儿吃饭？"

"周六日吧。你是不是想约我这个美少女想好久了，不好意思和我讲？"

"果然，脸皮有多厚，脚步就能走多远，你咋不直接坐公交车到欧洲呢？"

"我这不是怕你不要脸的境界达到无人能敌觉得孤独嘛，所以直接搭车追上你。"

我说："你是不是暗恋我啊？我知道一定是。"

"不要随意揣测别人的心思，这样很危险。"

"你上次回家相亲怎么样了？"

"你想知道？"

"想。"

她没有立即回，我等着消息慢悠悠地向前，经过公寓，顺着小操场绕到图书馆后面，路灯藏在魁梧的槐树的密密匝匝的枝叶里，护出一个明亮的窝巢。我停在槐树底下，发："老袁老袁。"我望了会儿校园栏杆外高架桥上闪亮的色彩，汽车如一条光龙时断时续，听了会儿蛐蛐卖力的吟唱，窸窣，他们跳跃，惊动草叶。她还是没回，我接着催促："睡着了？难道睡着了？还是故意吊我胃口……"我攥着手机回公寓，时不时觉得手机震动，拿到眼前看，却没有消息。十一点，公寓熄灯了，齐舒没回来，我踩着他褥子下的床板，贴着钟顾的背进过道里，放好书包，这时，青青回了消息："见过一个男的，以前我跟爸去别人屋头吃酒坐一席认识的，聊几句知道我们初中是一个学校的，你隔壁班的，一直只是认识，没有别的想法。前段时间我回老家，爸妈催我相亲，他也刚好回去，别人介绍给我爸妈，我就和他吃了饭，从十二点吃到五点，一直聊得很棒，觉得是个暖男。又吃了冰激凌，一起逛了街。七点钟分开的。分开以后，九点多他又带我去吃了夜宵，然后送我回家。和他聊到感情的问题，价值观基本相符。当时觉得人还不错，可能不是很帅，也没有很会穿衣服，但他是个很好的人。我回来的那天，他晚上给我打了很久很久很久的电话，聊了很多。"

宿舍不好发语音，我换成文字："就这样没了？后来？"

她以文字回过来："没几天我就回来了。"

"就给我讲这个？你想说明什么？"

"不是你问我的吗？你咋这讨厌，以后再也不想给你讲什么事了！"

我发："吃下醋不行啊？烦人。"停了停，又发："不想和你说话了，以后我们不是朋友了，我就当没听到，你还是告诉别人吧。我睡觉。这条立即生效。"

我把手机扔床上，踩床板贴钟顾的背扒出来，拿上洗漱用品到盥洗室，过道里安全通道的标识绿幽幽的，我将每一步走得踏实，接水、泡脚、刷牙、抹脸，每个动作格外仔细，不用着急，洗得清清爽爽才好睡觉。洗漱完贴背进过道里，躺到床上，不急不缓，看她十多分钟前回的唯一的消息："你是不是傻？"

看看时间，十一点半，我困了。我回："我想赶个十二点整来的，赶不到算了，我再说一遍，咳咳，这次认真了。我不想和你说话了，以后我们不是朋友了，我就当没听到，你还是告诉别人吧。我睡觉。这条立即生效，期限永远。"

"我一般也不和神经病讲话。我知道你是间歇性的，等你好了也无妨。"

我关了手机，躺好，头顶的天花板黑乎乎的，看了会儿就睡着了。第二天晚上工作完，回来的路上感到脖子酸疼，眼睛酸痛，脑袋昏昏涨涨。我拿出手机给青青发信息，问她在做什么。刚发完我就看见她最后回的那句："我一般也不和神经病讲话。我知道你是间歇性的，等你好了也无妨。"

她现在又回了："昨天是谁说不想和我说话了来的？"

我昨天的确说了那样的话，说出去的话就是泼出去的水。我想起她前阵子回去相过亲，说过不见我。人生时不时要面临抉择和取舍，虽然情绪如脚下的落叶一样稀碎，希望如照亮半尺的路灯一样幽昧，但选项里没有跳过这一题不是么？最不济，且邀明月，对影三人，美酒杯，图一醉。那种话，我向来认真，我是认真的，她以后就知道了。

连续高强度的工作叫人吃不消，第八个日子，那天是周五，负责老师发了前八天的工资，同时宣布放一天假。机房霎时一片沸腾。"太好了，休班了！"坐在我旁边的一个学长兴奋地叫起来。

"休班？"我不禁反问。

"是啊，上了这么久的班不应该休一天吗？"

"上班？"我又反问。

学长已经同其他小组成员计划起明天的行程。

第二天，同组的小伙伴相约游公园，享美食，拿小舟。他们都是长我至少一届的师兄师姐。我们将船蹬到了湖中央，湖水荡漾，映出挺拔的树木和柔和的天空，清风徐来，凉爽宜人，眼睛近乎惊诧地从疲劳中恢复。

"毕业后都有什么打算？"学长问。

找工作、考研，答案不尽相同。

"你呢？"他们看向我。

我望向长空，打了个马虎，说："现在想这些太早了，把眼前该做的每一件都做好，等到选择的时候，自然会选择那条最适合也最好的路。"

"有道理。"

第十五章

中午下了班,我们走出机房,我瞥见一个熟悉的身影。那人坐在大厅外的长椅上,着洁白衬衫和青色短裙,衬衫开了口,锁骨如漪沦,青色短裙几竖折,灵动飘逸,挎的白色小包悬在长椅前。她望着别处,露出细腻的后颈,双手握着搭在并拢的腿上。那腿可真漂亮,从上往下三分之一的地方被光洁的膝盖分成了两段,构成一个撇点,以上圆润笔直,以下腿肚微带弧线紧实,白瓷瓷,光溜溜,些许柔软毛发搔心头,撇点末尾再加一个上富下平的左点,那一双青色凉鞋,下笔简洁的墨和宣纸留足的白便神丰韵足了。

我朝左前跑了几步,伸脖子,看清她的模样。浓密发帘朝额里卷,蔓藤深深浅浅,阳光镀出额心、鼻尖、唇点、须儿的曲线。

"你们先走吧。"我对师兄师姐们说。

"好,拜拜。"

"袁青青?"

她转过头,清冷的神色。她是来责难我的,但我要装傻充愣。

"你怎么在这儿?"我问。

"看天。"

我顺着她适才的眼神望去,那里是一栋教学楼。"你看的天不在眼中,却在心中,阁下已臻化境,佩服,佩服!"

青青不言,我只得站立一旁。

人渐稀渐薄,顷刻散尽,楼道静悄悄的。我连手也不知放哪儿好了。

"你怕我吗?"

她低低地问,双手分两侧,脑袋低着。

"不怕。"我说。

"你不敢吱声,只会偷窥。"

"女士优先,我只是把说话的主动权交给你。至于偷窥,你很美吗?"

"不美吗?"她突然抬起头,嘴角和眼里都带着笑。"我现在要吃饭,我要你请客。"她说。

"可以。你想去哪儿吃?"

"西餐厅。"

"西餐厅？"

"学校里的西餐厅。"

"好吧。"

她起身迈开青色的凉鞋，我跟着她下了大厅外的台阶。

"你裙子好短。"

"我喜欢。"

她走到台阶边放自行车的地方，从包里拿出一把伞，说："接着。"我接过伞，下午太阳正毒，蝉叫得欢快。她从车架上推出一辆蓝色的车，骑上去，两脚踏地，摘下挎包扔进了车篮。

"上来。"她说。

"我带你吧。"

"上来，我带你。"

"我不放心。"

"你人没我高，腿没我长，你带我才该不放心。"

我只好坐到后座。

"撑伞。"她说。

我撑开伞，举过她的头顶，另一手抓住后座铁杠。

她蹬起车，双腿画出环环相扣的令人目眩的圆圈。

车停了，原来西餐厅就在我们公寓的前面。她给车上罢锁，挎上包走上台阶。我收起伞，为她推开门。门这头有个小舞台，上面摆着吉他和鼓。餐厅精巧，过了饭点，没几个人。我们找了一个靠窗的位置相对而坐，我还给她伞，她收进包里，将包挂在椅背。

服务员拿来菜单，问："请问现在要点餐吗？"

"嗯，"青青把菜单推到我面前，问，"你要什么？"

"你点吧，我都可以。"我把菜单推了回去。

"那我就点了。"她拿起菜单，封面对着我，服务员俯身近了些。"这个，这个，还有这个和这个。"她频频指菜单，频频看点头写下的服务员。

"就这样吧。"她说。

"要饮料吗？"服务员问。

"两杯可乐。"她说。

"我不喝可乐。"

"开一瓶红酒，一般的就行。"她说。

"好的,您点了。"

"应该没错,送单吧。"她将菜单递给服务员,我的心脏狠狠跳了一下。

"您稍等。"服务员下单去了。

我不自觉摸了摸裤兜,中途该找理由离开,去宿舍拿钱。

"你觉得够吗?"她征询我的意见。

"两个人应该够了吧,不够再点。"

"好。"答应得格外乖巧。

"咳,"我整了整坐姿,审视她平滑的面颊,"你的脸好了?"

"好了。"

"这十多天干嘛了?"我把刀叉向下靠着碟子,然后两手抱着枕在桌上,叉子的位置斜了,我又调整了一下。

"你啊找话,"她凝视我说,"你紧张?"

"没有啊。"

"你笑时脸上肌肉不协调,否认得不干脆。你要不要叫个朋友来?"

"不用了。"

"找个吧。"

"你又不会吃了我。我只是……呃,从来没有这样吃过饭?面对面,找话题,活跃气氛,很难,一旦不说话,多难堪。"

服务员为我们呈来杯子、红酒和一盘沙拉。他先为青青,接着为我斟了少许酒。

"谢谢。"我说。

"不客气。"

"不要用疑问的口气,应该理直气壮,才能使我信服。"她用三根手指捻住杯脚,晃晃。她嗫一口,眼微闭,像在感受酒香沁入筋骨,她喉头动了动,眼睛睁开了。"你不必说话,该看我时看我,不看我时做你想做的。我们并不生分,是不是?"

我有样学样,跟着喝了一口。

"我现在明明很伤心,却要装一副贱样。"她说。

"没有,你很好。为什么伤心?"

"我哪里冒犯你了,惹你讨厌了?"

"没有啊,没有冒犯我,我也没讨厌你啊!"

"我们半个月没联系了,"她转头望向窗外,说,"你能理解我的心情吗?"

她的脖子上系着一根细细的绳子,绳子上吊着的东西露出尖细的一端。我想问却又不敢问那是什么。

我说:"我想我可以理解。如果有一天我问别人我是否冒犯了她,她是否讨厌我这样的问题，那么对方必定是个我极其在乎的人，而她却在疏远我，疏远的意图如此明显。我们本已被什么东西不知为何地抛掷到世上，纷繁变幻中机缘巧合认识了某人，也许吧，在对方心里我不算什么，可我就是喜欢她，想亲近她，孤独地把她当作朋友甚至爱的人，不必有其他要求。可又要被抛弃啦，悲凉凄怆，再如何艰难也得鼓起勇气表明心声，作最后的挽回。"

她转过了头，摇晃杯子，荡起红水。

"对人家好人家一定也会对你好吗？时间能证明什么呢？"她问。

"的确太自以为是了。服务员，我可以用用那把吉他吗？"

服务员望望吧台。"可以的。"他回答。

我离开座位，从舞台上取下深色的吉他，坐回来。我把吉他横在胸前，摸摸音箱，手掌压压琴弦，琴弦入肉，久违的紧实。我拨两下，音色不错，可手指伸不开，我又拨两下。我眼睛追着琴弦，慢慢弹起来。

有一天／我在街头遇见一个女孩儿／她转眼将消失在街角／银河系沉睡，忘了用旋臂敲响下个宇宙纪的终点／地球海洋里，我正同那条发光的鱼一起沉下去

我想放回吉他，服务员接了过去说："我来。"

"谢谢。"我望了袁青青一眼，她专心致志地喝了一口酒。

有人从吧台走到了桌边，是个穿黑色职业装的中年女人。"您好，打扰一下，请问你们是本校同学吗？"她问。

"嗯，差不多吧。"我说。

"我是本店经理。我们餐厅晚上有音乐表演，您听说过吗？"

"没有。"

"我们餐厅晚上会邀请同学演奏，当晚演奏的同学用餐费用全免，如果有兴趣，非常欢迎你加入。"

"哦。我会来看的。"

"刚才您演奏的曲子是？"

"没名字，完成不久。"我冲青青笑笑。

"很棒！"经理说。

"谢谢。"

"那你们继续用餐，我不打扰了。欢迎常来。"

"好的。"

经理回了吧台。服务员端上一盘披萨，两碗意面。

"其实我只会弹这一首曲子。"见青青微微疑惑，我接着说："高中偷偷学的吉他，稍微会一点后自己随便编了个歌儿。歌词写得超烂，后面我想表达的是我想送

那个女孩儿一朵花，可她拒绝了，我只是想送她一朵花。你什么时候结婚？"

"结婚？"她轻轻笑了一声。她接下来一定会说："大概在年末吧。"

"我还年轻，没打算结婚。"

"婚期不是定了吗？"

"听谁说我要结婚？"

"他们都这样说，你爸妈，还有做。"

她剜我一眼："我为什么在这儿，就像你为什么在这儿一样。他们说什么我就听什么？他们说我结婚我就结婚？问过我了吗？"

"前段时间你不是回去相亲了嘛，还在QQ上告诉过我。"

"不相了不行呀？"她恶狠狠地将叉子插在披萨上。

"面坊的孩子都是早早相亲结婚的啊。"

"改变不了环境我就要适应它吗？如果你把我当孩子，如果你觉得我们做面的都是这样，我无话可说。"

"你跑出来了？总得回去吧，不会成功的。"

"努力之后一定会成功吗？我没那样乐观。要么拼一次，要么死。你抱着必定成功的希望？"

"我只是习惯性地做了反对派。"

"那你就别说话。"

她拿刀叉开吃，我笨手笨脚，依样却画不好葫芦，刀叉乱响，切披萨时把盘子拖得老远。

她为我切了一块披萨，放进我盘子。

我提高分贝说："这两天比较忙，缺钱，好不容易找个工作，时间紧，应该心无旁骛地好好干，是吧？我看见电话和短信了，打算回，总是搞忘。下午有事儿吗？出去玩吧？"

"下午本小姐也要工作，概不接待抱其他目的的客人，更别提在非工作场合了。"我们静静吃着。

我总要想出解决目前困境的方法，于是说："要高考了，身边的人在庆幸，在调侃，在怀念。那些高中同学，也不知道过得怎么样，正在做什么。听说考前会放假。去年大我一届的师兄师姐把书撕成一片一片从楼上撒下来，我们那儿没有雪，可那时就像下雪似的，漫天的、洁白的纸屑，铺了一地。"

"这种事情太可恶了，他们想过清洁阿姨的感受吗？"

"然后我就听见训斥声，年级主任大发雷霆，挨个教室骂了个遍。听说考完要聚会，要喝酒，要唱歌，要相拥而泣。小城每年都有人在这时或者之后跳江，因为考试失利。"

"为这种事情寻死的人，不值得惋惜。"

"有的被捞回尸体，有的随水流亡。无论如何，我希望他们——不仅是我的高中同学，所有人都平平安安，能参加聚会，能等来通知书。等到高考后的狂欢过去，他们一定苦于选专业。"

"真悲哀，学了这么多年，连自己喜欢干什么都不知道。"

"还要征询别人的意见，四年啊，或许一生都会与它打交道。可那些人只会建议你从事赚钱多多的行当，才不会管你喜欢什么。等到各自拿到通知书，好友间相互印证谁坐火车到南宁，坐飞机到北京，或者谁留下，那时才会有一种感慨，昔日的同学就要散了，天南海北，各奔东西，什么时候再见呢？三年就像半辈子，远离故乡的人应该得到最多的祝福。"

"聚散是平常的事。"

"他们一定会提起我，议论我，我在哪儿呢？希望有个人替我同校外面包店的姐姐拍张合照，看看诊所的那位年轻大夫是否依旧对学生通融，真巧，她也是宜远人。肖肖会记起我和她最后见面的情形吧？你和肖肖还有联络吗？"

"没有了，聚会的时候见过一次。"

"即使如此又怎样？我们再见面时会如何表现？久别重逢时会亲亲热热、坦诚相待？会兴高采烈，喜极而泣？太天真了。我们连出去玩耍的邀请也不会接受，会删了电话号码，因为这个人永远不会再联系了，我们不想见彼此，理由就是人多太吵闹。其实我们是太不成熟了啊。可这有什么可批评的？我赞赏特立独行的品格，况且个人完全有权利选择，只是人啊……我奢求！我工作了，和他们之间的关系很好，我克制自己，审词度句，谨慎发言。冷冰冰，冷冰冰，永远不知道对方在想什么，想象得那么热情，冷冰冰，冷冰冰哈……"我想我已经完全了。

"别说了。你希望的都会有，你不希望的都会远离。忘了那些人吧，别想了。你以后会天天给我发晚安吗？"

"会吧。刚才那些只是我讨好你的把戏，我不想瞒你。我之所以不联系你，只是气你，那晚我说了那样的，你都不安慰，我不想瞒你。"

"没关系。你去医院检查了吗？"

"没有，那些钱我留着，我马上取来给你。"

"为什么不检查？下午就去，我陪你去。"

"我自己去吧。"

"我陪你。"

"我受不起别人对我这么好，心里别扭。"

"没关系。会习惯的。吃好了吗？"

"嗯。"

"服务员，买单。"

服务员过来了，说："经理说，您今天所有菜品半价，共收您八十。"

"太谢谢了！"我要掏钱，青青已经从她包里抽出一百要付了。

"别，说好我请的。"我说。

"买单吧，"她对服务员说，"他听我的。"

第十六章

从大石头出来朝西走两百米就到了医院。门诊部一楼大厅,导医台。

"我们想做个脑部检查,应该怎么做?"青青问护士。

"去体检科做个脑CT。"护士回答。

"谢谢。"

我们转身往挂号处走。"不用挂号,"护士叫住我们说,"从这边直接上二楼体检科。"

我们道谢完上二楼找到了体检科。许多医生和做体检的人从周围的小房间里进进出出,一派繁忙的景象。咨询台后的护士拿着一沓报告单和另一位护士交谈着,等她们讲完了,青青说:"我们想做个脑CT。"

护士从台下拿出一张表格按在台上,说:"填表,再拿着去那边交费。"她指着走廊另~头。

填好表格,我们到缴费的小窗口前排队,我没带钱。"先刷我的卡。"青青说。

之后我们回到咨询台。

"出楼到住院部七楼CT室,把表格和缴费单给医生。"护士说。

"好的。谢谢。"

越过广场,我们找到住院部七楼,挂着CT室牌子的房间门是关着的,旁边有个小窗口,医生坐在窗口里。"麻烦您。"青青说着,将表格和缴费单给了她。她扫一眼后打开门,让我走进房间。

"手机、手表都拿出来。"医生走到椭圆形的钻头一般的机器旁边。

我将身上的东西都掏出来给了青青。

"躺上去。"医生说。

我躺上那张盖了半截白布的床。青青给我一个安心的微笑。伴随一阵细滑如磨砂的声响,床动了,半个头移进了一个穹隆似的容器里,白亮亮一片,我闭上眼睛,许多亮斑透过眼皮照耀着。亮斑消失了,我感到床又在动。"起来吧,"医生说,"一个小时后去体检科拿报告。"

我们道了谢回到门诊部,紧挨着坐在一楼大厅的沙发上等。

"没事的。"青青说。

"嗯。"

将近三点，我们到体检咨询台取报告。当班护士已经换了，脸上不知道擦了什么而显得油光光的，她一会儿向别的护士嘱咐什么，一会儿又被嘱咐。

好几分钟过去了，和她交谈的人换了几个。我们等不及了。青青喊着："您好，我们来取体检报告。"

她不理我们。

"你好，我们拿体检报告！"青青敲着桌子，声音大了些。

"名字？"她绷着脸问。

"凌炜。"

她转过头，从台下捧出一沓报告，从中找到一份给我。

我们翻开，却看不懂那些曲线、直线的含义。青青朝向护士，说："请您帮忙看看，我们看不懂。"

护士转回头，接过报告，两手各执一角，页面张张掠过。"没问题。"她将报告书递给我。

我接过报告书，翻动页面盯着它。我把报告书掘在台面，倾斜着朝护士凑近了一些。"这个，"我指着一个曲线图问她，"这是什么，箭头上箭头下？"

"这些没关系。"

"哦。"我又翻了两页。

"他前不久头部受过撞击，有时流鼻血、头疼，您看和这些有没有关系。"青青说。

护士拿过报告书。"现在还这样吗？"

"现在好些了。"我说。

"什么时候的事？"她一边缓缓翻动，一边问。

"前不久吧，三四年前也摔过一回，还有好小的时候脑袋被板凳打过。"

青青望我一眼，我龇牙冲她笑笑。

护士说："没有异样。可能当时受撞击，颅骨外形成一些小的血块，现在痊愈了。"

"会有后遗症吗？"青青问。

"一般不会，就算有，那也是短期的。"

"真的没有事？"我问。

护士不耐烦地盯着我。"如果不放心，你可以深入做些检查，比如核磁共振，我们设备粹先进。"

"暂时不用了。谢谢。"我说。

我们走在回学校的路上。

"怎么三四年前还摔过？那不是初中吗？还被板凳打过？"

"对呀，初中放学跑，下雨天滑，踩到地上一根铁管，后仰摔下去，有感觉的时候已经到家了，想起来还很后怕。那时候我不是搬到菜市场那边了嘛。"

"凳子呢？"

"小孩子犯错嘛，被收拾收拾咯。"

"谁呀，这么狠心！哪有用板凳打脑袋的？"

"不记得了。"

"还好检查没什么事。"

"嗯。"

"你还是不开心，放心不下的话就去做核磁共振吧。"

"不用了，我是遗憾少了一个博取谅解和同情的理由。"

"嗯？"

我解释说："如果确实情况糟糕的话，以后回家会好过一些。"

"我明白了，那样的话他们不会责备你，不过你不需要。"

大石头到了，我们停下脚步面对面站着。我说："你回去吧，我晚上还有工作呢。"

"今晚你会给我发晚安吗？"

"会的。"

"你要每天给我发晚安，要是你哪天没发我就知道你失踪了，我就报警。"

"你就知道报警。"

"我还会在全城每个电线杆上贴寻事。"

"我一定会名动全城。"

"我已经离不开你的晚安了，怎么破？"

"吹弹可破。"

她笑笑，轻轻转身，裙摆像蝴蝶展翼。"拜拜。"

"拜拜。"

我想回公寓拿了包去图书馆，推开宿舍门，一只手从我的背包里如蛇影一样缩了出来。我紧紧盯着手的主人，他专注于电脑。

"你回来啦！"他转头看见门口的我，像是突然发现。

"你在翻我的包吗？"我凝视他，步步逼近。

"没有啊，我翻你的包干嘛？"他长长的脸上的嘴巴张大，一脸不解。

"我看见了，你还不承认？"

"不是,我翻你的包干嘛呀?"他好笑地说,却不看我。

我走到他身旁,将书包从他背后的床上拖出来,书包口开着。我边查看边说:"书包没来得及放回去,拉链也没拉上。找到想要的东西了吗?"

"你自己没拉上,还怪我?"鼠标点击声响起。

没少东西。我背上书包,离开了宿舍。

第十七章

我站在邮局门口，将信投进了信箱。

实习的日子转眼而过，我拿到了余下的八百块钱工资，加上上次发的，从来没有这么多钱属于我，一时觉得烫手。雄心勃勃购置了几件夏日衣服，齐全了生活用品，将床头柜装饰得高低有致，有了自家小窝的感觉。我往信封装了四百块钱给欣欣寄过去，附信讲明归还欣欣一部分，另一部分感谢叔叔阿姨的款待，虽然微薄，还请收下。

过了几天，我趁下午没课的当儿去学工办，敲响了门。

"请进。"

我走到贾老师面前说："贾老师好。"

"嗯。有事吗？"她在电脑后飞快地敲键盘。

"您前两天给我发短信让我有时间过来。"

"哦，对对，我忘了。"她抬起头，扶扶黑框眼镜。"你那边实习不是完了吗，刚好这儿差勤工助学的学生，你想不想做。"

"做什么？"

"每天帮老师干点活儿，一小时八块钱。挺轻松的。"

"行。"

她带我进了隔壁办公室。办公室狭小，进门有张矮桌，桌上桌下塞满了报纸。矮桌后靠墙摆着一个三四人座的沙发，有个女生坐着伏案写字，头发从肩膀滑下来，她抬头向贾老师问好。其余地方摆满了高低不等的柜子，文件柜，电脑柜，书柜。横对门靠窗有张办公桌，码放得高高的文件夹后面，一位老师坐着，肩膀对着我们，朝向背靠侧墙的电脑。"赵老师。"贾老师喊。

"欸！"他答一声，转过靠椅，小胖小胖的脸。"贾老师？"

"你这儿不是还缺干活儿的男生吗？我带来一个。"

赵老师扫我一眼。"他吗？行。"

"你就在这儿吧，"贾老师对我说完又对赵老师说，"那我过去了。"

"好的。"赵老师说。

赵老师问："你叫什么？"

"袁炜。"

"这样,待会儿你打印一份课表给我,我给你安排值班时间。你先把各屋的水换一换。"

"哦。"

我想进一步询问时,肩被人拍了两下,起先在门边桌旁坐着的女生站在我身后。她长发披肩,笑一笑,露出一排整齐的大白牙,她拉开手边的抽屉,从几大串钥匙里取出一串,钥匙叮铃铃乱响。她说:"来,我教你。"

第十八章

教室前头挂着一张巨大屏幕，遮住大半黑板，白灼灼地瞎人眼。老师坐在前排最外边的桌子上，眼睛笑得眯起，一手拿着激光笔，一手使劲摆着，说："不要拍，不要拍。"

我们手中的笔刷刷落纸，抄PPT。

"现在拍了下课你们不一定补，补了也记不住，直接抄重点。我不想用PPT，你们直接听我讲，我写黑板，可是没办法，你们要考试，我们要考核，PPT规定是必须用的，所以你们就只能抄PPT了。很麻——烦，很麻——烦。"他将麻字拖得很长，好笑地叹口气，说，"哎呀，没办法，没办法。抄完了吗？我要翻了。"

"没有。"我们埼阻止，抬头望PPT，下笔不停。

"速度有点慢呀，赶紧抄完，我们继续拷问灵魂。"

有课的时候上课，没课的时候值班。我提起一个水桶，嫌来来回回麻烦，便左右手各一个，跑了两趟便无以为继。

李学姐见了，说："小炜，滚着去呀。"

"啥？"

"把水桶滚着去。"

"哦。"

我把水桶放地上，滚着去，果然省下许多力。

赵老师给了我一把办公室的钥匙，我可以晚上来这儿看书。李学姐也在，所以很快混熟了。学校规定每个月最多能报40小时，我每周值十节课的班，一个月差不多能做满。但是这个学期快过了。跑跑财务，复印资料，从学校收发室取回学院的报纸和信件再分发到老师的信箱。最费力的当数搬水，隔三岔五，挨个办公室查看，取回空桶，从办公室送去一桶，保证各屋有两桶水，一桶用着，一桶备着；直到行政办空桶成堆，我数一数把数量告诉赵老师，赵老师就打电话叫厂家送来新的拿走空桶。办公室常来许多老师，比如高大温厚的邹老师，通常欠身在门外喊一声："小赵。"小赵转过头，答一声："欸！院长。"要是他在走廊上遇见我，便欠下高大的身躯，快活却敛住声音问："小袁儿，好久不见，忙什么呢？""送报纸。""好好好。"

滚完水桶回来，学姐说："办公室来个学弟真好呀。"

我说："竭心尽力，效犬马之劳。"

晚上待图书馆,补落下的课程。真正读起一大堆没完没了的书来,才发现那是比做面还累的活儿。看个半小时便上阅览室外的走廊走一走,或者推开通往楼梯间的笨重铁门,把着门把直到门轻轻地关上,坐在梯子上,灯光昏黄如细沙。

我有好几天没和青青见面了,倒不是闹别扭,是因为我比较忙。她发短信问我:"亲爱的,你想我了吗?"

"想。"

"约饭吧?"

"好呀。"

"我知道一家特别好吃的重庆小面。"

"我想吃包面,哪家卖包面?"

"不知道,我留意一下。"

"那我们先吃小面好了。什么时候?"

"周六吧。"

十点后回到宿舍。萧言和钟顾各自坐在长桌两侧过道玩电脑。长桌靠窗的上头有一根牵着两边床栏的晾衣线,此时挂满了衣服,水滴滴答答地流下,我再走近一些,发现窗下墙脚已经积成了小河,床沿、桌子边上的书和杂物,还有我晚上放包和衣服的凳子都被浇了个透。我忍不住问:"这谁的衣服啊?"

萧言哼了一声,说:"除了齐舒还有谁?你别动,等他回来。"

我换了拖鞋,拿上洗漱用具到了盥洗室。盥洗室的水槽里满是人家扔的方便面盒子和油包,倒出来的油沾着面渣凝固在水槽里,难得找到一块干净的地方。公寓垃圾桶就在盥洗室里面。至于盥洗室的味道,看看与盥洗室相连的厕所就可想而闻了,每个坑里堆着高高的黑屎。

我给洗脸盆和洗脚盆接上热水,掺些凉水,水温适宜了,两只脚泡进洗脚盆。

宿管大爷走进来,夯声说:"袁炜,"他把"炜"的上声讲得特别足,"泡脚呢?"

"嗯。"我从牙刷缝里挤出声音。

"还真省事儿哈,腿脚两头都不闲着。"

"哈哈,人家这么干,学以致用。"

刷完牙,脸扑进洗脸盆沉在里面,慢慢吐泡泡。有人走进来,鞋声停在身后,旋即我屁股被人顶了一下。我抬起头向后望,秦瑟歪歪脖子吐吐舌头向盥洗室外走。我骂他:"你真傻X。"

他装出萧言浑浑的嗓子说:"唔,你傻X。"

我将脸扑进水里。

稍后,我回到宿舍放回东西。

"你怎么老是记不住？捡起来。"我听见萧言说。

"等会儿。"秦瑟说。

"现在。"萧言望着电脑屏幕，面无表情。

秦瑟不耐烦地哎一声，反身走到门边捡起一个纸团掷到垃圾桶里，回到衣柜上的镜子前整理他半寸长的头发，将它们梳得又齐又整。他刚才朝垃圾桶投了一个纸团，没中。

萧言起身晃悠着走出去，估计是上厕所。秦瑟见我在看，冲我歪脖子吐舌头，说："唔——我是萧言，我是傻X。"他走到萧言的桌前，从桌上的零食袋子里拿出一个大大的梅子扔进嘴里，对我说："随便吃，反正不是我的。"他又跑到镜子前梳理他不到半寸长的头发，反复拨弄额前几根。

顷刻，齐舒回来了，手里抱个黑色子弹头杯子，蹬掉鞋子从钟顾后背和他床头置物格子间的空隙钻上床。

秦瑟说："哟，学霸，回来了。"

"—"齐舒拿出两本书，把书包扔进被子堆。

"你真傻，待会儿萧言回来弄死你。"

他抬起头问："为啥？"

秦瑟笑着哼了声说："你马上就知道了。"

我说："你的衣服没拧干。"

齐舒依旧问秦瑟："为啥呀？"

秦瑟没回答。我走到床前，指着褥子问齐舒："我撩起来，踩进去可以吗？"他的头朝向镜子前的秦瑟，目光越过我的肩膀，皱起眉头："你说说为啥？"我抓住上铺的栏杆，将脚伸入褥子和床板的夹缝，挪了过去。我爬上床的时候，萧言回来了，他说："欸，你回来了，刚好，来来来，你出来。"

"咋了？"齐舒问。

"你先出来。"

我听见齐舒穿拖鞋的声音，看见他炸刺一样的头发，他被萧言抓住胳膊拽到屋子中央，萧言指着长桌顶头滴水的衣服，沉声说："你自己看。"

"欸？在滴水啊。"齐舒好奇地说。

"滴没滴水你不知道？挂外面去。"

"没事儿没事儿，还能给宿舍增加湿度。"齐舒像宽慰孩子一样说。

"不——需——要！宿舍都被淹了，还没事儿？"萧言低着头看着稍矮的齐舒，呼呼喘气。

秦瑟说："你哪儿那么多废话啊，让你拧就赶紧拧。"他躺上床拿出手机。

　　齐舒从萧言那一侧走到晾衣绳下，用晾衣杆将衣服挑下来，水吧嗒吧嗒甩到床沿、桌上。他抱着衣服低下头从萧言身边小跑着出去，湿沥沥的水渍拖到门外。

　　"废物。"萧言深深吸口气，躺上床玩手机。

　　过了会儿，熄灯了，齐舒回来，萧言说："把地拖了。"

　　"唔。"齐舒答应着。

　　秦瑟说："本来还想夸你今天洗衣服了。"

　　齐舒问："为啥。"

　　"呵，一看你衣服前边就知道你这三个月吃了什么，以后点菜不用看菜单直接看你衣服。"

　　"呵哈哈。"玩游戏的钟顾也不禁大笑。

　　我向着发亮屏幕下的秦瑟说："洗了就挺好。"

　　"X你血妈。"

　　我说："你真傻X。"

　　"你傻X。"

　　"你傻X。"

　　"你过来。"

　　"你过来。"

　　"你过来。"他将声音拔高一度。

　　"你过来。"我跟着拔高。

　　他下床穿鞋走到我床边扯下我的被子问："我过来了，开心吗？"

　　"傻X。"我拿起床边的花露水朝他喷去。

第十九章

青青发短信叫我到图书馆。我到了六层，发现她在看一本书，手里拿着一支笔在本子上写写画画。我没叫她，与她同一张桌子，坐在对面的地方，端详她。与我对坐的女孩儿，盘发髻，两绺头发顺鹅蛋脸颊散下，露脖颈，项坠在衣服里隐约晃动，纤美双腿交叠，涂红色指甲油的脚毗勾挂拖鞋。我喜欢你如此慵懒地坐着，却又紧眉执笔，容我在指缝偷窥你思索的魅力。有很多个一瞬，许多人或事给我美的感觉，但他们稍纵即逝，然而这一瞬，是最美的一瞬，我能抓住的一瞬。

我起身绕到她背后，俯身想叫她给她惊喜，她突然掉转头，伸手拉住我的衣领往下一拽，一口暇在嘴上，犹如一吻热泉。我下意识推开，自个儿却咚咚退两步撞到身后桌子的棱角。"你疯了吗？"我说完，揩净嘴巴，气呼呼地往外走。我从楼梯跑下，出了图书馆，忍不住回头，她在后面。我加快脚步，到了热闹的食堂，这时她走到面前，说："对不起。"我心里很高兴。她故意踮起脚尖，朝下觑我，一副得意的模样。我既尴尬又好笑。她水汪汪的眼睛看着我："我知道你不会生气的。"我也知道你会追来的。

我们吃完饭，起先在校园漫步，虽然我是本校学生，但反是她为我指点建筑名称，带我逛了两圈校园。夏至起舞，将令姹紫嫣红开遍也好，使人生气闷绝也罢，青青已令所有热情和炙烤黯然失色。她牵着我的手，我感受柔软，什么也不想了。

我提议："去滨江公园吧。"

"滨江公园？"

"七码头那边。"

"哦，我知道。"

"好像有点远。"

"想去就去吧。"

我们坐上公车，她的下巴搭上我的肩，沉默不语。前面那轮骄阳将金色的钢铁投掷过来，连挂扶手的长杠都变成了金色的棱，我们像活在几条金棱平行架构的立体中，脚下流动黑色的水。我觉得眩晕，想呕，可我从来没想到晕车可以是一件如此舒服的事情。我闭着眼，黑点、蛾子、螺旋线虫布满。光圈穿过眼皮，一下子沸腾了，烟花、棉花、雪花，爆开万万千千。又是黑，又是光圈，扩大，烧了我的眼球，明亮中跃动着视线出发的阴面。发动机像一匹老马，颠簸着哼哧哼哧响叫，碎玻璃摇动驼铃，穿过沙漠里一株株沉默而孤傲的白杨，人在蜜语在微笑在歌唱，汽车经过五孔桥。我进入一个奇异的地方，中心有这个世界上最亮最暗的东西，无可名状。神啊，我第一次感到了你，而不是我。你比我成千上万倍丰满，成千上万倍美丽。我不再讲究词句、意义，一只耳朵聋了。

"我要吐了。"

汽车到了一站，她连忙拉我下了车。

"好些了吗？"她问。

"嗯。"

"你呀，真叫人疼。"

之后我们走了很远。到滨江公园时，看到街边有家乐器店，架子上琳琅满目地摆着深沉的、活泼的吉他，店门飘出忧郁的曲子。我突然萌生了摸摸它们的想法。我拉着青青走进去。这是一个不足十平米的小店，没有柜台，只有一张凳子，倘若进来五个人便拥挤得可怕。"您好。"店主兄弟依旧弹着他手中的吉他，在凳子上向我们招呼。我笑笑，在架子前转转，为标价咋舌。我转身想离开，手一甩碰到架子上一把吉他的音箱，"嗡——"巨大的声响。

我回转身想扶好它，青青也来帮忙。"对不起。"我对店主兄弟说，对吉他说。它并未损伤或移动位置。

店主说："没关系你走吧。"

此时我看见音箱上镌刻的两个数字，站立不动。青青问店主："请问，吉他上那两个数字代表什么？"

"名字，"店主兄弟见我们不解，解释说，"这把吉他的名字。"

我看看其他吉他，他们都有标记，无一相同。

青青问："只有这把吉他是这个名字吗？"

"这里的每把吉他都有独一无二的名字。"

青青对我说："世上的缘分产生于你爱上某事物之后，而不是之前。那两个数字是你的年龄。千万个偶然中必有一个使人感到必然。"

我问："我可以买吗？"

她盈盈一笑："当然。"

我背着吉他俯上滨江公园堤岸的栏杆。风轻轻地吹来山岭和泥沙的味道，一道道白色黑色的泡沫在眼下肮脏得可爱。远处一级一级的石阶筑向江里，水把鱼虾冲上来又裹回去。江的另一边是植被覆满的崇山，孤单几所破旧的瓦房。

"我给你照相。"青青拿出手机跑到前面。

"我应该摆什么姿势？"

"手张开靠着栏杆吧。"

我按她说的做了。

"好啦。"

她拿过来给我看。我想起老家里屋的玻璃下压的一张照片，五六岁的我竖着几根短硬的头发，穿一条藏青背带裤，在宜远一个同样叫滨江公园的地方，站在靠江的石磴上，背景一如这张，广阔的江面，一艘轮船从桥底开来，荡起泥色水波，拍到江岸犹如玉碎的声音一声鸣笛，低沉地，远远地，飘到山岭的另一边，一双燕子，差池其羽，悠然随去。

我想我再也找不到那个地方了。那就忘了它吧，告别失眠的夜晚，告别愁白的头发，告别如梦的日子。

青青突然勾起脖子上的细绳，一个闪闪发亮的东西晃晃悠悠地展现在我眼前。那是一个坠子，形状像北斗七星，勺子里卧着另一颗星。青青用紧致、白皙的小指头挑着绳子，指甲分外晶莹。她侧对我，斜着细长的眼角，似笑非笑、含嗔带笑地问我："难道你就从不想问？"我呼了一口气，骨头架子垮下来，眼角吹出一股清凉的气流，被艳阳照得难受的眼睛舒服了许多，我说："我一直想问。""这是你叫肖雨婷给我的盒子里装东西。这么漂亮，说说，花了多少钱，我补给你。""不贵，不是宝石，我以后一定买给你更好的。""不是宝石，是北斗七星。它们不在天空，在我脖子上。你说勺子里的珠子是什么？""不知道。""那是我们，真好，我永远不摘下来。""洗澡呢？""也不。"

之后我们在公园坐过山车。青青给了售票员二十块钱，我拿过来还给她，自己从钱包拿了二十给售票员，她又将二十给了售票员。我望着她。那就玩儿四十块，她说完，扬扬眉毛耸耸肩表示无奈。青青赤脚，飞车撞上地面，却冲向天空，又极速落地，她左我右，放声尖叫。后来麻木了，因为我们已经付了五次钱，我们十指相扣，看地面放大又缩小，缩小又放大，在其他人的尖叫声里安静地带彼此飞，飞呀飞。我们蹦极，绑缚后连一个回合也不愿上下，因为我们必须分开。我们进了鬼屋。青青姐，我怕，我说。不怕不怕，炜炜乖，她说。我是胆小鬼，我害怕其他鬼！从头到尾，我连眼也不敢眨！我只敢抓住她的手和衣服下摆，有东西抓我，我尖叫，平安无事，我尖叫，混乱中闭眼走完了全程。她说亲爱的，你的脸全白了，你边走边使劲尖叫，你一定怕得要死。她把我搂紧在怀，手摸着我的脑袋，念着：哦，小心肝，我的小心肝，别怕。我拍掉她的手，她又放上去，我又拍掉。小心肝，别闹，别闹。她说完，用力地把我撼进她的脸颊、脖子、胸脯、小腹和双腿里。香，软，富有弹性，真想她变成一张床，漂浮着，供我永远蜷在她的被子里。我们在公园附近的美食街大吃特吃，一样尝一点，遮阳伞下吃冰淇淋，穿梭街头举着裹了一层辣子面儿的烤串，在书店隔壁的咖啡馆一边读《双城记》一边啜龟苓膏。我们在商城的电梯里上下，不追一步，不退一步，看顾客在衣架前询问服务员，看情侣匆匆追赶四楼已经开场的电影，慢慢移动，竟听到生命一秒一秒流逝的滴答声，缓慢，不迟疑。漂亮的衣服试一遍：西服，公主裙，风衣……我说："我虽然想你对我好，但请你别来烦我，你走吧，最后几年，我得过且过。"她问："什么？"我说："我活不过二十五岁。"她说："乱说。"我说："我想死，并没有什么伤心事，我只是觉得好无聊，好无聊。"她问："梦想呢？"我说："没关系啊，梦想不是什么人都能实现的，死了就没有梦想，死了就死了，和死相比，梦想微不足道。"她问："父母呢？"我说："我们从来没在一起，事实证明，没有我，他们也会活得很好，甚至更好。省下一大笔钱，妈不用在外务工，爸可以全心全意投入另一个家，培养我的妹妹。反正我没有兄弟姐妹，不必劳烦人家为我伤心，清明为我挂坟。"她说："朋友们会伤心的。"我说："谁是朋友啊？就算伤心，那也是一阵子的事情，不管今天我们见面多开心，你们多么牵挂我，等我死的时间一久，你们就好了，会有新的朋友，爱人，家庭，他们没有我这样怪的脾气，见他们会更开心，会更牵挂他们。就是这样，有勇气的人死了，没勇气的不管当时怎样悲痛都会留下来淡忘的。"她说："我还不知道你？你就是觉得没有一件非你不可的事，没有一个非你不可的人。你希望别人主动示好，表现对你唯一一渴求。"我说："你知道就好，干嘛说出来？"她说："你倒是舒心，无聊了就死。"我说："我是无聊，但无聊并不让人敢死，过不下去了才让人敢死。不同的人对不同的事有不同的痛苦阈值，但能让人过不下去的都是一件于他了不得的事。别人都说生存需要最大的勇气，我看他们错了。生存很平常，抛弃尊严，逆来顺受，安于现状。可死就不同啦，先经历一番痛苦，就算决定死了，临到行刑还要缅怀世事、痛哭人生，心弦十根断了七八根，继而发现世上除了自虐还能使人产生绝望的快感外，再没有什么抵消得了痛苦、留得住自己，于是心如死灰，天地茫茫，淡淡一笑，还不能死，还要麻烦地选择了结的方式，不同的人有不同的偏好，我希望死的方式带给我巨大的痛苦，起码让我觉得有聊一点，但不能让我死后的样子太难看。如果实在委决不下，那也别管那么多了，干脆策划一场被车撞上的意外吧，事出突然，死了，当然，你得学会欺骗自己不知情，可参考自我催眠或者心理暗示一类的手法。这些过程都不会太舒心的。"她说："你看，你只是无聊，你太悲观了。"我说："无聊的时间一长，阈值自然降低了。在衰老的岁月还得等一种可能等不来的意义，我连想也不敢想。只等到二十五岁。"她说："你死了，那我呢？"我说："那你就少了一个累赘。我没有钱，没有房，没有车，一切都要重新开始，可这过程实在艰难，奋斗半辈子连个栖身的地方都没有。没有我，你就能找到一个有钱人。"

她突然推开我臂膀，用似箭的目光逼迫我看她。她说："如果时间能淡去一切悲痛，那我将在悲痛没有淡去之前，跟着你死。"我避开她的目光，说："所以我现在又快乐又烦恼，烦恼的原因我很清楚，我没打算活过二十五岁，现在却要活到一百二十岁。快乐却是莫名其妙的，从所有毛孔涌出来，看这世界仿佛一下子大了、明亮了、清晰了，天穹这么广，便利店这么高，这条街道这么长，乍一看柏油路面光滑如镜，下一秒黑色的颗粒和坑洞密密麻麻、绵延不绝。我此时走着，阳光灿烂，它们拥挤在我的瞳孔，变形。我从来没发现世界这么大这么明亮这么清晰。"她说："因为你爱我，我们要一起活到一百二十岁。你对我有莫大的意义，你已经造成了一件非你不可的事，一个非你不可的人。""真的？""真的。"我们赶上最后一班公车，在学校那一站下了，安安静静走进巷口，推推搡搡踩上台阶，进门，开了紫色的灯，甩掉鞋子，倒进沙发。亲爱的，你上次进门没脱鞋，害得我来来回回才把地拖干净，她埋怨着，右手横架我的喉咙，左手把我两胳膊按在肚子上，压住我，她粉莹莹的嘴唇嘟起，快出水了。"上次没注意，今天我脱鞋了。""可是你把鞋扔到了地板上，我的也是！""别管了，先洗漱，我没带牙刷，没带毛巾。""用我的。我们用一个盆，一盆水？""是的，一个盆，一盆水，耶！""你先洗，我后洗，耶！""你先洗，我后洗，耶！""青青先洗，炜炜后洗，万岁！""是的，青青先洗，尾巴儿后洗，万岁！欸？""谁告诉你我叫尾巴儿的？""开灯，我们一起洗了。""我没有拖鞋。""我有。"她拿来拖鞋，还抱着粉色睡衣。"不，这是女生穿的。""不，这是我穿的。""我把外套脱了睡就成。""穿上。"于是我去房里换了，她看见我，嘲笑我。她也去房里换了，还拿出一个粉红的螺旋形的瓶子，朝头顶喷喷，原地转圈圈儿。"你喷香水？""是啊。""我闻出来了。""是吗，我喷得挺淡的。""可就是有。"我们拥在沙发上。"尾巴儿看电视？""不，让他们先滚一边。""好。""我头晕。""怎么了？""可能在某个时刻我们喝酒了。""白酒？""不，红酒。""伏特加？""才不是，诗仙太白。""状元红，女儿红？""哦，那就醉吧。""那就醉吧，"青青也醉了，我们都醉了。我一把抱住她，滚来滚去。她吻了我的嘴，我的二吻没了。"青青，窗帘没拉！""就这样吧。"还不待我反应，我的三吻、四吻也被夺走了。我气闷，翻过来把她压在下面，吻她的嘴，啃她的鼻子，啃她的脸颊，啃她的嘴，啃她的脖子……直到我们累了。

我们面对面侧躺，手伸出来搭在一起。

"你现在在干嘛？"我问。

"开了一家服装店。"

"你知道吗，我现在的感觉，就像实现了一个梦想。这屋是你的？"

"不是，我小姨的。她嫁给一个搞建材的，他们在老家那边，她让我住这儿。"

"那天来你家参加晚会的人是谁？那个迎宾小姐？"

"那个女孩儿是我的模特。其他人在生意上有来往。"

"你去睡吧。"

"你睡我的床吧。我们一块儿睡,我有两床被子,一人一床。"

"我睡沙发。"

"会着凉的,也不舒服。"

"不会的。别说你睡沙发我睡床的话了,不给我被子也行,天气太热了。我必须早睡,明天还要上课。"

"好吧。"她起身,裸露双腿,从卧室抱来一床被子。她叫我躺下,为我盖上被子,每处接缝都按严实了,不留一点儿空。她吻我的额头,到鱼缸边关了客厅的灯。

"炜炜,晚安。"

"晚安。"

她走进卧室,没有关门声,我能看见卧室的灯光。

卧室的灯熄了。

"你上什么课啊?"

"中文。"

"什么?"

"中文。"

"什么?"

"我爱你——"

"我也爱你——尾巴儿,安安。"

天天都将是美好的,黑暗的房间美好了,电视的轮廓美好了,沙发美好了,心很重很轻,溶溶流水,淌进淌出。

"青青,安安。"

第二十章

她以为我看不见她。

其实我看见了。那个可爱的女孩儿，躲在办公室外的大柱子后面，手里拿一叠学校信纸，从栏杆的间隙偷窥，眼珠子一瞄一瞄的，像殿鼠，投给我机警和爱慕。虽然鬼鬼祟祟，但我喜瑯的褐色头发和辫子，让我想起一些人。

我思量许久，不是考虑当她表白时是否接受，是考虑如何拒绝不至于令她难堪和悲伤。假装没注意她，我把从其他办公室拖回来的空桶扔回桶堆。

我对办公室的工作熟门熟路了，尽管偶有惊喜，比如周末有人用模拟法庭，赵老师就会安排我到时拿钥匙开门，偶尔饭点，赵老师来一个电话，告知我某位老师钥匙落家里了可此时他需要进他的办公室，叫我去行政办拿备用钥匙。

我认为，她一定是在我为她盖章的时候喜哄我的。

每天有许多学生出于不同因由来办公室盖学院的章子，他们敲门，听见请进后进来，先看我，接着看小赵。我仔细听他们向小赵说明事由，如果他们需要盖学院的章，我就走到小赵办公桌前。等小赵叫我给他们盖章，我就从盒子里拿出章子，带他们到靠门的桌子，把碍事的东西扒一边，把要盖章的文件铺在桌上，指着我认为盖章的地方，问："请问盖在这儿吗？"他们说是。我旋开章子的盖，看看字面，悬纸上比一比，确定不偏不斜后，两手重重地压上去。盖完章，他们说谢谢，我就微笑，说不用谢。他们向赵老师说谢谢，走了。我说再见，有人始料不及，回敬一声，他们一定对我的告别感到奇怪。

尽管我自认英俊潇洒，多数时刻谈吐优雅、风度翩翩，但到校没几天，朋友没交几个，自然不会有女孩儿发现我。只有在盖章那一刻，方得一窥我的魅力。

搜索一番，没有这女孩儿的印象。忐忑不安，她还不下手，工作时间也没关系啊。

"小赵！"邹老师路过，往办公室打了声招呼。

"欸！院长！"小赵答了声。

"小袁儿！"他又发现了我，惊喜地说。

"邹老师好。"

您哪，快走吧，挡住我们眉目传情啦！

邹老师鬓角泛白，身躯如山，一派绅士作风。年长了，嗓音少了些磁性，多了些温厚。等他走过，我心里哎哟一声：姑娘呢？

晚上我在办公室看书，突然响起了犹疑的敲门声。我放下书走到门边开了门，门外站了一个女孩儿，头发褐色，扎用。

黄昏是我一天中视力最差的时候，也是人心最柔软的时候。嘿，她真会挑时间。

"嗨。"她眼睛躲闪，脚一踮一踮，打着招呼。

"嗨。"

"我是付雨茜，我们一个系，是你的师妹。"

"有什么事儿吗？"

"这么晚，你还在这儿值班呀？"她朝屋里扫视。

"不是，晚上在这里待会儿。"

"我经常看见你在这里。"

"勤工俭学，帮老师干点儿活。"

"你认识很多老师，连院长都熟。"

"还好吧。"

始料不及，她露出祈求的神色："我希望你能帮我。"

"怎么了？你说。"

"学校前不久发生了虐猫事件，那时你还没来，你不知道这事儿。猫儿被人切了牙床，剁下爪子，剖出内脏。有人拍了猫儿的尸体放到学校的贴吧里，但帖子很快就被删除了，没有引起关注。虐猫的人没有得到应有的惩罚，虐猫事件还在发生。"

"进来吧。"我意识到这可能不是一次简短的谈话，便叫她进来坐在沙发上，她坐下了，背挺得笔直，腿并在一起。我从饮水机下的抽屉里拿出纸杯，接了一杯冷磕半的水放到桌上，拖来一个凳子坐在她的对面："你说。"

"那些照片给了我很大的震动。我上网查了一下，原来学校以前也发生过很多这样的事情。三只小猫被摔死，大花猫被切腹，太残忍了。我喜欢猫，我很心疼，如果不想想办法，这种事会继续发生的！"

"你想找出凶手？"

"我想照顾那些猫。后来我了解到一位退休的老教授直在喂养它们，我拜访了老教授，他告诉我他只是在猫咪出没的草丛里放碗碟，定时放猫粮。买猫粮花了他很多钱，更紧迫的是他已经非常老了，连每天外出放置猫粮都一天天变得艰辛，而且，那些碗碟隔几天就会莫名其妙地消失。"

"有可能是被学校的清洁阿姨清理了。"

"老教授开始也这么想，所以他写了一封信投到后勤的信箱，讲明碗碟的作用，希望清洁工人不要拿走。但是没有回复，碗碟照样消失。老教授还说，他曾经给学校领导写信，没有回复，他专程找过工会、宣传部、组织部，但那些人要么推脱说不归他们管，要么就让等着。"

"哈哈，等着就一直等着了。"

"唉。我告诉老教授我想帮他喂猫，我也和舍友们说了，虽然他们平时挺爱逗弄那些猫，可一听每天要花时间放碗碟送猫粮，就不愿干了。"

换作是我，我也不愿。"你想叫我帮你喂猫粮？"

"不是。想一想，这样毕竟不是长久的办法，没有多大帮助。我是校学生会的嘛，我调查了校园野猫的现状，打算写一个提案提交给学生会，把看顾校园猫咪纳入学生会日常的活动。老教授说了，经费他来出，只要有人愿意照顾这些猫。学生会好几个部门，每个部门管一天，绰绰有余。"

"还可以作为考核部门业绩的指标呢。"

"对，这个也可以加上去。我们可以把猫咪的信息发到网上，寻找愿意领养的人。我和宜远动物保护协会的人联系过了，他们说只要学校允许，就能派人来协助，给猫咪做绝育手术。这样一来，学校的野猫数量就会越来越少，起码可以控制在合理的范围内。对学校，对我们，对猫咪都有好处。"

"你已经做了这么多工作。"

"部长非常支持我，学生会表决通过的几率很大，但是恐怕颛还是不能通过。"她低下头掰手指。

"为什么？"

"因为主管学生会的老师不会同意。"

我更加奇怪，问："为什么？"

"就是不会同意，没有原因。所以我希望你能帮我

"怎么帮？"

"你和院长很熟。"她满怀希冀地望着我。

"院长管不着这事儿。"

她的视线离开我，放到了茶几上。她长长"嗯"了一声。"我喜欢那些猫咪，红色的、黑色的、黄色的，还有额间带斑的。有一次上课前我刚和一只黄色的小猫玩过，下课后我再出来它就不见了，地面有一滩血，之后我再没见过它。"

"什么时候的事？"

"上学期吧。"

我想起第一次来学校时在草坪上滚着和我玩耍的猫咪，想起报到时青青每喂一下就叫一声的猫咪，它们都是黄色的，青青逗弄的猫和与我玩耍的猫是同一

只吗？

　　庆幸的是在这学期我见过它们，它们不是付雨茜再也不见的那只。"你先写策划交给学生会看看结果。能通过的话我们就尽量别找别人，这是好事嘛，长了脑子就不会不让通过。"

　　"嗯。"她重重点头。"我写完后你能帮我看看吗？我知道你文笔很好。"

　　"没有没有。你讲清楚事情就行。"

　　"别谦虚了，学中文的人都不会太差的。"

　　"嘿，虽然这话很不对，不过看看就看看吧。"茶几上有报纸，我撕下一角，写上我的号码和邮箱，给了她。"讲清楚其中的利害关系，比如虐猫事件对学校的声誉有损，这个策划能给学校和学生会带来的好处，记得配上虐猫事件的图片。"

　　"嗯，谢谢你。我晚上写完就发给你。"

　　"别客气，我还没帮上忙呢。"

　　"已经帮很多了。那我不打扰你了。"

　　"不好意思，我想问一下，你的头发颜色是染的吗？很漂亮。"

　　"不是，遗传的，我妈也这样。"

　　她站起身，我给她打开门，她到了电梯旁按下按钮，朝向我，把手举到脸侧，可爱的偏着脑袋说拜拜。我也把手举到脸侧学她的样子说拜拜，她笑了一下。电梯门打开，她走进去又朝我挥挥手，电梯门关上。

第二十一章

两天后的下午,我在办公室整理报纸,有人走进来,是邹老师。

"邹老师好。"我说。

"小袁。"他打了声招呼,看了一眼赵老师的座位,高大的身躯微弓,向我探问:"赵老师没来呢? "

"马上就来。有事儿我帮您传达。"

"哦,没事儿。"他坐到我旁边,眯起眼睛翻看那些报纸。"这些报纸都要发吗? "

"嗯。"

"《宜远日报》,《南方周末》——我的给我吧,我带回去,就不麻烦你送了。"

"好的,"我一边找着报纸一边说,"邹老师,我想跟您说个事儿。"

"嗯,你说。"

"学校有很多野猫嘛,我有个同学做了一个策划,"我将策划内容大概讲了一遍,邹老师边听边点头,我接着说,"我觉得策划挺好的,就怕学生会的老师不愿意听。您认不认识学生会的老师,您跟他提一下。"

"我还真不知道现在主管学生会的老师是谁,"邹老师说,"回头我问问吧。这件事确实不好办,学校方面可能有自己的顾虑。我个人的意见是,你们先看看学生会那边的反应,学生会不行还可以找其他社团,你觉得呢? "

我豁然开朗:"对呀,还可以找其他社团。"

"所以你们先试试,不行我们再想办法,好吧? "

"好。"

"行,那你忙,我先走了。"邹老师欠身站起来。

"谢谢邹老师。"

"不用,没事儿,没事儿。"他答应着退了出去。

晚上我待在办公室,听到敲门声,开门看见失魂落魄的付雨茜,她说:"没有通过,我的策划没有通过。"

"进来说。"

她坐上沙发,僵硬地挺着。我给她接了一杯水。

"下午老师叫我到办公室找他,他夸我很有想法,但他叫我和你别搞这些事。"

"叫我和你？"

"我在策划中提到了你。你找邹院长了吗？"

"找过了，他让我们试试自己的办法。但是你已经找老师谈过，而且被拒绝了，邹老师多半也没法儿。"

"那怎么办？你再找邹老师说说看吧？"

顷刻，我想到邹老师的建议，我望着她鼓励说："既然学生会那边不行，就按邹老师的建议来。"

"什么？"

"学生会不行就找社团，学校那么多社团，总有一个行的。我们班的欧桃是青协的会长！我可以找她。"

"对呀！"她眼里一下飞扬起神采。"可是她会答应吗？"

"干嘛不呢？我给她讲讲你的良苦用心，谈谈可爱的猫咪，女生嘛，骨子里都是酿善良的，她是个很好的人，打动她，她就答应了。再说，这是一件好事嘛！"

"嗯！"

"我给她发短信，约她面谈，所以你别担心了，准备明天见她时说的话吧。"送走了付雨茜，我仍待在办公室看书。过了会儿，手机响了。

"喂？"

"是袁炜吗？"

那人的嘴里像含着一颗核桃，吐字不清，舌头打结，我听出来他是隔壁宿舍的同学。"吴子夕？"

"嗯嗯。你在哪儿呢，我在你们宿舍等了你半天儿，你都没回来。"

"我在五教呢，咋啦？"

"问你个事儿，你是贫困生吗？"

"是啊。"学生证的前主人的确是，否则我也不能在这里值班了。

"我想借一下你的学生号，我在体育馆值班，马上要报工时了，但我不是贫困生，必须用贫困生的号才能打钱。体育馆的老师叫我找个贫困生借一下。我经常看见你在六层值班，所以问一问。"

"我的这个月已经报过了，每个月只能报四十个小时。"

"还可以报的。上次学校放十天长假，我在体育馆看楼。我要报一百个小时。"

"一百个小时？这样可以吗？"

"肯定可以，你那个是年时勤工俭学的，这个是放假的，不冲突。"

"那行吧。"

"你尽快发给我。体育馆要统一上报，就因为差我，所以其他同学都还没能报。"

"我马上短信发给你。"

"谢谢！"

"不客气。"

第二十二章

第二天，我给欧桃发信息说了猫咪的事情，她回复说她即将卸任，叫我找下一任会长邹平凉。收到她短信时已接近中午，烈日炎炎，我从五教回公寓经过公寓对面的小广场时，一眼望见广场上青协拉起的招募志愿者的横幅，横幅下列三四张桌子，背对我站着十几个人。我心下一动，也许邹平凉就在那些人中间。我立即停在路边，按照欧桃发给我的号码发去一条长长的信息，说欧桃叫我找他，大致介绍了策划的内容，约他面谈。发完后我若无其事地登上小广场，走到桌子另一边，瞅着桌上的宣传单，装作感兴趣的模样。

"同学，报名吧，当志愿者还有钱拿。"桌子对面的戴着眼镜的男生热情地介绍起来。

"是干嘛的？"我抬头问着，瞟见桌子后方的大树下站着一个男生，他的脸黑黑的，身子瘦瘦的，拿着手机看。

"做辅导老师，远洋山水小区青年活动中心开了一个成人高考班，给参加成人高考的同学上课，那边缺老师。我们都是从高考过来的，完全可以帮他们。"

"过来，过来！"大树下的男生招呼着，青协的人都围了过去。

对面的同学依旧向我介绍："地点离咱学校很近，一节课八十，你可以根据你的情况选择从什么时候开始带课。"

"哦，我看看。"我将宣传单拿起来端详着。

那个男生被围成了一个圈，他一边把手机给周围的人看，一边讲着什么，声音若有若无。"我支持！"周围一个女生嚷嚷着。

"怎么报名？"我问对面的同学。

"在这儿留下你的联系方式，我们稍后会发短信通知你。你想教什么，语文、英语、政治、历史？"

"政治吧。"我说。

围拢的人散开了，那个男生两手把着手机，手指在屏幕上飞动，他放下了手机，向我望来，我的手机震动了。

"在这儿写电话、专业和名字。"对面的男生说。

表格第一列是名字，第二列是专业，最后一列是电话。填了他要求的信息。

"好了。"

"等通知吧。"

我离开小广场，踏上公寓的台阶，掏出手机查看，是邹平凉回复的短信："同学，你好，你的意思我已经了解了。我征询了部分干事的意见，他们都非常支持。"

我确定站在大树下的男生就是邹平凉了。我立即回复："晚上有时间吗？我们面谈。"

"可以。"

"晚上六点，国教。谢谢你。"

"不客气。"

紧接着我给付雨茜发了一条短信："晚上六点，国教餐厅，青协会长邹平凉面谈。"

这时，宿管阿姨走了出来，她问："今儿怎么这么高兴呀？"

"阳光明媚！"我说。

阿姨开怀大笑，下了阶梯走到两边的草坪里。我正要回宿舍，突然视线里闯进一个人，戴眼镜，抱手，两颊富态，愁于饭后肚皮的胀热，慢悠悠地走到青协那里，一班干事喊了个什么鞠个躬，迅速聚拢来。几个干事兴致冲冲地指指横幅，交流了几句，邹平凉拿出手机端给他看，他一撇脖子，读完，邹平凉便揣回手机。那人开口了，嘴显露皇帝的威严，信然吐出无声的词语，青协的人听着，不时点头。除了我，没人不在领会其中的含义。我的手机又震动了，付雨茜回的短信："太好了！六点半，准时到。我需要穿得正式点吗？"

我没有回复。那人抱手踱步离开，我满怀疑虑地回了宿舍。

钟顾背着包踩着爬梯在他床上扒拉，又跳下来匆匆忙忙把包卸在桌上抓起两本书往里凑。他闻声向后溜一眼，见是我，就撤回了头，但想起了什么似的，扔给我两个插板说："哦！哦！给我解开！"我蹲下来从地上捡起插板端详片刻，它们的线扭结在一起像社会上复杂的人际关系。我抖搂抖搂，找到一个头根根拆解。

"哎呀！你怎么这么笨啊！"他不耐烦地说。

"你聪明你来！"我将插板扔到地上。

"嘿？咋了你？"他拽过线团，不要命地捕开来，插板撞在瓷砖地面砰砰响，他边捕边说，"怎么连这个都不会，真是的。"一针见效，线团渐渐掀开了，他志得意满地望着线团，伸长脖子示意我看："你看，你看！这不就解开了吗？"他将线缠上插板，扔进书包，出了门。

我脱了外衣，躺上床，想休息一会儿。

磐石拉着我的脖子，在深绿色的浮力中，往下沉，沉，可见湖底坳埋的淤泥和摇摆的水草,如爱情的充盈、甜蜜。可胸腔被憋闷挤破了,从嘴里胀出一串串的气泡,喊叫隔着透明的膜上升,我开始动手指头,瞬间浮起,磐石的重量挂上眼皮,我奋力睁开,匍匐,看见萧言在垃圾桶周围挥动扫帚,愤然骂着:"畜生啊畜生……"轻轻的敲门声。

"谁呀?"萧言问。

噬啜啜!声音突然急得像再不开门就要破门而入!

"来了来了!"

门狠劲地敲,萧言开了门,有人问:"袁炜在吗?"

"在。"

舌头打结,是吴子夕。

我下床穿衣服裤子,吴子夕推开门跨到我面前,劈头盖脸就问:"袁炜,你的钱发下来了吗?"

他一脸焦急,眼球爬满血丝,头发像打湿了一般,一绺一绺。

"没有。"

"体育馆的学生上午就发了,可我没有。"

"再等等吧,也许每个人发的时间不一样。"

"不会的,都是统一报上去的,既然他们都发了,我的也该发了呀!"

"昨晚给你学号,今天钱就来了?"

"是啊,会不会出事了?问问老师吧,八百块呢!"

"好吧,我问问赵老师。"

我和吴子夕到了五教六层办公室外,赵老师在办公室桌上写东西,李学姐在学生用的电脑边儿坐着看书。我和吴子夕走进去,学姐抬头看见了我,招呼说:"小炜。"

我走到学姐身边,问:"学姐,咱们办公室的钱什么时候发呀?"

"发了好几天了,咋啦?"

"我怎么没有?"

"可能还没到,你是本科生嘛,我们不一样。你再等等?"

"我问问赵老师。"我走到赵老师桌前,说:"赵老师,我的勤工俭学的钱还没到。"

"还没发吗?可能过两天吧。"他抬头说。

"学姐都发好几天了。会不会出问题了?这个同学在体育馆值班,他借我的学号报了一百个小时,是上次放十天假看楼的钱,会不会报多了就不发了?还是只发四十个小时的钱?"

"这个得去问广老师,他管勤工助学的事儿。"

"哦。广老师在哪儿呀？"

"学生服务楼三层。"

"那我去问问。谢谢赵老师。"

学生服务楼在小广场边上,我们顶着太阳返回,跑上服务楼的楼梯,过了阵我突然发现吴子夕没跟在身边,回头看,他停在下一层的拐角。

"走啊。"我催他。

他仰头看着我苦笑,说:"我怕。"

"怎么了？"

"我和那个老师打过交道,他特别凶！"

"嘁,我们只是去咨询个事情,他凶就凶吧,咱态度好点就是。"

"你不知道,他特别凶。我不敢去。"

"知道这是哪儿吗？学生服务楼！服务学生的。敢跟我横找校长开除他！你在旁边站着,我来说。"

"哈,你牛。"他慢慢跟了上来。

三层大厅没有灯光,只靠边上一排玻璃引光,略显阴暗。长长的柜子横亘里侧,几块塑料板分出三四个隔间,隔间里分别坐着人。最中间的隔间的柜子上放着勤工俭学的标识,我一眼瞧见了。标识后有一个人,面朝电脑,侧脸对着我们,面色阴沉,像灵魂过铁的雕塑。我们走过去,我问:"您好,请问您是广老师吗？"

"嗯。"他看也不看我们,冷冷挤出一个词。

"广老师,"吴子夕抢在我之前,用他打结的舌头说,"我是勤工俭学的学生,我在体育馆值班,报工时的时候我借了他的学号,想打到他的卡上,我有一百个小时,他也报了一些。""谁让你们这么干的？谁允许你借他的学号？"广老师悠悠地吐出

"因为我不是贫困生,他是……"所以"谁让你用他的卡？"他潇洒地转过靠椅,沉着脸。

"他们都这样做啊,老师叫我……""还有谁这么干？老师是哪个老师,你一个个地念名字。"

吴子夕不说话了,我们已经察觉异常。

"你们知不知道这是违规的？把你的学生卡给我。"

吴子夕拿出学生卡,恭恭敬敬地送了上去。广老师向下觑一眼后将卡摔在柜子上。"什么东西,连照片都看不清了。念学号。"

吴子夕乖乖念了学号。他噼里啪啦往电脑一输,说:"吴子夕,广告12-5班。对吗？"

"对。"吴子夕做着确认。

"你们知道这是欺骗吗？你一个人把活儿干完了，其他人干什么？"他盯住我，说，"你的学生卡呢？"

他的话里透露了转机，我急忙解释："广老师，他不是一个人干好几样工作，他就干一样。上次学校放长假，体育馆要人看楼，所以他报了名，只是他不是贫困生，所以借我的学号上报工时。"

广老师像在听我解释，我一看有希望，说得更带劲儿了："他报的一百个小时是在放长假的时候做的，体育馆要人看楼，他只是借我的学号——"我说着，他却拿起听筒拨出了一个号码，说："喂，贾老师啊。"我闭嘴了，他接着对电话那头说："你们学院是不是有两个学生，一个叫吴子夕，一个叫——"广老师望向我。

"袁炜。"我说。

"一个叫袁炜，两个人用同一个学号，骗学校的钱哪。嗯，你那里处理一下吧，就这样，挂了。"

我一开始就被连串的审问搞蒙了，但我知道其中一定是有误会，无论怎么样，我都该向他解释一下。"我们原来不知道不能用同一个学生号的，"我感到吴子夕的手在背后拉我的衣服，我还是说，"没有骗钱——"他按下免提，又拨出一个电话，嘟嘟的声音在阴暗的大厅回响。"喂，何书记，你们学院有两个学生，严重违纪，说他们两句，他们还理直气壮。"

"嗯，好，那我等你们的结果，嗯，再见。"

他挂了电话，靠着椅背，像在等我继续。

我缄口了。

"你们这种欺骗行为，学校可以把以前发给你们的钱全部追回来。学生手册上写得明明白白、清清楚楚，不知道看？"

我们不说话。

"不说话了？还有没有想说的？把你的学生卡给我。"

"我没带。"我说。

"没带，"他一边说一边哂咽，"没带。何书记，认识吧？他找你们。"他转过椅子，盯着电脑。

吴子夕捡起桌上的学生证，朝他鞠个躬，说："谢谢广老师，我们走了。"我也跟着他鞠了个躬。

我们默默拐进楼梯，我一进楼梯就忍不住哈哈大笑。

"你还笑？"吴子夕说。

我不由大骂："他哪儿是什么老师，什么玩意儿！我们根本不知道不能用同一个学号,他那是什么态度? 我怕他误会给他解释有错了? 说不到两句就打电话,什么叫我们理直气壮? ”

“我看你跟他都要吵起来了。”

“我没跟他吵,现在跟你才是吵。到底怎么回事儿,不是不能用别人号吗? ”

“大家都这样干的啊! ”

“谁这么干不重要,不是不能用别人的号吗? ”

“体育馆老师叫我这么借的,那里差人看楼,我就报名了。回去怎么说? ”

“照实说。钱是不是打在卡上? 什么卡? ”

“就是学校办的银行卡啊。”

“你也不用想钱的事了,我没有学校发的银行卡。”

“什么,你没有? ”

路上我不断解释还没来得及办卡。我们到了五教六层,一出电梯就撞见了学院的何书记。他走过来两手压住我的肩,捏着:“犯什么毛病啊,这不是没事儿找事儿吗? 去找贾老师。”

我们走进学工办,贾老师坐在办公桌前,她一见我们就斥责说:“你们顶撞广老师了? 糊涂啊,怎么直接找那儿了,不先来问问我? 学院上报勤工俭学都要先经我的手。”

吴子夕说:“我们以为可以直接找广老师问。”

“先给我把事情解释清楚了。”贾老师用指节扣了几下桌子,盯着电脑说。

吴子夕说:“上次学校放十天假,体育馆招人值班,我就报了名,招了我,因为都没人报。体育馆老师说要找贫困生的卡号上报工时,叫我借一个,我就找了袁炜。报了之后钱一直没下来,我们先问了隔壁老师,最后就去问广老师了。”

“你不是贫困生吗? 怎么还用他的卡? ”贾老师问吴子夕。

“我是吗? 我不知道啊! ”

“你每个月拿着助学金自己还不知道呢? ”

我望望吴子夕,他一脸好笑又一脸惊讶。贾老师盯着电脑点击鼠标,他不说话我们也不敢开口。

“一人写一份检讨,拿来给我看,再交到广老师那儿向他道个歉,”他又对吴子夕说,“你以后也别去体育馆了,学院差人,就跟体育馆老师说学院叫你留这儿。”

“哦。”

贾老师站起身,我们跟着她进了行政办。

“赵老师,我又给你找了一个学生,这两个东西。”贾老师拍打着我们的肩说。

“怎么了? ”赵老师转过靠椅问。

"你让他们自己说。"贾老师回去了。

我说："我们去找广老师，结果不能用同一张卡打钱，还要写份检讨。"

我大概将事情讲了一遍，赵老师和李学姐不停地笑。

"也怪我，"赵老师说，"不该叫你们直接找广老师。没事儿，广老师是个直爽的人，道愉就过去了。你叫什么？"

"吴子夕。"

"待会儿把你给我一份。"

"好。"

我们见赵老师没其他事了，就在靠门的茶几前坐下来，对视一眼，忍不住哈哈笑起来，大概他也觉得解还被安排到一个地方值班还挺好玩儿。

"检讨书怎么写？"吴子夕问。

"你没写过检讨书啊？"

"没有。你这次真是拉我下水了。"

"可别乱说话，是你拉我下水，自己是贫困生还不知道。"

"检讨书怎么写？写多少字儿？"

"随便写，两页信纸吧。"我错了？最严重的错误是没看学生手册。可我不能只写这一条，任谁也不会满意。

我问："你们学校发的那个银行卡是怎么弄的？"

他说："大一刚来学校就发了。"

我说："这样啊，那我问问贾老师吧。"

"那个，吴子夕，你去看看各屋的水。"赵老师叫他。

"走。"我从抽屉下拿了钥匙，他跟着我走到门外。我说："你先写，别忙交，说不定过两天他们就忘了。"

"你别坑我。"

"要交的话我肯定告诉你。"

手机震动了，我立即拿出来看："不好意思，同学，晚上的面谈就算了，这个策划我们不能通过。"

我立马想到事情症结，回复邹平凉："一定是学校不让是不是？经费我们出，只需要干事喂喂猫粮，照顾一下猫。你们随便开个会交代一下不就完了吗？不用给谁谁谁上报啊。"

"不行。"简单干脆。

我对吴子夕说："你先等一等，我马上回来。"

"你干嘛？"

　　我直接从楼道奔下去,健步如飞,到了小广场,那里只剩在烈日下暴晒的青协的横幅。这时邹平凉的短信又来了:"我们的每项活动都要经过学校批准。"

　　"谢谢。"回复完毕,我才来得及气喘吁吁。

第二十三章

六点我和付雨茜在国教餐厅见面了。我到那里的时候,她已经在等了。

"待会儿怎么说?"当我在她的对面坐下,她含着紧张的笑意,迫不及待地问。

"他不来了。"

"为什么?"

"他说这个事情不被批准。"

"哦,哦。没事儿。"她左右顾盼看哪张桌子上放着空菜单,大概在掩藏心底的失落。"我们先点餐吧,我请客。"她说。

"不用,我都没帮上忙。"

"你已经帮了我很多了。我还没吃饭呢。"

"那你点吧,我随便动动筷子。"

她叫来服务员点了餐,又要了两杯果汁。服务员很快把果汁端了上来,给我们一人面前放了一杯。她喝了一口,一大杯已经去一半。

"这么一个两全其美的方案,怎么他们听也不听就封杀了呢? 如果不满意,可以说出来协商解决,如果想找更好的方案,也可以提出要求,我们出把力帮忙构想啊!你说他们怎么就不愿意听听呢?"她气呼呼地说,两条泛黄的辫子搭在肩上。

"不知道,"我呷着吸管说,"中午我给青协的人发的短信,下午人家回短信说办不了了,因为老师不批准。"

"我们可是在为学校解决问题! 自己不愿办就算了,还向别人打招呼把我们一切可行的途径彻底断绝,这些人是一群傻×吧?"

"有可能。"青协的人中午在小广场,发完短信后我在那里等,过来一个老师,是团委的,邹平凉给他看手机,不知道他跟这件事有没有关系。

"宁愿烂掉也要把问题藏起来,我也有为学校着想的心,他们怎么就不愿意听听呢?"我真想不明白,他们好像是担心野猫越来越多,可自己不干事,还不让别人干事。

"不知道。"我又叹口气。

她突然凑近我,神秘兮兮地说:"你说,是不是学校找人杀的猫?"

我想告诉她不要想得那么可怕,不会有这种阴谋。可既然没有人出面说明真相,那么任何猜测,只要是合理的,都不应该轻易否定。我只好又叹口气:"不知道。"

她一下子泄了气,说:"我以前挺喜欢我们学校的,网上有人攻击我们学校,说这儿不好那儿不好,我总是挺身而出回击对方。想想自己义无反顾,为学校跟别人骂来骂去,觉得真傻。没权没势有些事还真办不成,你说呢?"

我沉吟了几秒。"我不相信。"

"他们大概不知道你会写一手好文章。要不要写写?"

"发校报?"我开了个玩笑,"头版大标题,此内容因违规无法查看,后面依然属上我的名字。"

"哈哈,"她勉强笑笑,说,"他们出了一个短片,为那个老教授,虽然不是他们拍的,却是通过他们的平台推送出来的。短片里夸那位老教授一年三百六十五天,勤勤恳恳地喂猫,没有一天停过。"

"有意思,传播正能量,显示自己高尚博爱的形象吗?婊子立牌坊,有意思,有意思。"

她咬牙切齿,而后垂头丧气,最后默默无语。她的转变太突然了,我看着她,觉得一潭死水正在生成。

我吸了口果汁。我说:"把他们剽鼻、撕耳、碎牙、断爪、开膛破肚、挫骨扬灰,变成受虐的猫!你这样想,心里就不那么难受了!"

"他们怎么就不好好考虑呢?"她喃喃。

"你成了被关切的对象,你要小心咯。"我说。

"他们怎么就不愿意好好考虑考虑呢?"她自言自语。

我把桌子一拍。"校长同志在干嘛呢,直接找他去,不行就非得闹上一闹!"我说。

她像突然回过神。"不能闹!老教授和我部长都说通不过再想其他办法。""你还有什么办法?"

她嗫嗫嚅嚅。

"不戳戳痛处他们是不知道疼的。"我说。

"反正不能闹。"

"说着说着我自己都想这么干了,虽然是你发起的,但它不仅仅关系到你,我会按照我自己的想法来的。"

"不能闹!"

我站起来,紧盯着她说:"就是因为你们这种人,只会在背后徒劳埋怨,当面连说也不敢说,甚至不准别人说,所以事情越来越糟糕。"我径直走出餐厅。

"袁炜!袁炜!"

　　我跑下梯子，躲到梯墙边。我听见嗵嗵的脚步声在头顶响起又停下，接着又响起，她返回了餐厅。

　　这种鼓励人振作的方式很奇怪，独自跑出来，不付账，将对方留那里，身为一个男人真是不负责任。天有些黑了，正是填饱肚子归巢的时候。那些漂浮的尘埃，等待。很快，手机震动，我拿出手机，是付雨茜的短信："对不起，让你卷进这件事，忙前忙后费了许多力气。我会努力实现它的，即使现在不能，将来也必须实现！"

第二十四章

我之前一直说等等，可下午第二节课，在办公室门口刚好碰见值完班的李学姐，她第一句就说："哎呀呀，你看吴子夕多好，你撺掇人家不交检讨，贾老师问他的时候他还说是自己忘记了。"我走进办公室坐下，过了会儿，贾老师经过，我瞧见她，她也瞧见了我。她拉长了脸质问："检讨还交不交了你们？写了吗？"

"写了。"

"不用我看了，直接给广老师，现在就去。"

这样的催逼，我知道再也等不了了。我从包里拿出检讨书，到办公桌前对赵老师说："赵老师，我找广老师交检讨去了。"

"去吧。"

我在路上给吴子夕发了短信告诉他我马上去交检讨，叫他找个时间也交了。我爬上了学生服务楼三层，在楼道口靠着墙，深深地吸一口气，走进了大厅。我走到长柜的中间，看见广老师侧对我的坚硬的半张脸庞，我目光下移，恭敬地喊广老师好。我说："广老师，对不起，我为那天的事情向您道歉。这是我写的检讨。"我伸出两手呈上饲书。

他转动靠椅，面向我，攥过检讨书，唉一声吐口气，仿佛费了很大的力气。他只手提着纸张一角，只手敲打着桌子，远远地扫一眼，敲打桌子的手翻一页，再扫一眼。他转过靠椅，盯着发亮的电脑屏幕。我都不敢看他了。

"学生就该恪守学生的本分。"他满腹智慧地说。

"嗯。"

"有些事，不该做的就别做。不麻烦别人，别人就不会麻烦你。"

"嗯。"我俯首帖耳，诚恳受教。

"学生的第一本位是学习。"

颇有道理，但跑题了，我还是点头表示同意。

"你们学中文的是不是很闲，一天事儿真多。"

中文也是工科学校的奇葩了，我不由想象前人同我一样俯首低眉的风姿。我很想聆听他的教诲，但——你也是个刽子手——我的脑袋突然冒出这句话。无论如何，那些野猫的结局已经想见：阉割，圈养，捕杀。

广老师探询似的问我，第一次有了表情："你明白我在说什么吗？"

我羞于从他眼中看到我自己，急忙深深地垂下头，深深地弯下腰，以示悔罪。"嗯。"

"行了，去吧，检讨先放我这儿。"他拉开柜子下的抽屉，把检讨书放进去。

"谢谢广老师，那广老师我就先走了。"

"嗯。"他再次望向电脑屏幕，一动不动。

我鞠一个躬，应该庆幸、感恩，此事简单完结。

我走进楼道口，我离开服务楼。上课铃响过许久，该回去值班了。我走进五教，我坐上电梯，我出了电梯，我进了办公室，我坐在办公桌前。我的脑海反复回放敞开与关上的抽屉，反复回响：你永远也拿不回检讨，它被人攥在手里，被藏匿于黑乎乎的窟窿，证实一场欺骗和悔过，证实一次懦弱和屈服。

我把办公室钥匙从钥匙环上卸下，走到赵老师办公桌前，说："赵老师，我以后不能来值班了。"

"啊？为什么啊？"赵老师转过椅子问。

"我想好好读书。"

"值班也花不了多少时间，给你把班排少一点。"

我咬咬嘴唇，简直不能坚持拒绝。"赵老师，我想走。"

"那——行吧。"

"我把今天的班值完。"

"好。"

我坐回座位。

"小炜，你要走了？写一份检讨就不开心了？"李学姐侧首问我。

"不是，我要成为学霸。以后欢不欢迎我来？"

"不走就欢迎，哼。"学姐像傲娇的小公主一般一甩头发。

"啊？这样啊！"

"开玩笑的啦，"她立即转过头说，"来吧来吧，想来就来。应该召集各个办公室的同学举办一场欢送会，摆个十桌八桌的。"

"嗯，每桌四人，我要打四川麻将，血战到底。"

"啊？瞧你那点儿出息！"

今天下午有点忙，给各个办公室换水，学院领导开会，准备多媒体，沏茶上水，取报纸、快递。天渐黑，下课了。做完最后一点活儿，赵老师没再吩咐了。我收拾书包，抱上原先放在办公室柜子里的书，我说："赵老师，我走了。"

"嗯，"赵老师的目光越过高高的文件夹，说，"再见。"

李学姐在看我,我对她说:"学姐,我走了。"

"拜拜。"

"拜拜。"

我走出办公室,等在电梯旁。我第一次触到这层壁垒,就已经完全明白它的意义。我不想接近这里了。可我能避开吗?我的头顶脚底都是这些东西,我无法言语、行动。越是远离,越深刻地受到操纵,却耳昏、目盲,无所意识;越是靠近,越受到打击、摧毁,而致同流。那该如何?呵呵,我想得不少!我不要笑啊,即使嘲讽也不行,只有当这种事落到自己头上,才会绝望于其中的艰难。

电梯到了六层,却没开门没停留就下去了。原来我没按下去的按钮。赵老师已经提上包打算出来。我穿过楼道口,走楼梯下到一层,回到宿舍。

钟顾在玩电脑,鼠标噼噼啪啪。秦瑟对着墙上挂的镜子,用手拨弄他永远只有半寸长的黑色钢丝球般的头发。

我走到钟顾身前说:"让一下,我要进去。"他屁股一扭,把凳子往前带了带,留出比拇指稍宽的空间。

"你可以坐这里,"我指了指长柜朝门的那边,又指指朝萧言床的一侧说,"也可以坐那里,为什么非得在这里挡着呢?而且你的床在那边,要说也是你和萧言用桌子的那一边吧?"

"我不想背对门。"鼠标响个不停。

"你就是觉得萧言不好惹,我好欺负是吧?你到底让不让?"

"烦不烦?我就是不让,怎么的?"他终于把眼睛从电脑屏幕移开,抬起来了。

"要刀吗?我有刀,bitch们!"秦瑟装作萧言浑浑的腔调唱起来。

"哎呀,行球了,我玩游戏,你到底进不进?"钟顾又让开了些。

这时门开了,齐舒进来了,我与他擦过肩走到衣柜前,将抱着的书放到我的柜子底层。

"哟!大学霸,回来洗菊花吗?"秦瑟说。

"回来拿筷子,筷子忘拿了。"齐舒的声音蔫儿吧唧的。

我回头望他,他坐在钟顾背后与床头隔板之间,紧紧耸起身子找隔板上的东西,没戴眼镜的高度近视眼几乎触到隔板上了,我忍不住喊:"齐舒。"

他没回答,垂下眼皮,一只手托举下巴像在思考:"秦瑟,你觉得今天老师讲得怎么样啊?"

"我又没去上课。"

"世界上有灵魂吗?"

"你去死一次不就知道了,是吧?到时候给我托梦,啊。"

"应该有吧,不然也不会成为哲学和宗教的基础,据说科学实验也有这方面的结论。"

"吵死了！"钟顾打断他。

"有没有呢？"

"闭嘴！"

"我发现他真是欠干欬！"秦瑟说。

齐舒笑了,笑声像鸭子一样,高亢却干涩:"嘎——嘎——嘎——来呀来呀！"

"干他。"钟顾甩了鼠标,反身将他压在床上。"好,真棒！"秦瑟虎虎地走到床边,一个熊落平阳,压上去,床剧烈震动,最下面的齐舒从胸中发出痛苦掺杂欢愉的"哦——",双脚一弹一押,又发出"嘎,嘎,嘎"的鸭子的笑声。

我把书装进包里,再从柜子里拿出几件夏日薄衫装进去,我往自己的床头格子上瞧,没什么可带的东西,环望一周宿舍,没什么可收拾的了。

"你干嘛？流浪去啊！"秦瑟问我。

"嗯。"

"傻×萧言。"他剧烈地摇动,齐舒一下下地发出呃呃的声音。

我走出公寓,沿着校门外那条荫蔽的直道拐进小巷,欣见灯火温馨的木楼。抬脚踏木梯,跨上二楼,停在门前。过了会儿,呼吸渐趋平稳,我觉得冷静了许多,便敲敲门。

"谁呀？"

"你猜。"我把嗓子压得沉厚。

"啊！我就给你开门,给你钱,只求你不要伤害我。"她颤抖地说。

"我会守信的。"

门缝越来越大,越来越多的暖黄色的光照出来。我掀开门,沐浴在光里。我拉过青青,抱住她,咬住她的嘴唇。

"疼！"

我放开她,端详她。

"你把我咬疼了,你完了。"她严肃地说。

"哦。"青色的碎花裙贴地,眉黛如明眸阴影。我沉迷,说:"你是最美的。"

"这样就想糊弄过去？虽然很肉麻,不过我喜欢。赏你一个吻好了。"她亲亲我的脸颊。

我换了鞋走进客厅,吊灯、沙发、鱼缸、落地窗和阳台,令人安心的气息。我把书包扔在沙发上取出衣服,我说:"我以后就住这儿了。"

"那太好了！"她坐到沙发上整理我的衣服,把它们一件件叠起来。

"我有一个想法。"我说着,在屋里绕了一圈,打量地板。

"嗯?"

"我们把屋里的格局改一改,把外边上二楼的楼梯锁上,直接在屋里搭个上下楼的梯子。"

"为什么?"

"这样我们上下楼就不用出去,可以一直在屋里了,二楼的走廊保留,放上摇椅。"我把她拉起来,她叫一声:"哎呀!衣服又乱了!"我抱着她转一圈,问:"可不可以?"

"好好好。"

"我们把下面水池里的水放掉,清理干净,在里面码上书。把桌子间的隔帘拉开,把那扇大大的落地窗的帘幕拉开,让阳光照进来,让屋后的苔痕和草色映上桌子。好不好?"

"好,好!举办晚会怎么办?"

"还办什么晚会嘛,那样奢侈的东西,自己做饭就好了,愿来的来,不愿来的滚蛋。"

"你到底认为我是一个坏女人咯?"她翻了个白眼。

我拉住她的手,揉着,说:"想到哪儿去了你?你看,顾虑我,你已经很久没办晚会了。搭梯子要拆一块地板,你小姨会不会责怪你呢?可是没梯子,没工具,我也拆不来。"

"谁要你拆了?"她拉我到玄关,把贴右墙的鞋柜拖到一边,地上显出一个大环。我正疑惑时,她伸手将铁环往上一拉,一块方形的木板翻开,露出硬实的楼梯。"好了,一二层通了。"她狡黠一笑。

"你真是一个天才!"我把她抱起来,转个圈。

随后我们从外边的楼梯下到一楼,关上楼梯口的铁栅门,用原本挂在上面的一把大铁锁扣紧门环。我们进了一楼屋子,我关上门,忍不住左右反复拉几下,一边拉一边愈加肯定门的确锁上了。"你干嘛?"青青问。"看看门锁上没有,走吧。"我说。新启用的楼梯藏在最左边靠近落地窗的隔间里,兴是许久未经人踩踏,木板覆着薄尘埃。我们拿抹布将一层层梯子抹得干干净净。等它稍微干了,我们扔了抹布上了二层,到二楼走廊外察看了被门阻隔的楼梯。我们进屋又下到一层,青青放掉池子里的水,舒朗的纹路从地板伸进变清晰,原来与池壁、池底浑若一块,残留的红色花瓣稀落,平常并不往里添加。我们清理掉渣滓,拿抹布把池子里环形阶梯层层抹净,上楼抱上书把它们码在最底层的一级阶梯,实际连半圈都没码到。

"书好少。"我说。

“以成一本放一本。”她走到落地窗前，伸手要拉帘幕。

“别。”我叫住她。

“怎么了？”

“算了，这样就挺好的。”

“那些帘子呢？”她看向众多隔间的帘子。

“那些拉吧。”

她拉右边，我拉左边，很快完工了。

“暂时没有其他需要改动的了，你觉得呢？”我说。“赞同！”

“上去吧，好累。”

第二十五章

我坐在二教五层走廊最里的大教室后排靠窗的角落，桌上展着一本书，书旁放着手机，手机不会打扰我，我已经关了它。一棵竹子在窗户婆娑露头，阳光泻在书页，影子斑驳。我像被剥离到另一个世界，必须尽早摆脱这种幻灭感。

竹影倾斜，太阳开始下沉，我再次抬起头，收拾好东西，估摸大家已经用过餐回宿舍休息了，时机正好。我一边快速离开，一边祈求不要撞见同学。不巧，刚出二教，迎面看见戴着耳机的秦瑟。

"袁炜，"他拧着眉，厚嘴唇外翻，气恼至极地说，"找你都找疯了，怎么不去考试啊？你等着，我给班导打个电话。"

"别打了，我自己会给他说，我有事儿急着办。"

"不行，"他一边按手机一边说，"你先给班导说清楚了。"

我想绕过他，他却伸手抓住我的衣领："你不能走！"

"你是要我说其实我一点儿也不欣赏你那张贱嘴，乱开人玩笑，不管人介不介意？你当我不知道你用我洗发露用我牙膏没告诉我？"

"说什……么呢……你……"

"放开！"我看也不看他，但想来话语冷到极点。

抓衣领的手松了。我仰头，理着领子："我来教你，早上起得早了，动作尽量轻点儿，看得见就别开灯，能不踢到凳子就别踢凳子，出门记得关门，别老要人提醒。还有，垃圾扔垃圾桶。没关系，只要能改，可无论说多少次都不改，还天天这样胡搞就不好了。"

"你他妈有病吧！"

我了两下袖口，往前走将他抛在身后。

听见他喊："下午还有考试，不来你就等着吧！"

我在学校后门找了一家快餐店填饱肚子，喝了一下午的茶。他们在考试，我在享受无聊。

吃了晚饭，气温低了，容人在外行走，我离开快餐店，信马由缰。后门这一片的房子又矮又旧，漫天灰尘。这里正在修一条地铁，人行道被高高的蓝色薄铁板围起来，稀拉的行人贴着铁板行走在马路上，步履匆匆，各自天涯。我仰望天上开始睐眼的几颗星星，一个模糊的面孔一晃而过，我如遭雷殛，他有和青青一样高挺的鼻子和漂亮的眼睛吗？我反身搜寻，一个套T恤的宽阔背影正在远去，我立马拉住他胳膊，他回身，警惕而愠怒："干什么？"

我呆呆看一阵。

他甩脱我的手，皱眉将周身检遍，问："干什么？"

他戴着粗黑框眼镜，两颊糙黑，嘴角生颗痣，是个四十岁左右的中年男子。素不相识，熟悉感已经荡然无存。

我连连点头哈腰道歉："对不起，对不起，认错人了。"

他嘟嘟囔囔转身离开。

也许不是他。我跑几步越过他，暗中查看那些背离我的脸。分外失望，没有一张是记忆中的，一瞬的熟悉是我的错觉。我停下脚步转过身，刚才被我拉住胳膊的人便迎面而来。他带着阴沉而警惕的表情，走到我身体前侧，我说："一起去喝酒吧，如果你不忙的话。"

他什么也不说，加，决脚步越过我。

我穿过马路，逛进学校后门正对的那片巷子。巷子狭窄，仅容两三人并排，将近晚饭时刻，两侧的小饭馆把挂鸭子装鸡翅的柜子推出来，热烈张罗，等待光顾。脏兮兮的小娃娃四处跑。我曾在这里买过几件衣服吃过几次饭。甩掉热闹的饭店和服装店，巷子两侧出现了更多的巷子，土坯屋子矮小老旧，有的由单薄的木板或者绿色塑料板撑起来，缺棱少角，勉力支撑，轻易想见雨水灌注的心酸，大片大片的空地瓦砾散落，生满荒草。再走了一段，不远的巷口零零散散站着几个女人，黄黄绿绿的头发，浓眉红嘴唇，脸上白粉厚厚一层，丝袜吊带露脐露背。我想着第一句该怎么开头，看准一个稍微年轻点、头发向后梳洗得干净些、看着舒服的，停在她面前，径直问她："做不做？"

她穿着白色的吊带背心和绿色裙子，上下打量我。

我说："旁边大学的。"

她立马笑了，格外灿烂，攥紧我胳膊，快快地往巷子里带。

我说："待会儿你担待一些，我第一次，不会。"

她半边儿身子一个劲儿蹭我，嗲嗲地说："我教你，很快的，很快的。"她的声音皮实，很老很不好听。

我说："等等，我要买酒。"

前面有一家杂货铺子，门口玻璃柜里摆放着烟酒，店主老伯睡在玻璃柜后的逍遥椅上。我拿出钱包，装作借外面的光照亮包内的情形，将钱包底子高高地对着她不让她看见里面，我从钱包里掏出一百整递给店主老伯说："白酒，来一瓶最好的，有纸杯的话也来几个。"

那女人凑到我耳边吹气:"要过夜吗?五百。"

"要。"我把钱包揣进裤兜。

老伯抓住椅子扶手,撑着站立,开玻璃柜拿一瓶白酒搁柜子上,开抽屉数几张烂钱搁柜子上,走进屋里。女人握了酒瓶和钱,抱住我胳膊,我察觉口袋异动,望了一眼,抱住我胳膊的手正把找回的钱塞进口袋,她问:"放这儿?"

我笑笑:"好。"

老伯拿来四个纸杯子,我接过了。她亲亲热热地拉着我往巷子里走,在一间塑料板房前止步。她推开用铜线绕住连轴的木板门,进了棚屋,随手拉下门内的线,屋子中央的小灯泡亮了,照出伸直胳膊就能够到的灰扑扑的顶板,她推上门,急迫地把我拉到墙角的床前,放下酒瓶把我按在床上,坐上我的大腿,一边褪衣服一边说亲爱的亲爱的,来呀。我端住她胳膊:"你等等,等等。"她不理会我,吊带已经下肩了。我说:"我还不想,别着急,我要过夜呢。"

她停下了,"哦",似乎才想起这一茬,似乎没遇到过这么不着急的客人,一时不知道该干什么了。

我轻轻地帮她把带子拉回去,问:"会有仙人跳这一类的把戏吗?"

她想要抱我脖子,我抓住她的手,她发着嗲,曼声曼气地说:"没有啦!"

"有的话就快来吧,把我打一顿,但我什么都没做,下手能轻点吗?"

"亲爱的你想什么呢?"

"要价在这行里算高算低呢?你到底几岁了?你为什么会做这个,有什么非同一般的理由是不是?几时入行的?"

她不接话,站起来将衣服理好。

我环视一周,屋子很小,来回大概七八步,一张床占了近一半。床上橘色的被子凌乱发黄,肮脏的床单上不知道撒过些什么东西,枕头边堆着花花绿绿的外衣内衣。床头靠着一张小圆凳,上面摆着化妆品盒子和两个空矿泉水瓶。

我问:"你吃饭了吗?"

她狐疑地乜我一眼,解开皮筋放下头发:"你话好多啊。"

"我们喝酒吧。"

"喝不了。"

"喝一口加二——三十。"

她的头发因为绑得久了,放下来齐肩几大股,她甩着几股头发坐上床,将小圆凳上的盒子、瓶子抓到床上,把凳子拖到我们之间,放上两个杯子,拽过扔在床上的酒瓶,扭开盖子各斟一口,她举起其中一个杯子一饮而尽。

"你叫先干为敬，我叫来而不往非礼也。"我也举起一个杯子"咕嘟"灌下去，辛辣入口，舌头麻，嗓子烧，流入胃里，全身热半刻，冷气没出来，倒像被压到骨髓里似的，我打个冷战。

我骂道："这老头儿坑人啊，叫他拿最好的酒，他直接给我拿了瓶酒精吧？"酒瓶标签没个大字，我想拿过来仔细看，她吸一口气，拿着酒瓶再斟五钱。

我从裤兜里掏出钱包对着她，不让她看见里面，掏出三个十块，拍在凳子上说："我很后悔，当初没好好学劝酒的艺术，现在只能用这么俗的方法。"说完我放回钱包。她要喝，我按住她杯子说："别急，缓缓。你吃饭了吗？"

她转冷漠为笑："没有呢。"

"空腹喝酒不好，我去给你买盒炒饭吧。"

"不用。"

"还是买吧。"我站起身，衣服被她拉住，她有些着急，我诚恳地说："真的，我不会跑，要不我把钱先放你这儿。"

她粲然一笑："不用啦，亲爱的。"

我坐下来，斟一口，说："我挺紧张的，那些写生活的小说一旦出现这种场合，其中人物多半会讲一个悲惨的故事，我相信他们讲的，出现就是有意义的，可我不相信生活中随便来一次也能遇到。你觉得呢？"

她摇摇头。

"但你一定有什么故事告诉我的吧？关于你。不好意思，是挺傻，你别介意。"

"你这人很奇怪！"

"先喝酒，只有性没有爱不行，先了解对方，起码不至于讨厌。先说我吧，我是个胆小鬼，可是我也没办法啊，我明白是怎么回事儿，就是没法儿理解，"我见她敛着嘴唇，静静听着，接着说，"干脆喝得一塌糊涂，或者挨顿揍，自己糟践自己一番就舒服了。我不喜欢被一瞬的感情撞击的感觉，我喜欢平和的生活，但我一直被感情牵着鼻子走。"

她说："真羡慕你。"

"羡慕？"想讲的故事憋了回去。

"生活多丰富。上学就是好啊。"

"你真好，我太感谢了，前段时间住在别人那里，被人看不起，觉得我啥都不会啥都不懂，说我天真，他们那点事儿我是不会啊，我以前又没干过，但我努力学。不过现在我知道天真是对人的夸奖，他们那些破事何必学。很久没有人说我好了，来，感情深，一口闷。"

我们俩举起酒杯碰了一下，饮尽了。她的脸像用刀割开了一道道暗红的口子，我的脸也一定是这样，疼。

我向她的杯子里看了一眼说："你都没喝。"

"喝了。"

"要能样。"

我给杯子斟到三分之一，一口喝了，接着如法炮制，从钱包拿出三十块钱拍在凳子上。

她一口喝了。我望着她，热切地问："你一定有什么故事告诉我是不是？"

"没有。"

天色向晚，屋里暗了，也许是灯泡的缘故，她的脸红得像石榴。一时没事做，我起身走到门前，拉拉门，不开，坐回去。她从床上拿把梳子，一直在梳头发。想了想，我说："有时候走在街上，见到某人，觉得他和谁谁谁特像，但比现在的谁谁谁年长一圈，比如中年妇女、中年男人甚至大爷大妈，那时候就……叫什么？福至心灵？对，福至心灵，顿悟遇见的那人就是谁谁谁的未来模样。还有，比如我认识A君，关系普通平常，但初次见面却有一种奇特的亲近感，做出过分亲密的举动吓到对方，当时自己也不明白，或许很久以后翻小学和初中照片突然回忆起B君，惊讶地发现他和A君在相貌和气质上有相通的地方，这才得到对A君莫名熟悉的解释。这种感觉太神秘了。据说干你们这行的分两类，一类因为穷得没路走，一类因为喜欢，我觉得是扯淡，我想问问你的意见。"

"扯淡扯淡。"她非常嫌弃地否定了。

"你能不能喝，不能喝就别喝了。"

"能喝。"她把梳子扔床上，捡杯喝了一口，我给她斟半杯。她说："你一来就让我很不高兴，我最讨厌人家问为什么来干这个，最讨厌人家说要不你别干了，找个正经工作吧。神经病！"

"那叫我亲爱的不是特别恶心？"

"恶心。"

"恶心，好，恶心好。"我举起酒杯，和她碰了一下，她也举起来，我们俩喝了，我又给她倒了半杯。

"你干了多少年了，这么不禁喝？"

"没有你，这样，慢慢喝酒的。"她眯着眼，左右摇摆，如耳边放着音乐。

我觉得头晕晕乎乎的，这老头儿给的酒够劲儿。

"你的第一次是？不对，恶趣味。你爸妈知道你？"

"哪能啊，还不得杀了我，"她低下头望着杯子，摇摇头说，"他们不会管我，我们很久没有来往了。你知道那种滋味儿吗？每次学校要填什么表格的时候，别人家人一栏都填得满满的,爹妈、爷爷奶奶,同学看了我填的,惊讶地问:你家只有你和你爸啊? 他们觉得好特别,我以前还填两栏,后来就填我自己。"

"他们是怎么了吗? "

她没回我,自顾自地说:"慢慢长大了就好了,那些事就没放在心上了,一点儿都不在意,想想小时候因为这些事哭啊闹啊,挺丢人的。"

"哦。"

她突然抬起胳膊推了我一下,自己倒软绵绵地倒床上,看着天花板喃喃自语:"哦什么啊,你根本什么都不明白,你看不起我,你鄙视我,你来找我,又嫌我脏,不让我抱你。你们隔一条街住在对面,也不看路,拿一部手机从我面前经过,边看边笑得那样大声。你们一看见我们就不一样了,男的偷笑、推搡、女的走远点,那样一种眼神,我说不出来,好奇鄙视还有龌龊,你们学校来的不少! "

我说:"他们没有其他想法,那种反应很正常,你不用管他们。你为什么现在在这儿? "

"高中毕业就不想读了。我和爸住一起,我很爱他,我只是讨厌别人那样问才填我自己的,他对我实在太好了,我已经爱上他了,我想和他结婚。可他要找其他女人,他不爱我了,高中毕业我跑南方来了,进餐馆打工,和一位同事谈恋爱,领证结婚,怀孩子,吵架,我们经常吵架,那次吵得很凶,我拿刀说要割腕,他说我任性、疯子、极端,说受够我了随便我怎样,他回了婆婆家,我流产,再离婚,他想要回彩礼钱,哪剩彩礼钱,都用来付医药费了。"

"渣男! "我给自己倒了半杯,"咕嘟嘟"喝下去,咽到嗓子,吐了一半。我问她:"你们为什么吵架? "

她侧身蜷起身子说:"不记得了。其实他对我挺好的,我有时候太过了。"

"我们做朋友吧。"

"你看不起我,你还说那些话来,来——来——"

"作践。"

"对,作践我,你自己也这样说。"

我抓住她的手,蹲下来望着她的脸说:"没有。"

"骗人。"

"没骗你,我开始是想灌你,我全部赔回来,我把欠你的三杯喝回来,再加一杯。那你给他彩礼钱了吗? 你为什么会这样,就是这样。"

"给个屁,他凭什么要? 我和他离婚了,打了一阵子工,别人介绍我进发廊,慢慢地就这样了,你什么人都能遇到,有些人太变态了,而且要分钱,我只能拿小部分,所以我出来自己干。他找的应该是个好女人,会对我好的,可是我爱他,再来一次也还会那样想那样做的，好奇妙。我觉得我已经生不了孩子了，以前常常吃药，这样也好，免得他跟着我受罪，要是你不能让他好，你还是别生他了。"

"我明白，你跑出来，拼命作践自己，觉得又痛又爽快，你想让他找到你，会后悔，要他接你回去更爱你，但你已经下了决心，已经没脸了。"

"是这样吗？啊，是的，你实在太了解我了，我已经搞忘了，你一说我就想起来了，是啊，我那样想那样做了。"

她坐起来倒酒喝，热烈的烧灼感从我的胸口涌进四肢百骸，我攥过瓶子扔得远远的，砰地碎了，我说："你别喝了，我现在浑身烧烧的，又烦又燥，那老头儿给了我们一瓶酒精。"

她大声说："喝酒好，他没来找我，我不骗你，我在另一边租了个房子，我手里有不少钱。"

"是，以后大家都有钱，以后我要送你一栋别墅，十平方公里，有游泳池，游艇，沙滩，配一百个保镖，你也会有钱的，给所有人买一栋别墅，到时候我带青青去看望你，我们喝酒，香雪、封缸，我最爱的。"

她抬起头惊奇地看着我："真的吗？你要送我别墅？"

"嗯！"

"你太好了，我要亲你，我不亲别人，我们这行最在意这个，可我要亲你，你好可爱，我一定要亲你。"

"你不能亲我。"

"是不是因为我看起来很老？其实我才二十五岁，平时太累了，我过两天就走了，这一片儿要拆，我们是朋友，送你一个吻。"

"那就更不能亲了，我是来找你喝酒的，对不起。你还是找人打我一顿吧，我不求你饶命，打死我。""为什么，我要亲你啊。"我拿出钱包，把里面的钱倒出来，几张小纸片一样轻盈的东西飘下来。"我没有钱了。"她来抓我："我不要钱，我要亲你，你不是要送我别墅吗？你别动。"我一步步后退："对不起，对不起，我没有钱，这些全给你，我想给你更多，可我只有这么多了，我一定要给你买一栋别墅，你一定要有钱，对不起，我也是渣男，骗了你，我没带钱。"我拉开门，跑出屋子。

第二十六章

这个假期我已经换过两份工作了。第一份是在烈日炎炎的街头发传单，幸而并不长久。第二份是在一家餐厅工作。我记得应召那天，店门口的迎宾穿的是点缀金线的红色纱裙，高声喊着欢迎光临喷泉银鱼唛唛屋，但没过几天就换了制服。我记得店的两翼很深，有层层的黄色帐子和相对的高背沙发。老板是个脸稍圆的年轻女人，我走进店里时她在吧台为客人结账忙得不可开交，一位位客人离开，我实在不愿等了，趁一个间隙大声说这儿招服务员吗，她随手一指吧台边的小门说那去帮忙传菜吧。我以为这是应允招我的表示。每个人都在忙自己的，我看着，跟着别人学。稍闲的时候，老板走到后厨来，看到我，惊讶地问："你是谁啊？"敢情她把我忘了。我们坐在桌子两侧，她问："服务员啊？""嗯。""多大啦？""都大学生了。""什么大学啊？985还是211？""都不是。""六级证有吗？""没有。""四级呢？""没有。""我们这儿要求虽然不高，但也不低啊。"我以为她要将我扫地出门了。"你是大学生，打暑假工？""嗯。""早说呀！既然是暑假工，我们要求也没那么高。明天能来吗？""能。太感谢你了。""没事儿。但暑假工工资可能比其他员工低一点点，而且你学校和四级都不……我们这儿有其他同学，出身稍微好一点，你们待遇一样的话……""没关系。"

我还记得，每天，顺着旋转门，走进这个叫作隆华时代天街的商城，冷气扑面，我会不由自主地打个哆嗦，觉得自己和众人就像在太平间妩媚行走的冻尸，经过填塞了一方方玻璃的蛆虫和闪闪缭人眼的殡服。时时不知日，岁岁不知年，再出来时，人造光幕已经拉开，眼睛无法向深邃的星空探索；还记得不停弯腰，忍受顾客的谩骂和挑拣，其实菜上慢了与服务员有什么关系呢，我们不会故意让做好的菜凉在那里不为他端上来，他大可以叫我们催一催后厨，我们很乐意，而绝不必大动肝火、拍桌子跳脚起来向我们横眉怒目、口出秽言；还记得单手呈一个托盘，上面围了六杯柠檬水，在一张张桌子间奔跑，久而久之臂膀千斤般沉重。还记得那个经理，早操的时候，谁搔胳膊她扣钱，谁在顾客叫点菜的时候上得慢了她扣钱，那碗多加的米饭不是我上的——签单的笔迹明明对不上，她却冲我喊扣钱！扣钱！扣钱！辞职那天，我当着老板的面对她说："只懂扣钱的经理不是好经理。"她气得面红耳赤，我却仰天一笑出门去。除此之外，一切都是模糊的，奔跑奔跑奔跑。

　　此时华灯夜上，我背着吉他行走在繁华商业城外的里街弄巷，汗水蒸腾。我走进一个狭小的巷子，尽头是一堵墙，墙缘一扇歪斜的小门打开，门口站着一位侍者，戴着黑色圆毡帽，穿黑色长袍，分明的五官显纤细，他立马满脸堆笑做了个请的手势。这是一间酒吧，前两天我就注意到了。

　　"我是来应聘的，这儿不是招钢琴师吗？"

　　"经理在，你可以和他谈。"他带我走进去，上了一架涂了齿轮和小人图案的楼梯。"哥们儿会弹钢琴？"

　　"不会，但我会吉他。"

　　"可我们这儿只招钢琴师。"

　　"试试吧，大干一场。"

　　"哥们儿加油啊，我觉得搞音乐搞艺术的人都挺牛逼的。"

　　"哈哈，还好啦。"

　　侍者推开尽头那扇小门，我们走进去，一间深色的大屋子展开，蓝蓝绿绿紫紫的光块分散各处，似有似无的音乐像花斑猫在墙头迈步。天花板并不高，屋子右侧是一排临街的方形窗，窗顶挂着帘子，帘头是小人跳舞的形状，此时没放下来。正前方有一个半圆形的舞台，而左侧墙角，临近舞台的地方，一个漂亮女人站在吧台垒成城堡的酒瓶子后，手里的瓶子上下翻飞，五颜六色的酒像瀑布一般打上台面，又如水嚇开，恣意淌下地面。我看得呆了。

　　"厉害吧，那是咱一姐，走吧。"侍者说。

　　"可是酒全部都洒出来了，这是什么表演？"

　　一圈圈沙发围着或长或方的圆桌，整体呈和谐的形状。一些沙发上已经坐了人，手握瓶颈，三两低语，侍者潇洒，举盘穿梭。领我的侍者带我穿过沙发，走到舞台前的一张小圆桌边上，那里只有一个穿着小西装的年轻人，坐在沙发上，头枕着桌子，用指头戳着桌上半酒的杯子，磨花的杯壁将他的五官变胖了。

　　"经理，有人应聘。"

　　经理抬起头，他眉清目秀。"你好，请坐。"他客气地招呼道。

　　我回他一个笑，坐下了。

　　"应聘钢琴师？"

　　"不是。"

　　"那你想？"

　　"我不会钢琴，我会吉他。"

　　他扬起嘴角，抱歉地说："我们这儿只招琴师。"

　　"你可以让我试试。"

他一时没说话，低眉权衡，发出间或的喉音。

我离开座位，走上前面的舞台，一不小心吉他磕到台子的棱，发出嗡的响声。客人们转过脸看我，饶有兴趣。我走到立麦前，将吉他从袋子里拿出来斜挎上，打开话筒，发出一个"哦"字，音量合适。我知道自己的声音是很动听的，我要唱出来。

有一天/我在街头遇见一个女孩儿/她转眼将消失在街角/银河系沉睡，忘了用旋臂敲响下个宇宙纪的终点/地球海洋里，我正同那条发光的鱼一起沉下去

还是未完成的一半。

他们都在看我，他们鼓了掌，接着喝酒聊天。

重新背上吉他，我从台上下来，带我来的侍者挤着眼说："哇，厉害！"

"挺好的。"经理保持他绅士般的微笑说。

"谢谢。"我坐上适才的沙发。

"看着很年轻嘛。"他说。

"不年轻咯，已经大三了。你也很年轻嘛，已经是经理了。"

"酒吧经理而已，混得早，熬过来的。你都大三了？旁边大学？"

"嗯。"

"吉他弹得很好，喜欢音乐？"

"还行，自己练的。"

"学了多长时间？"

"半年左右吧。"

"你的声音很有特点。以前干过吗？"

"没有。"

"很累的，和你想象中的也许不一样。"他抠起他长长的指甲。

我掰起指头说："要适应倒班，能喝酒，会说话，有些客人会有无礼的举动和要求，但要容忍。"

"差不多吧，其实没那么夸张，夜场有人负责，该弹就弹，该唱就唱，没别人说的那么多事儿。"

"嗯。"

"我们基本工资不高，你是学生嘛，又刚开始，先给你说明了。客人高兴了，他们自然会掏钱给你。"

"这样啊。"

"还想来吗？"

"我觉得挺好的，凭自己功夫嘛。"

"你给我留个电话，我要问问老板，尽快回复你。"

"行。"

我留了电话，见再也没有什么话好说，向他告辞："那我就回去等消息了。"

"好。再见。"

"再见。"

我出了屋子小门，走下楼梯，那位侍者也跟了上来，他搭上我的肩，说："我觉得你待会儿就能收到短信，明天就能来。"

"是吗？"

"真的，以后我们就是朋友了。我叫聂培，哥们儿，你呢？"

"凌炜。我第一次来酒吧工作，以后多教教我。"

"没问题。"

我们走到门口，我说："那改天见。"

"改天见。"

第二十七章

  小城环山而建，从不用东南西北，那里的人没有方位的概念，还因为其他特别的原因，我只能这样描述酒吧的位置：从隆华时代天街2号门出来，过马路朝右走，在第一个红绿灯路口左转至安静的街道——街道的房子最高三层，行道树低矮且距离远——留意左手边，见到一条窄巷，巷口两侧是餐馆，左侧驴肉火烧，右侧重庆老火锅，无须犹豫，走入巷子，用手摸摸青砖砌成的巷子两壁，走到尽头截断去路的墙壁前——三米高的墙壁用朴素的土灰色喷涂了一幅画，一个怪模怪样的人正在爬楼梯，鼻子比一只向前伸直的手臂还长，鼻孔朝下，垂下的左手有一、二、三、四、五、六、七、八、九，至少九根手指，尚能通过干瘪、不对称的裸露乳房看出这是个女人——你不用管壁画，右转，站定，温和地同侍者说声你好，他恭敬地等在门边，一扇故意搞得歪斜的铜狮子拉环的门，戴着黑色的圆毡帽，穿着黑色及地长袍，宽大亮白的袖口惹眼。倘若你不满意我给的路线，我乐意重新建议：从隆华时代天街2号门出来朝右在第一个十字路口左转过马路直向前至一条安静的街道留意左手边见到巷子就钻到头转右站定对侍者说"嗨。"

  这是一间奇异的酒吧，店门没有招牌，临街不作标识昭示路人：我是一家酒吧，大家快进来喝一杯吧。来这儿的都是些老顾客和老顾客带来的新顾客。如果有一天你穷极无聊想喝一杯，按照我给的路线来了，温和地同侍者打了招呼，他恭敬地回答了你"欢迎光临塞壬酒吧，请"，那你就跟着他请的手势进铜狮拉环的门吧。五十瓦钨丝灯暗淡温柔的笼罩下，你踩上又高又陡的楼梯，薄木板的两端横嵌在两根向上的圆木头里。踩踏的梯面上了油彩，整体构成一幅赭色为主的画：几个可爱的卓别林式的工人蹲在巨大的齿轮相接处拧螺丝。作者的功底相当好，无论从哪个角度看，一级梯面和另一级梯面分离的空当都不会妨害欣赏。出于安全考虑，你握紧扶手，惊讶地发现扶手是和巨幅油彩不相称的原木，灰白色，粗糙抛光。你走两步，入手感到奇怪的凹凸，定睛望向扶手，上面竟雕刻有簇簇姿态雍容的牡丹，你想要更多惊喜，而失望于扶手上半段虽然同样粗糙，却再无雕刻。位于扶手中段的最后那半截牡丹，完成了一半，盛开了一半，让人禁不住想：这是进行中的作品？过去的作品？艺人进行到一半发生了意外？假设正当黄昏，你来到二楼，一米排一个的灯笼如笼着一只萤火虫，无序的枝形吊灯深蓝深绿深紫各苦黑暗花簇一丛，你看见那些巨大的书架，书架上摆了几个相框，摆满了东歪西倒的书，长的、短的、宽的、窄的、厚的、薄的，《乌合之众》《檀香刑》《理想国》《资本论》《南方的海》……有些书需要踩上书架前预备的凳子才能够到。书架像厮杀激烈的棋局，横冲直撞、犬牙交错，完美地差互出一块块形状漂亮的空地，透过书的间隙，可以看见里面沙发坐着的衣冠楚楚的人和檀木桌上比你更显高贵的溢彩酒杯。书架你必须在八月中旬与九月中旬之间来才会见到。你不用紧张，尽管挑张喜欢的空位坐下，接过服务员送来的漂亮酒水单，找一款喜欢的。我猜，你被酒水单子搞得眼花缭乱、心惊肉跳。这里是比外面的酒吧贵三四倍，如果不愿展示你不怕尴尬的个性，我劝你别着急地放下酒水单就离开，坐下，再翻翻。这是倒数第二页了，巴博拉？马萨拉？施特烈嘉如何？请服务员来一款大众可以接受的鸡尾酒？奉劝你停在这一页，如果执意翻下去，好吧，你高兴地看见几种价格相对公道的酒，它们令你联想到曹刘煮酒论英雄的往事，于是你点了其中一款。等待的过程中，你透过书架小心翼翼地窥视，立刻被吧台攫住：橘红的往日色彩里，瓶子上下纷飞，菱形的变换和纷乱令目光无法聚焦，一位穿黑西装白衬衣的女子动作狂野，瀑布从头浇下，水浪湿透她的衣领、胸襟，还有几滴从鬓角顺着脖子滑进胸脯，滴滴到肉，珠光飞溅，台面整齐的杯子遇水晶莹，流水成泊。你正惊异，服务员的黑色长袍抖搂着，他抱一个大坛子来了，他把坛子放到桌上，揭下扣在坛口的碗，红色的封口显露，他把碗摆在你面前——你的魂被他亮白的袖口装了去，已经不在意他接下来的举动，你的体内发生了撕裂。侍者开封，为你倒酒，酒香四溢，瞬间，你又环望一周，看见巷子尽头怪异女人爬楼梯的壁画、铜狮子门环、齿轮工人拧螺丝、半截牡丹、天花板的枝形吊灯和其间的红灯笼、沙发和檀木椅子、相框里的金发女郎和淡远山水、书和头顶暗淡的光源、吧台衬衣的水浪和谈笑如风的男女……目光所及是参差，是锯子，是龃龉，撕裂从天顶到胯，你一边使劲把自己往中间挤，一边从钱包掏出钱结了账，推开侍者遗老的形象，落荒而逃到外面的天地，终于没被撕成两半。

闲暇的时候，我问聂培："云姐为什么一直要那样？"我假装拿着瓶子，往上抛，接住。

"老板吩咐的。"他捋起袖子，靠着吧台回答。

"老板？那样，"我又假装抛了一下，接住，说"有什么意义吗？"

"老板说人人都喜欢看这个。"

"应该做一个问卷调查，看看是不是真的人人喜欢。老板是谁啊？"

"没见过。"

"那你说他说的？"

"他给经理说啊，经理说的。"

"老板没来过酒吧？"

"他哪有空？咱老板不简单呀，好多产业，才不在意一间小酒吧。"

"你又听谁说的？"

"客人是这样说的，他们都不是凡人。"他接着小声念了一句："欢迎来到塞壬酒吧，我们从不接待冒失鬼。"

我瞅他一眼。

"跟你学的，我以前只说又来一个傻×。"

"开始是不是也把我当傻×？"

"你是看见招聘来的。"

"你们一开始就该主动告诉我这叫塞壬酒吧。"

"怪我咯？什么时候去你学校玩？"

"不好玩，放假了，人都没几个。"

"放假了能住学校吗？"

"我住自己家，两层小楼哦。"

"自己家？你一个人？"

不怪他，是我的疏忽。其实时间一长，在合适的时候，我自然会想到我不知道酒吧的名字，只是这个合适也太合适了。我不求额外收益，不给自己惹麻烦，每天七点来，七点半上台，十点左右离开，不需要和谁打交道，他们在下面谈事情，爱听不听，想叫bravo就叫个bravo。只有一次例外，我工作不满十天的时候，有一晚我演奏完正要把吉他收入琴包，下面有个人招着手用咯痰一般的嗓子喊："小兄弟儿，来！"

我将吉他放在地上，跳下去穿过两排桌子站到那个人面前。

"小兄弟儿，和你商量个事儿。"他是个不下三十岁的男人，敞开的西装将野兽一样的胃降在人间，瘪脑袋，手里举着一瓶标签满是洋字母的酒。和他同桌的有两个人，如他一样的年纪，一样的打扮，饶有兴味地望着我。他们桌上摆了四五个酒瓶，如果灯光亮一些，应该能看见他们黑红的脸。

我谦虚地点点头："您请讲。"

"你能不能把那个吱吱的声音去掉？"

他一只手握住瓶颈，另一只手如拨弦的动作，他突然松开瓶颈，手滑到瓶身却滑住，瓶子摔在我的脚边，嘭地炸了，脚隔着鞋帮子感到气浪、声浪的冲击。

他晃了一下，低下头望着玻璃渣，伤心欲绝地说："对不起，我不是故意的。"他蹲下来就要去捡，我抓住他的手，不叫他碰到渣滓。聂培和另一个叫徐安的服务员过来了，聂培扶着醉者，徐安去拿笤帚。

醉者搀扶着坐下，撒娇一样地请求："小兄弟，行嘛行嘛。"

什么行嘛？我还没从炸裂中恢复，他一挥手，说："不行就不行吧。那你再来一首，我喜欢。"

我抱歉地回答："对不起，我下班了。"

"下班？不行不行！我第一次来，看见了吗，我旁边这两位兄弟带来的，你们这儿环境不错，很开心，啊，但我不明白，你们酒吧的名字为什么叫塞壬？塞壬是个什么说法儿？"

"塞壬？它叫塞壬酒吧啊？"

"我他妈问你，你问我？"他猛地弹起，一拳砸在桌子上，玻璃桌面成了几块摔在地上碎成更小，醉者的拳头似乎流血了，他把手抬高至下巴，似乎还想指手画脚发些责难，聂培夹住他胳膊，他蹦了一下，呕了一声，指着我骂："你妈的你说是不是，这不行那不行，事不过三，对我们这逼样？老郭，开他……"两位客人拖一拖他胳膊拍一拍他肩膀，其中一个打个嗝说："好了好了，坐下先歇会儿。老郭不在，啊，小伙子要多先准备嘛。"徐安拿着笤帚回来挡在中间对我说："你先走。"我顾不得装好吉他，在众男女的目光中踩楼梯下了一楼，醉者还在喊："让你滚了吗？回来站好，老子还没说完……"

我觉得自尊心受到了极大伤害，工作以来的兴奋低落下来。想到第二天还要上酒吧，要在见证祸事的众人面前再度登台，我觉得尴尬，甚至造成祸事的人还在。可我舍不得这份让我过得稍微自在的工作，第二天还是去了，虽然我犹豫地看着钥匙一圈圈反锁门，犹豫地拐进巷子往尽处走，虽然较往常迟些。徐安在一楼门口，毡帽长袍的打扮掩不住别样风采，大黑脸，厚嘴唇，帽子压在额头，贴着扁扁的头发卷儿。他见到我，说："来了。"

我笑一笑，说嗯。

"昨天那都不叫事儿，别管它。快上去吧，七点半了。"

踏上二楼，原来的那些玻璃桌不知道在昨晚还是今天被撤掉了，代之以沉重古劲的檀木桌。台上摆了一张钢琴，黑色，近似三角形。

我对聂培说："不怪你，是我没经验。如果我稍微镇定一下，不用你教，我就能给他讲塞壬的寓意。塞壬是希腊神话里人首鸟身的怪物，它拥有美妙的歌喉，能迷惑过往船只的水手，使他们沉迷于它的歌声，船只触礁沉底。我还会对他说，我们就是塞壬的歌声，但我们只会让你们的船在快乐中长出翅膀，行驶到你们想到达的任何地方。"

让他们的船长出翅膀的不止是酒。每晚六点多，几个穿着性感的姑娘来到酒吧，落座C2区，有时我来得早，客串服务员招待客人，有一次为他们端水，一个姑娘喊："小哥，我喜欢你。"

回到吧台，我说："你听见了吗，那个女生说喜欢我。"

聂培说："你知道她们是干嘛的吗？"

"干嘛的？"

"除了云姐，我们几个都是男的是不是？"

"是"

"你知道为什么吗？"

"为什么？"

"因为经理不要女服务员，她们爱惹麻烦，而且，我们有小姐。"

我当然知道她们是干嘛的，我假装不知道。

钢琴只沉默了几天，有个晚上，我在完成我的尾章，目光偶然触及前排的一个女孩儿，她正襟危坐，专注而严肃地盯着我。我移开目光。过了会儿，又触及她，一样的姿势一样的表情，她依然盯着我，仿若连眼睛也没眨过。我手一抖，好悬没把弦按错。演奏完毕，我鞠个躬，收拾好走下来，准备的离开的时候我想起她，在众人中寻找，只见她站起来，款款踩上阶梯上台，穿着一袭黑色的曳地长裙，湛蓝的凉鞋隐约可见。灯光幽微，她坐在黑色钢琴前，长裙如重帘。她抬起沉重的琴键护板，左右手滑过琴键，像石头在小河打了三个漂儿。她抬起左手，手腕儿下垂，保持五秒，落下，砸出两个小节，焕然若冰之将释，流动中满含沉重和压抑，失意的人儿乘坐回家的夜车，窗外的行道树闪过，近了又远，来自恍惚，复归恍惚。音乐停了，手腕抬起，落下，失意的人儿开始叙说他的故事。

从此，十点成了我最难熬的时刻，她一袭华服，在第一排坐着，用严肃的目光批判我的尾章。之后，她接替我。作为回报，我听完她的第一首曲子才离开。她永远以舒伯特的《小夜曲》开始她的午夜之旅。有一天，她弹完《小夜曲》，我要走的时候，一个男人跑上台，将手里的一大捧玫瑰花献给她，问："嗨，请问你叫什么名字？"

下面有人一阵起哄。她随手接过花，压在琴键护板后，淡淡地说李彦然，然后坐下，酝酿下一曲。男人默念两遍她的名字，下去了。

不到两个月，午夜旅途的琴声常在演奏中混乱或中断，伤感失意不能自持。每天总要待在楼上包房里会见不同客人的经理亲自过问了此事，李彦然因给酒吧带来的麻烦被他劝退了，惹起麻烦的不是她，尽管她容易陷于麻烦，还要承担所有后果。

关于李彦然和酒吧的事情，我们以后再谈，倘若还有机会。

转眼到了夏末，正是天清气朗、秋风渐生的时候，我却周期性地发烧。脑子后部有一张硬铁片,疼痛作祟。偶然听到一种声音,像一块钢铁切割另一块钢铁,黑暗中的人用眼睛点亮天花板,想探索外在,却被声音的铁壁隔绝,不止不息。我苦苦思索在街上想拉去喝酒的人是谁,现在想来,以前工作的餐厅里的一位服务员是不是过于脸熟了点? 似乎所有人都有印象,为什么他们不肯同我相认? 热度会减轻痛楚,尽管过了肃秋,隆冬将临。

青青建议郊游放松。我们捡了个白天游了白马洞。一叶扁舟飘在绿汪汪的潭里,掌舵人"欸乃"一声摇向前方山洞洞口。我将手指伸入潭水,冰凉入骨,我一时兴起,指尖悬上青青的后颈,水珠滚落玉肌,青青"哎哟"一声一个晃荡,掌舵老头儿随剧烈摇晃的船扭起秧歌儿,哎呀叫唤。我哈哈大笑,不期一捧潭水如集束的珍珠扑面,凋残了眉毛,激麻了舌头,冻缩了脖子,慌得我呕出尚在喉间列队阅兵的水分子军队。这次换青青大笑了。

洞中钟乳石的白马猎猎生风、四蹄欲奔,我不由拍遍了船舷,想象乘之而上,骋望九州,览遍四海,或者念个避水诀,遁入水中,鱼虾环绕,龙龟夹道,宛若共工再世。出白马洞,丘陵绵延,青草郁郁。过凉亭,沿甬道,进入陈古尸的展厅,特制的灯光昏黄如细沙,刀刀雕刻的壁画和高大、森严的桁梁让我以为误入埋藏历史的地官。那对夫妻躺在水晶棺材里,如干燥的土块偶然拼合的人形,面容塌陷,破碎不可辨。青青问:"你小时候来他们是这样的吗? "

"大概是吧,记不清了。"

"他们过去是怎样的人呢? "

"也许像你我一样,两只胳膊两条腿,吃完饭出门逛逛,会蹦会跳,会哭会笑,会望彼此的眼睛。"

"这个女人怎样笑? "

"我猜是开怀大笑,花枝乱颤。"

"我猜她用袖口遮住嘴巴,欲语还休。"

回来的车上我生病了,脑中水晶棺里破碎土块一样的尸体安静地对着天花板。我感到冷,禁不住打摆子。我抱住青青的手臂,半张脸埋入臂弯。

"怎么了? "

"冷。"

她的手伸到我脖子后抱住我。

很快,我觉得热,鼻子呼吸不畅,想换嘴,喉咙却像卡了坨老而硬的棉花球,格得、格得——越卷越紧越来越多,吐不出咽不下,最后也不知道是在用嘴还是用鼻子,呼出的热气蒸烫了脸颊,周围的空气湿了,脸贴着衣服像贴着蒸汽,仿佛正死于两壁逐渐发红的熔炉。

再开眼，近于黑色的墙壁充满眼球，这是一条走廊，不知长短，尽处黑暗，照亮椅子的是从对墙偏右的房间飘出的光，只能看见房间接门的墙壁，像死人的脸一样白。

轻轻的脚步声从左边传来，青青进入光，我看见她。

"你快吓死我了！"她坐上我旁边的椅子说。

"我们在校医院？"

"嗯。好些了吗？"

"难受。"

"医生说感冒发烧。我不该朝你浇水。"

"没关系。"

"待会儿回去吃药。"

"嗯。你有没有觉得我这个人有点冷血？"

"你冷血？怎么可能？"

"我从来不给家里人打电话，不知道他们喜欢吃什么，不知道年龄，不知道他们的记忆尤深，没什么话说，接了电话也只会说哦。一想到要给他们打电话我就觉得烦，想躲。"

"你慢慢试着跟他们联系呗，随便问问最近怎么样，在干嘛，家里冷不冷什么的。越少联系越难联系，关系越放越淡。"

"我爸最后一次联系我是在去年的春节后吧，春节前夕他回老家了，打电话说那边就他一个，阿姨和妹妹都不在，叫我坐车过去，陪他喝喝酒，聊聊天，恰好外公外婆说他过年也不给我打个电话什么的，说哪儿有这样当父亲的，于是我答应了。可我没去，他再打电话我也没接，有时候正当我在外面和同学吃饭，有时候正当我什么也没做，反正我没接。春节后，他发了一条短信过来，说凌炜我好想和你聚一聚，但是你不理我，是不是觉得我这个当父亲的不称职？但是我也有难处，现在一个人在老家种地养鸡，你该不会是要和我断绝父子关系吧——我发誓，我从来没那样想过。现在那条短信还在我上一张电话卡里边呢。他是个老实人，虽然不管干什么都失败，但是个老实人，一直不喜他的外公外婆也这样说。"

"你现在就打电话，或者给你爸发短信，说你给他看了一件衣服，打算寄给他，找他要地址。"

"改天吧，你给我点时间。你是站在我这边的吗？"

"是。"

"永远？"

"当然。"

"真好,世界上有个人永远站在我这边。如果以后我做错了,你要提醒我。"

"你咋啦?"

我努力抬高把下巴须儿靠在她的肩头。走廊渐渐深黑,我的心狠狠抽缩了一下。青青问:"吉他带回来了吗?"

"没有,放酒吧了,干嘛?"

"我想听炜炜唱歌,等他病好了。"

"下次我带回来。青青想看话剧吗? 她从来没去剧院看过话剧,我也没有。想就直说哦,我一定陪她。"

"矫情。"

我们从剧院出来。青青在我身前,对着门口的大镜子整理波浪似的小卷发,朴素而修长的睫毛下,暗月翘起。她今天戴白色无檐针织帽,穿白色毛衣,红色的宽大围巾从胸口盘上脖子,再从两肩长长地滑下来,而像热烈的葡萄藤一样醉了,对她刚刚好。浅棕色高筒云顶靴套着黑色绒裤,靴上拉链泛着银光,腿轻微颤动它便放送铃声。两只臂膀和着白袖筒像心形一样围着头,她从镜中窥到我的目光,停止动作,疑问般等待。我徒劳挣扎几下,被波浪卷入视线的海底停止呼吸。我移开眼睛,此时若有烟雾便好,我可以静静地看。

我们沿着宽阔的、长长的陶珠路走回家。日落月上,灰色把喧嚣调得冲淡、辽远。两旁的路灯一直往上往上,最终升到云里。阔大的树叶落下来,黄了边儿,手掌的模样。我说:"你突然换了发型,我都以为你不是青青了。"

"不好看吗?"

"美如天仙。可是我很害怕,我以为青青走了。"

"怎么会呢?"

"我现在真想把自己藏起来,不接你的电话,不与你碰面。"

"那我一定会不择手段地找你,证明你对我有多重要。"

"真的?"

"因为是你嘛。"

"用时兴的话讲,这就叫'作',哈哈。所以你还是你哦,青青?"

"当然。"

"那我把你的号码重新记下来。"

她歪头看我,翻着白眼。头发飘进我嘴里,甜甜的。

我说:"等春天到了,我要把我写的信给你看。你一定会笑我的。"

"我想现在看。"

"春天我们就结婚,结了婚我脸皮就厚了,不怕你笑我。我想喝酒。"

"喝吧。"

"我喝醉了不疯吧?"

"最乖了,先是微笑,大声讲话,再拉着我的手,从你的幼儿园讲到大学,说你的初恋,不用我管,自己略好就上床睡着了。"

"初恋不就是你咯?"

天下起雨来,完全黑了。我拉着她的手跑回家。屋里稍闷,我们没开灯,黑麻麻的,把沙发拖到二楼的走廊口,她坐着,我枕着她的腿睡在沙发上。她的指甲闪闪发亮,那是无色指甲油,前不久她坐在玻璃柜子上摇晃着腿,我为她涂上的,脚指甲也有。

雨下得大了,砸到巷子的地面上,珠玉尽碎,飘到我们身上,凉凉的,的确是秋天的雨,可外面除了黑,连银丝也看不见。我吐出一口气。

"闭上眼睛。"

我听话地闭上了眼睛。她给我按摩,从肩一直到发际。味道,迷如雨雾,清如夏荷,亮如白露。

屋里什么东西坏了,叮——叮——机械地计时。

……

"尾巴儿——"眼里映入青青关切的神色,耳朵听见她的呼唤。我们坐在二楼外的走廊上,外面的雨依旧在下,没有声音,黑黢黢一片。

"又做梦了?"

"嗯。"

她的手指按到我眼角,指腹向着太阳穴滑下去。"怎么老做噩梦?"

"不知道啊。"

"没关系,我在呢,酒吧工作怎么样了?"

"挺好。"

"正合你的意嘛。"

"事情不大对头。当我在舞台上弹完一曲,人们鼓掌,接着干自己的事情,这就完了。"

"有人鼓掌了。"

"你觉得很棒吗?"

"当然。"

"小学的时候,一位退休老师说愿意教我拉二胡,不要钱,他夸我很有天赋。可是我学了两个月就不去了。初中的时候，你知道我唱歌拿了校园歌手大赛一等奖，音乐老师教我弹钢琴，开开心心学了一阵，后来就一直懒懒散散，也不知道究竟学了几天也不练了。再后来，我偷偷上了个竹笛班，周日和小孩子们一块儿上课，我很羡慕他们，他们的父母也一块儿来，虽然学得没我快，但我想现在他们都吹得很好了吧。"

"小孩子都是得天宠爱的，而且你现在会弹吉他。我们什么时候回老家呀？"

"永远不回去了。那里只有奸情和愚蠢，男的给女同学放春药，我的堂妹被卖了，那家小主还是个会算命的盲神仙咧！"

"啊？ 怎么回事儿？"

"我很健忘，连这种辣只能记个大概。我想起来后就一件件地告诉你。"

"那我们不回去了。"

"等我们有钱了就买一艘船，我们待在船上，沿长江旅游，经过水坝。我好想坐船啊。"

"过两天就去码头吧。我不晕船。"

"枕着你的腿就像枕着一条船，脖子和背在水上起伏，你往前行驶，今夜甲板没有雷声。"

"难怪你不让我减肥，肉多了靠着舒服是吧？"

"我小时候一定做过梦，梦到一个叫白山坡的地方，我们坐船去那里。"

"嗯。"

"有时，我想和她们一样，混迹于夜场和酒吧，看那些喝醉的人趴在桌上，在吉他的狂欢中睡了，酒沫纵马，以自由之名在嘴角献身。我们是住在一百层还是一百零一层？ 我们该去哪儿？ 我喜欢绵延的雨夜，雨滴将梦境砸碎，胶带粘住玻璃渣，爱碎不碎的声音。路灯如水珠，在看得见的地方，往下流淌。湿冷迫使人躲进盒子，想一些温暖的事，或者盒子外的人靸着鞋经过，悲苦便不请自来，从回忆搭上便车。有学生蹚水，见我们坐在车里，头顶的灯光是冷冷的黄色。你为我扶正了后视镜，说话像闷在萨克斯管弦。或者经过者打伞，会看我们，错误或羡慕的蛇从脑子里钻出缠上伞柄。我们该去哪儿？ 哪里是我们的家？"

"你瞧，你还像个孩子呢！ 这里就是你的家啊！ 我看你还是写一百首诗吧，每一首诗里都要写我。"

"好的，我会的，那时候，我会想念你的。"

"那时候我就在你身边。"

"你瞧，你才是个孩子！ 倘若有一天你不在了，我宁愿当你是一场梦幻。我不准你跟其他人好，只会我不在。"

"我会一直一直在你身边。你还是这样枕着我，我读给你听，你永远不必想念我。"

"你在的话，我全部时间都用来爱你，就写不成了。"

"那就写不成我读给你听。我们说话都乱了。起来，我腿麻了。"

"不！"我抱着她腿，耍赖不肯起来。

"我数三下。"她说。

我把她抱得更紧，一只手在上面弹钢琴。

估摸着她要数三的时候，我翻身一咬她的腿，蹦起来，跑进卧室。"哎呀！你给我等到起！"

第二十八章

聂培分明而纤细的五官藏在毡帽下的领子里,高高瘦瘦的身影靠着染满暮色的门廊。

"嗨!"我向他打招呼,他负责今晚的楼下招待。

"嗨。"他百无聊赖地答一句。

我上了楼。酒吧空空落落,了无人气。街侧扣紧的窗户飘进夜的衣裙,笼络了厅堂,吧台隐匿在最深处的光影下,小云正拿抹布打理高高的酒柜。我走到吧台坐下,倾听窗外呼啸的风声。

"挺早。"小云随口说。

"嗯,下课就来了。没人啊。"

"再等等吧。"

"哦,"我摇了摇桌上的杯子,说,"外面风又大又冷,谁愿意出门啊? 年年这时候都刮这样的风? "

"年年。会来的,风越大越冷他们就越舍不得这儿。"她将柠檬水瓶放在吧台上,给我倒了一杯。

我的头发被五根手指掠过,一个人压上旁边的椅子。"两杯扎啤。"聂培朝小云竖起两根手指,却看着我。

"现金还是记账? "小云问。

"这里又没有外人——""现金还是记账? "

"记账!"聂培摘了毡帽放在桌上,凑近我,挤眉弄眼,问,"怎么样啊? "

"什么怎么样"

"休假两天玩得怎么样? "

"哦。挺好的。"

"正好,那个小粉丝昨天问你怎么没来,今天就把她办了吧。"

"别逗了。"

"是吧? 我说你不行吧? "

"呵,银样镴枪头。"

小云将两杯扎啤放到台面,聂培推给我一杯。"干。"他拿起一杯碰碰另一杯,咕噜咕噜灌进喉咙。我端起另一杯饮下,杯壁泡沫翻涌。聂培将杯子拖上台面,我才喝完一半。

他说:"哦,懂了!我要看照片,我还没见过你女朋友呢。"

啜完最后一口,打个嗝,我说:"形势危急啊,你还不找就没你的份儿了,四千多万光棍。"

"放屁!"他狠狠地说,"明明破亿了。媳妇儿找不着不能怪我,找城里的没条件,想回去相亲吧,阿奶说老家的女的都出来了。你看看那些来酒吧那些人,左一个,又一个,今天带一个,明天带另一个,送我一个也行啊。"

"经理!"小云叫道。

我朝后望,穿着西服的经理已经走到了身后。"经理坐。"聂培站起来将位置让给了经理,他则立于一旁。

经理凝视着我,我不由得垂下眼睛。"太好了,我正有一件事和你商量。"

"嗯。"

"我想延长你夜场的时间。"他顿了顿,"顾客反映很好,老板对你印象不错,决定给你加工资。"

"哇,厉害!"聂培拍拍我的肩,我不好意思地笑笑。

"听说你家比较宽敞?"

"还行吧。"

"老板想为大家办个晚会,我提议了你。不会太麻烦,需要的东西都从酒吧开车送,只需要借用一个场地,给你付租金。"

我沉吟。

"弟妹的房子吧?如果不方便我就建议老板换地方。"

"方便,我回去和她说说。"

"如果不是考虑在家里更温馨,我和其他人沟通一下就直接在酒吧办了,就不用麻烦你。"

"没什么麻烦不麻烦的。"

"行,那你回去好好和弟妹说说。"

"好。"

"我出去会儿,你们再聊聊就准备工作吧。"

"经理再见。""再见。"我们说。

他下了二楼。

"装,真能装!假正经!"青青会答应吗?真是麻烦。"他可没和我沟通哦,其他人肯定也不知道。这些人,一个样,我跟你讲。"我意识到聂培在对我说话,他坐上了空出的位置,跷起腿,向着我。

我问:"什么一个样?"

"渣。"

"一定有故事,讲讲。"

"不能说,你自己猜。"

"大概知道是哪方面。我觉得这事儿吧,换谁都一样,这主要跟人类繁衍策略有关。"

"行了你。"

聂培望了一眼楼梯。两位穿着长大衣的姑娘上来了。

我把一个托盘拉到身前,放上两个杯子,倒满柠檬水。"很有意思的,你不想听听? 为什么猫猫狗狗都有明显的发情期,在特定时候交配,而人类女性不是这样? 为什么女人的嘴唇普遍比男人丰满外翻,为什么你还找不到女朋友,你不想听听比较科学的解释?"我饶有趣味地看着聂培,果然,他问:"为啥?"

小云停下自找的活儿,说:"给我们科普一下呗。"

我说:"为什么? 不记得了。"

"靠!"

我端着托盘款款地走到落座的两位姑娘身前,说:"欢迎光临。"我鞠了一个躬,将杯子依次列到他们面前。

"谢谢。"

她们脱下大衣,显露毛衣的纤瘦。竹枝捧着杯子说:"身体好些没?"

"毛爷爷写得好:可上九天揽月,可下五洋捉鳖。"

她俩忍俊不禁。

我问:"然姐呢?"

竹枝说:"过会儿来吧,走的时候在吃饭。"

"哦,你们聊着,我练练手去。"

"好。"

叮,灯光全亮,小云打开了灯,酒吧更加昏暗。

第二十九章

十点后，我离开酒吧。秋末冬至，月色苦寒，我艰难地打校园的小路走过。我听见在钢筋里奔突飞腾的风，嗅到刺进鼻孔和领口的绣箭。树齐刷刷地倒向一边，屈服了，腰杆被折断。林子变成了魔鬼，它用吼声穿透我，再一横无际涯的浪打来，抓起并拽断我的头发，用钢叶的锯齿切割我的眼睑。我睁不开眼，弓下身，侧着头，捂紧脸，被裤脚带着像要上天。另一侧铮铮作响的几十扇宿舍窗玻璃拍着刀子的手掌，蠢动的工地上用作护栏的铁板高深莫测，令人胆寒。有一种声音，从一棵树的树干撞进另一棵树妖娆的枝叶中，狂怒而谨慎窥伺，如野兽，如鬼怪，如阴司疯狂驰过的奔马，死寂灵魂的下颚用钩爪拖挂。

说不出路过学校时为什么想进来瞧一眼，自搬走后，再没目睹路灯下的校园。站在小广场上，想将前面的公寓瞧得仔细些，然而公寓如闪动的灯盏，被光晕解构，在风里忽忽。

手机响了，是青青的电话，我没接，让它一直响着。过了会儿，电话停了，来了短信："该吃饭啦！"紧接着又来一条："风这么大，要不要我去接你啊？"

我将手机揣进兜里，坐上小广场的长椅，望着公寓。

电话又响了，我依然没接，接着又来了短信："到哪儿了，要不要我去接你？"

忽然全黑了，宿舍楼熄了灯，已经十一点了，我竟坐了这么久？

是时候回去了。借着一点月光，走到校门，门口的保安裹在黑漆漆的大衣里，岗亭没亮灯，什么都看不见。踏上校园外那条林荫道，风小了些，月光却被遮挡了。走进小巷，走上木楼，摸出钥匙，扭开门蹿进去，压上门将风和黑暗关在外面。

屋里黑洞洞的。打开手机电筒，小心翼翼踩楼梯上了二楼，我伸手搁下墙上的开关，落地灯亮了，照出房间的四个角，紫的红的暗暗闪烁——青青靠在沙发上，黑亮的眼珠子盯着我。

"晚上好，穿这么少不冷啊？怎么不开灯？"我又扭了一圈，落地灯又亮了些，照出更大的一圈。

桌子上摆着丰盛的饭菜，有我最爱的番茄鸡蛋汤和粉蒸排骨。我坐上沙发，嗅着诱人的饭味，可惜菜没了热气儿。"今天是什么特殊的日子吗？你吃了没？以后太晚的话你就别等我了。我拿去热热一块儿吃吧？"

迟迟没有听到回答。

我看向她，她穿着白绸裙睡衣，目光平静。我挨近她，说："我猜猜，今天是结婚半周年纪念日？"

她没说话。

"不是吗？难道是世界爱夫日，这个节日好！"我大叫一声，望向她，又撞见那目光，沉静如水。

我瞅准她的腰，手指戳过去，她没反应。我挠了几下，她还是没反应。平时，她会笑的。我摇摇她的胳膊问："你咋了嘛？"

"我发短信你没看见吗？"她终于说话了，如目光的温度。

"好吧，我投降，我错了，我不该回来这么晚。"我举起双手。

她把目光移到了桌上。"我在外面劳累了一天，"她说，"回来竭心尽力地做一桌美味的饭菜，饿着肚子都要等你回来一块儿吃。你总是回来很晚，没有固定的时间，于是我将饭菜热了又热，我想你一回家就能吃到热腾腾的可口的饭菜。"

我想为自己没有固定的时间辩解两句。

"其实这没什么，"她平静地说，"不必介怀，真的。你在酒吧上班，走得早，来得晚，难免客人或者经理会提其他要求。为你做饭很开心，等你回来也很开心，菜凉了为你热上，一直这么牵挂着，很开心。如果是一个人活着，总要找另一个人爱或被爱。今天什么日子也不是，我又为你用心做了一餐饭而已。你没有如约回家，可以理解。可外面那么大的风，我担心你。我给你发短信，你没回，再给你发，你还是没回，即使给我一句不用担心，我也能安心。可是你没有回。"她望向窗外，紫的红的外面，好大的风。

"不是不接你电话，有时就是电话响了，不想拿起来说。我大概知道你要说什么，问我在哪儿吧？平安着呢！也不是因为这个，可我……就是不想说……打得多了我感到烦。这样是不对，是不对。"

"我反复打，只要听到你的声音就能安心。"

"好啦，我错了，我不该回来这么晚，没给你回短信。我们先吃饭吧，好饿。"

"因为太熟了吗？你变了。"她说完，将饭菜端到了厨房，热菜。

我想岔开话题，说："我们把外面梯子的门打开吧，我要把下面的书搬上来，给池子加水，放下帷幔。"

"干什么？"

"老板要办一个晚会，问我借地方。"

"你就把我们家借出去了？"

"只用得着一楼，东西他们会出。这是老板的第一次请求，不好拒绝。"

"没什么不好拒绝的。"

"我应该给他留个好印象，不然以后什么好事儿都轮不上我了。"

"会有什么好事？你不需要其他的好处。尽了本分弹好吉他，没人会刁难你。"

"想得简单。说不字很难的，我要做长期打算。"

"是，要做长期打算，你连吉他都弹不好，歌儿也唱不好。"

"什么？"

她走出了厨房，看着我。"你拿起它，又放下它。你嘴巴上说怎样怎样，其实只是偶尔练一练，你永远在一个地方待不住，找理由把自己从困难的事情上支开。觉得这个不好，那个影响了你，根本是你自己的问题。你变了，或者是你以前就是这个样，只是我才发现。"

"我变了！我变了！为什么一定要说这种老话呢！"我盯着她，分毫不让。

"你根本不喜欢它，你以为你是天才，过两年就风光了？可以过一种自在的生活？你现在不就是在上班吗？看别人脸色，给人做牛做马，你只会屏平凡人！"

垫子滚到地上，我抓起沙发上的它扔了出去。

"耍什么脾气？"她弯腰捡起了垫子。

"是啊，我就是谁对我好我就对谁不好！"

"我以为这世界上就你不会凶我，但你不仅凶我，而且更过分！"

"你是在用对其他男人的认知审视我吗？用你初中那个，现在定亲那个？从前你对我不理不睬，后来我远离你，为什么你又来找我？现在受不了我了？"

"你太过分了！"

我也觉得过分。我说："对不起，我们别吵了。"

她把垫子捡起来，使劲拍了拍，放到沙发上。

我说："不就借用一下屋子嘛，没事儿，不喜欢不答应就是了。"

"你答应你老板前征求过我的意见吗？这可是我的家！"

她言之凿凿地说完，手指着地，挑着眉梢，灿烂的眼睛逼视我。屋子一下子好静，哪块板子在颤动，厨房里的抽油烟机吗？或者是谁的电脑转动的散热器？我该怎样回答？

"是，这是你的家，我都快忘了这是你的家。"

她向我走来。"不该你走，"我抬手阻挡她靠近，说，"走的应该是我，这是你的家，我进来没敲门。"我摸出钥匙环，手抖抖索索不听使唤，还要背对着她，阻止她伸过来的不让我取钥匙的手。最后终于用指甲把屋子的钥匙抠出来了放了桌上，我跑下楼梯，夺门而出怕她会留我——她会的，我知道。

快到五教了，她在后面跟着吧？她说得有道理，我应该反省自己。我曾经请求过,如果我做错了请她一定要告诉我,她办到了。我只想到自己生气,却把她当成没心没肝的人。她向我走来时流眼泪了,因为完成了我的请求。她不是要走,我也不是要走,我只是那样说说。惊慌起来连她都失去了平时的聪明,从后面抱住我不就行了？抢什么钥匙嘛。她务必挽留我,否则我怎么向她道歉？还没听见她叫我的名字？尾巴,尾巴！我走到了公寓外。她怎么还不挽留我？回望一眼,还是那片咆哮的树林,那些砸砸作响的窗户,外面正刮着大风呢！公寓门已经锁上,宿管已经睡下。她没有挽留我,都怪我,她平常惯着我很辛苦吧,她再留我一次,我保证不耍脾气了,这都是我自找的。今天还没给她说晚安,我要回到紫的红的暗暗闪烁的房间,或者再等等,再等等……

第三十章

宿管大爷拿钥匙将公寓大门的铁链子打开，拉开了门。风收敛许多，天灰蓝灰蓝的，想来六点了。我冲着从叠叠大楼的缝隙中露脸的鱼肚白说："嗨，今天的晨曦，很高兴见到你。"我从广场边儿的长椅上站起来走进公寓。

"哟，小炜，你昨个儿没回来啊？"宿管大爷一看见我就用他的大嗓门儿喊着。

"嗯。"我停住脚答应道。

"我说怎么昨晚怎么没见你在盥洗室泡脚呢，原来没回来。"

想不到宿管大爷还记得我泡脚的习惯。"以后您天天都能见我泡脚！"我感动地说。

"昨晚在酒吧加班，很累吧？"

"没有，昨晚有事儿。您怎么知道我在酒吧？"

"不是你说的嘛！赶紧回去歇着吧，注意身体，别累坏了，啊！"

"好呦，谢谢您。"

楼道安静，没有一扇门槛泛光。我掏出钥匙轻轻打开门，门发出拉长的咯吱声。窗帘掩住窗户，室内昏暗，难闻的味道钻着鼻孔。门边下铺床栏上的闹钟发出幽蓝的光，照出底下秦瑟的脸。

"咋这时候回来，昨晚干嘛了？"循声望去，钟顾侧躺在上铺，睁着眼。

"没干嘛。我轻点，你快睡吧。"

他翻个身，接着睡了。

我走到我的床边。下铺的齐舒四仰八叉地躺着，被子挂着四肢，露出的两脚的指头如痉挛一般蜷起。他很瘦，脸上的骨头像钢架一样把稀缺的肉架起来。萧言的呼噜冒着泡泡。凌乱的桌子上有一台电脑，没拔电源，边缘的指示灯白灼灼。

我坐上旁边的凳子。许久不见，一如往昔。我忍住睡意。等他们醒了，我是该表现得稳重、冷淡些，还是率性讲两个笑话？我抬头看自己的床铺，被子裹成一坨，我走的时候打理好的。

坐了很久，一线阳光从窗帘缝隙照进来，拨开冬天洒在屋里的迷雾，激起跃动的轻尘。手机在齐舒的枕边震动了，他闭着眼皱着眉，抓起手机摁掉了闹钟，睁开了深陷的眼睛。"噢哦——"

"我回来了你怎么发出这种声音？搞得我血脉偾张。"

"喷张吧？"

"好像念偾吧，"我继续这个笑话，"你把我当什么了？泄欲工具吗？"

"嘎——嘎——嘎。"他张大嘴扭扭身子笑了。

"你什么时候回来的？"

"有一会儿了。"我说。

"你昨晚没回来啊？干嘛去了？"

"怎么都问我这个问题，感觉怪怪的。"

"咋了，你不会在酒吧被？啧啧啧！我早知道会有这样一天。"他一脸嫌弃的模样。

"是啊，昨晚我出卖了自己一"我痛心疾首地说，"的灵魂，我遭遇了梅菲斯特，根本无力反抗！"

"逗！"他降了一口。往昔的不快已经烟消云散了，感觉真好。

"问你哦，是不是有人睡过我的床？"

"没有。你有什么好睡的？"

"干鸡毛呢？"萧言嘟囔了一声。

"嘘！"我冲齐舒噤声。

言子翻个身，又睡了。

"有人睡吗？"我贴近齐舒问。

"你有什么好睡的？"他嫌弃地说。

"不是，我的床。"

"没有。"

"欸？我记得我走的时候被子叠好了。"

"你早上哪有叠被子的习惯？"

"也是。"我记不清当时自己叠没叠被了。"上面一定积了厚厚的灰尘。"我说。

"你昨天起来那么早。"

"昨天我起来那么早？"

"六点就起来了。"

"几点？"

他又露出一脸嫌弃的模样。"你脑子有病吧？几点起来自己不知道啊？"

"昨天我没在宿舍啊。"

"我见的是鬼。"

"我们是不是很熟？"

"谁跟你熟了,神经病!"

我知道,我们是很熟了。

"我昨天没在宿舍啊。"

"神经病!"

"真的,你告诉我,"我看着他,问,"昨天我在宿舍?"

"神经病,"他推开我,下了床,拿洗脸盆,"你还是睡一会儿吧,今天没课吧你?"

"我是应该睡一会儿。"

我蹬掉鞋子,脱了衣服,爬上床。倦极了,吹了一夜风,骨头都凉了。睡去,醒来,一切便会如初,和青青和好。她会要我的。睡着吧,睡着吧。但我睡不着,齐舒的话一直锤击着我,脑中的硬铁片被弹指,更快地颤动。我爬起来,下了床,穿上衣服和鞋子。

齐舒推门进来,问:"你怎么起来了?"

"我们是不是很熟?我们是不是说过很多话?那天晚上我拿东西扔你之后,过去了这么长时间,你原谅我了?"

"谁原谅你啦?你脑子真有病。"

既然他没原谅我,我就该说对不起。"对不起!"我说,我应该感到轻松的。

"什么呀?"

"我昨天真的在宿舍吗?前天上前天呢?"

"你咋了?"他将盆放到床上,担忧地说。

"你告诉我,我昨天没在宿舍。"

"白天没在吧,白天我去图书馆了,不太清楚。"

我走到萧言床边,推推他的肩膀,他还没醒,我又使劲推了推。

"唔——"他展了一下腿,右手举起揉揉半睁的眼睛。

我望着他说:"你说,我在宿舍见到你们的第一天,有没有一个漂亮的女孩儿跟我在一起?"

"大清早的搞鸡毛啊?"萧言抱怨了一句。

我向屋外走。

"你去哪儿啊?"齐舒问。

我没回答,走出公寓,走到五教门前时,我突然想起学工办的老师还没上班。我拐弯朝校外走。

第三十一章

汽车出了城区,夏日灿烂的原野褪去缤纷,剩下铁木断枝,僵立在寒冬的苍白。天空像要塌下来。我不去小巷,我去欣欣家。我拨出电话,铃声响了一遍,没人接,我又拨了第二个。

"喂……"欣欣迷迷糊糊的声音传来。

"你还在睡觉?"

"嗯一"

"不卖面啊?"

"嗯——"

"我来找你玩吧?"

"好。"

"今天就来。"

"今天算了吧。我初中同学来了,昨天玩到半夜,累死我了。下午我妹妹还要过来,过两天吧。"

"妹妹?"

"不是青青,一位远房的表妹。"

"那不是正好,咱们一块儿玩儿。"

"你又不认识,别搞笑了。"

"没关系啊,她认识我不就成了,你别说初中还有不认识我的人。"

"哼哼,人家不认识你。"

"好吧。"

"没事我挂了。"

"唉,我和青青闹掰了。"

"哦。"

"唉。"我只能叹气,我就想有人和我谈着这件事。

"等你来找我的时候,有什么伤心难过的事尽管给我说。"

"唉。我请你吃饭吧。"

"行啊,我先补会儿觉,再说吧,我挂了。"电话里没了声儿。

我已经在路上了。

接近中午，汽车抵达村子。下了车，我沿街走，进了欣欣家旁边的面馆，打算避过午饭时间，没提前打招呼就在这时候闯进去似乎不妥当。系着围腰的光头老板和挎着钱包的老板娘坐在进门的凳子上，老板认识我，一见面就打招呼："这不是那个一旁边做面那家的吗？"

"是啊，您好。"

我坐上他们后边的凳子。

"中午过来吃面啊？"老板娘说。

"嗯。"

"吃什么？"老板问。

"牛肉面吧。细棍棍。"

"好嘞"

"去买细棍棍。"老板对老板娘说完，又转向我，"没有细棍棍了，刚好离你们近。"

"那换一个吧。"

"马上买来就好咯。"

"没事儿，就要二宽。"

"行。"他进了后厨。

过了会儿，面上来了。慢慢地吃，吃完面结了账坐一坐就到了一点。走出面馆，走到欣欣家门口，这边的面坊开着，还在营业。我踏进门，看见坐在面柜后面的玉宝，他一见我就说："多可惜啊，青青姐刚走。"

青青来过，又走了！

"哦哦。"我答应两声。我和青青的事连弟弟都知道了。走进里屋，听见后院的炒菜声，我站在通往院子的门口向阿姨说："阿姨好！"

"尾巴儿啊？"她转身看见我，又高兴又意外，说，"来怎么不提前说一声，中午都没做什么好的。"

"我吃过了。"

"你吃过了？"

"嗯。叔叔呢？"

"有事儿出去了。你真吃了？再吃点儿吧。"

"吃了。阿姨，您忙您的就行。"

我坐上沙发，熟悉的格局，一点儿没变，沙发前有桌子有电视。我还是来早了，他们还没吃午饭。玉宝走进来，坐在我旁边玩手机。"哥，"他说，"大学好玩吗？"

"你也去试试就知道了。你姐呢？"

"出去玩儿了。"

"你青青姐来过呀？"

"嗯。"

她来了欣欣家，这不是我臆造的。她昨晚和我吵架了，她是放在心里的，她一个人无法承受，需要欣欣陪她。我突然高兴了起来。我立即给她发过去一条短信："你在哪儿呢？"

我向她妥协了。

很快，她回了过来："家里。"

家里。她回了短信。我分外轻松，她回家里了，昨天的不快已然冰释。

"珊珊和袁满呢？"我问玉宝。

"跟着姐出去玩儿了。"

"袁玉宝，打电话叫你姐姐回来吃饭。"阿姨喊。

"我打吧，你去外面看着。"我说。

我拨出号码，通了："喂，欣欣。"

"又干嘛？"

"阿姨叫你回来吃饭。"

"啊！你在我屋里！"她就像被踩到了尾巴。

"哈哈哈。"她万分惊讶的声音真有意思。"是呀！"我说。

"你疯了吧？"

"哎呀，你妈叫你回来吃饭。"

"哦。"

我挂了电话，冲阿姨喊："阿姨，欣欣说我疯了！"

阿姨爽朗的笑声传来。"学校伙食不好吧，我看你都瘦了。"阿姨问。

"还好吧，有钱就能吃得好。"

"有没有钱也不能在伙食上委屈自己。"

"不会不会，吃得挺好的。好久没来看你们呐。"

"前两天你叔叔还说想你呢，这娃儿一跑就不回来，想叫你过来吃顿饭。"

"是想回来，但忙啊，课业重，忙死了。"

坐了许久，欣欣他们还没回来。我走到外屋，站到袁玉宝身前，问："你青青姐什么时候来的？"

"好几天了。"

"好几天？不是今天来的？"

"嗯。"

"来了又走了？"

"没走啊，刚和姐姐出去玩儿了。"

"出去玩儿，也没走？"她来好几天了，她现在没走，没在家。

"早上你打电话来的时候，青青姐说不好意思见你，她叫姐姐别告诉你她来了。别说是我说的。"

"哦。"她不好意思见我，她不见我。"我先走了，你给你姐打个电话，说我走了，以后找她玩儿。"

"你回去啊？"

我走进里屋，对阿姨说："阿姨，我走了。"

"才来怎么就走啊？"

"学校有急事儿，拖不得。我走了，阿姨，以后再来。"

"路上小心点儿。"

难怪等了这么久都不见人回来，她们合起伙来骗我，欣欣说昨晚陪同学，青青说她在家。现在必定进退两难，必须回来吃饭，又不愿陷入谎言被揭穿后的窘境。青青她不好意思见我，难道我就好意思？我还是离开吧，回学校，什么也别想了，起码让人家安心回来吃饭。

村子狭小，我怕撞见她们。我穿过街道，钻进田野，下到土坡的另一面，顺着土坡一直走。广袤的原野一片荒凉。她们会不会从房子中间的小巷瞧见我？瞧见我在大冬天脱下外套，抱在手里，望着冻硬的土地踽踽而行？她们远远地朝我大喊一声，默默在街上跟着土坡下的我，我却一直走着，不理不睬？她们会奇怪我究竟要去哪儿呢。我饿着肚子，他们不知道从昨晚开始，我只在中午在欣欣家旁边的面馆吃了碗面。她们俩合起来骗我，现在如何给我交代？自然咯，青青是欣欣的妹妹，姐姐只是为妹妹撒了个小谎，而青青只是说她在家，谁也不必交代。青青不会见我了吗？我这么走了，欣欣知道我的难过和决绝吗？欣欣会不会打电话约我来她家？接还是不接？我装作不知道她们骗我，接到电话后故作开心而责怪地说："大忙人，终于有时间了？"如果她识破我的姿态，我就说："这种事情有什么嘛，人生总有两三次。"其实我也羞于见青青，你把顾虑直接告诉我就行，不是不讲理的人啊！我上一辈一定是偷了你的银子，所以这辈子你让我这么痛苦了。要不要见你，当作你没骗我，我什么都不知道？要不要发短信继续烦她？不要烦你，不愿见就不见吧，不再见。一语成谶，把你写进我的歌里，小说里，也许几年后，全世界都听见、看见了，你也就听见了。让她知道分别多年，我还在想她。待会儿欣欣会打电话来，青青在旁边听，我安若平素，只是语气显得颓然，她会心疼我的吧？我应该和肖雨婷绝交，可这不公平，不关她的事。根本不关任何人的事。可是啊，可是这一切都不重要了，因为她是袁青青，她不是青青！

村子被抛离很远了。我说要请欣欣吃饭就一定要请。人必须言而有信，她才不会当我小气。我给欣欣发短信说："晚上请你吃饭，你来城里吧。"

她没有回。我坐下来，捡起地下的土块儿，向原野扔了出去。土块儿被风吹得飞出许多碎屑。小时候，傍晚时，镇里的人都来河边。我们一群孩子，翻开石头，下面爬出一种虫子，它会放出臭不可闻的气体。有人说，有些石头里，有死婴，那是人家生完丢弃的孩子。我蹲下来，翻开脚边的土块儿，里面没有虫，也没有死婴，只有冻硬的土地。我又发了条短信："你不要放在心上，我要回老家、回小城了，这是我的饯行宴。"

她欺骗了我，但是不必放在心上。

欣欣没有回。小时候，我在河边捡些模样漂亮的白色小石头，拿回家用罐子装着。罐子呢？捡到它的人会将里面的石头倒出来扔掉吗？我爱在河边挖些小沟，把水往岸里引。她没回短信。吃饭的时候，我要问她："早上我给你打电话的时候，你们俩在一起，是不是觉得我很搞笑啊？""不搞笑啊。"她大概如是说，可她禁不住笑出来。她应该不会来了，那我就点一桌菜，有巫山烤全鱼、川椒嫩牛柳、辣子鸡、粉蒸排骨、宽板凳九宫格，再拍张照片发给她，告诉她："你今天实在太过分了。"可我实在不该怪她。

没有屁爬虫，没有死婴，没有白色的石头，没有河流。我站起身，拍干净手，不能等了，我拿出电话，给拨了过去。

"喂。"是个沙哑的女声，不是欣欣。

"喂。你是？"

"我是袁琴，她妹妹。你是哪位？"欣欣上午说的那个表妹？我脑子真要乱掉了。

"我是她同学。袁欣欣呢？"

"她在睡觉。"时间已经过去很久，她们吃完饭了，正在休息。

"哦。麻烦等她醒了告诉她晚上过来吃饭，你一说她就知道什么事儿了。"

"好的。"

"谢谢。"

"不用。"

"拜拜。"

"拜拜。"

她在睡觉。我往回走，天色不早了，我待了一个下午。回村子赶车回城里，否则今晚难免露宿街头，这里可没有学校小广场的椅子给我坐。我觉得倦极了，阵阵冷风扎来。

从原路返回，过了许久回到村里，到了街口车扎堆的地方，司机们坐车里，蹲路边，抽烟、咋呼，与女人调笑。我确认似的给欣欣发了一条短信："记得晚上来吃饭。"我蹲在某家屋外的坝子里，将头埋进臂弯。

手机响了，是欣欣回的短信："太远了，不去了，我妈已经在做饭了。"

"你开车来啊，自己开车很快的。我马上回小城了，下一次再见不知道是什么时候。"

"那我要把我妹妹带来，袁青青和袁琴。"

"不，这是我请客，为我的饯别，不让她们来。"

"我不能抛下他们不管。我来，她们就来。"

我把手机揣进兜里，实在太累了，坐在地上，闭上了眼。

手机震动了。"要去就我们三个人一块儿。几点？到学校？"她在信息里问。

"怎么样？"她又问。我也不知道怎么样。

过了会儿，手机又响了。"我妈已经做好饭了，不去了。"

我赶紧回过去："别呀，开车带她们一起来。"

好一会儿，都没见回短信。绝好的机会，都怪我，自己作没了。她一点儿也不知道，其实我早早地到了村里，在她家隔壁吃了碗面，直到此刻我都还在村里。刚好趁此机会全然摆脱，不再来往，这辈子不再见了，是否请吃饭也就不重要了。下定决心了吗？嗯，别想了，就这样。

我起身向车堆里走，却忍不住拿出手机，给欣欣拨去电话。

"喂，过来吃饭吧？"

"还吃什么啊？刚才发了那么多短信你不回，我妈已经做好饭了，我妈说太远晚上开车不安全，不去了。"

"真的不来啦？过来吧！"

"不去了，我们都准备出门了，你很久不回，不去了。"

"真的不来，过来吧！"

"不。"

"那我就不劝咯。我过两天就回去了，也许好几年不见耶！"

"有什么嘛，一生那么长，"她笑了，"再说我们以前不也那么久没见了？我要吃饭了，再说吧。"

她挂了电话。我的嘴巴太笨了！准备的说辞呢？一生很长吗？也许进个电梯会摔死，过马路被车撞死，走在巷道被楼上莫名其妙掉下来的电视砸死！

"走不走？"一个司机问。

"不走。"

会散场的，哭过笑过的人会离开，愿意在他面前下贱的人会离开，或许是他们先走，但会有自己一个人拖着箱子远行的时刻。会有某天不知道该不该给曾经熟悉的人发短信的时候。女人嫁作人妇，男人嫁作丈夫，会抱上孩子。会在某天黄昏无所事事时感叹一句："多可惜啊！"却不知道可惜什么。筵席上言笑晏晏，从什么时候开始不再询问对方的电话号码？大概懂得生无所系，终是萍水相逢。

手机震动了，屏幕显示云姐的名字，我没理，任它响着，过了一会儿停了。手机震动，屏幕显示经理的名字，我干脆地挂断。经理又打了一个，我再挂断。QQ，卸载，微信，卸载，所有的社交软件都卸载。我已经为人与人之间的关系孜孜以求了太多，我应该静静，品味独行的乐趣。既然我们被手机异化，成为工具的奴隶，想要回归人的本质，从切断对手机的依赖开始。我翻出手机通讯录，付雨茜，删除，贾老师，删除，经理，删除，聂培，删除，青青——我按按有些疼痛的眼睛，天空接近清明的颜色。这两个字的结构多么瘦劲、漂亮，体态多么温婉、潇洒，我忍不住叹口气鄙视自己，人家已经表示得明明白白了，还犹豫什么狠心——按住，删除。袁珊珊，删除，袁玉宝，删除……从a到z，从头到尾，通讯录变得干干净净。当初怎样一个个加上，如今便怎样一个个删除，我感到悲凉，也感到爽快，算是一个圆满，一次轮回。往后我要拒绝得知和记住别人的名字。判处我在地狱的沟谷被马的缰绳拖行，拽住的手都不会是我想要的。

经过一家服装店，我在这里买过两件衬衫，店掌柜是个阿姨。过来阵儿，经过一家面包店，我记得曾在这里买过一个小蛋糕，甜甜的。我走到了面坊门口，拿出手机，第一条是我发给欣欣的，第二条是青青给我道的晚安，从下翻到上，从尾翻到头，从来只有我先发给她，她再回给我的晚安。我给欣欣发短信："我来找你玩吧！"

"哦"。简单的回复，没有标点符号。

短信删掉，全部删掉。

面柜已经收了，我走到了里屋门口。她们都看见我了，青青的面容一晃而逝，她转身进了一间卧室，欣欣跟着她进去了。我依然看清了，袁青青化妆了，脸白眉黑，穿蓝色羽绒服，脖子上挂着项坠，不是北斗，是心形的。沙发上坐着弟弟、妹妹，还坐着一个方脸挺鼻梁的女孩儿，穿着绿色的花格衣服，她抬头看了我一眼，接着逗着怀里抱着袁满。

我走进去坐到玉宝旁边，珊珊叫了一声哥。我冲她笑笑。

"叔叔阿姨呢？"我问。

"打麻将去了。"珊珊说。

欣欣从卧室走出来，脸上白扑扑的，穿着灰色大衣。"刚发完短信就到了，来得挺快。你是不是一直没走啊？"她坐到另一边的袁琴身旁。

"是啊。"我笑了两声。

"你真好玩。"

"嘿嘿。"

"你来想做什么？"

"玩儿啊。"

"有什么好玩的，不如早点回去睡觉。你来来去去真舍得花钱。"

"我们来打牌吧。"

"打什么牌？"

"斗地主！"

"斗地主五个人怎么来？"

"五个人来玩干瞪眼！"珊珊提议说。

"我不玩。"袁琴捏着袁满的脸蛋儿，拒绝道。

"来吧。"玉宝说。

"来吧，姐。"珊珊也劝道。

"孩子怎么办？"

"你抱着，抱不动了给我。"

"我不会。"袁琴说。

"我也不会。"我说。

"我教你们，"珊珊说，"第一个人随便出一张牌，逆时针一个接一个，后面的人出的牌必须比上家大一个，直到这一轮所有人都接不上了，最后接上的人重新出牌。"

"先试玩一把。"欣欣说。

"要两副牌。"珊珊从桌子底下拿出两副牌合一起。搬来三个凳子，五个人围着桌子坐着。试玩了两把，大家渐渐上手了。

"罚什么？"

"扇耳光！"我说。

"谁提什么就罚他什么。"欣欣说。

"喝水吧，"玉宝说，"一次一杯，不准上厕所。"

"可以。""嗯。"大家赞同了。

"那我先上个厕所。"我跑进后院，上完厕所又出来，做好万全准备。

"叫袁青青一块儿出来玩儿吧。"我说。

"她不想出来。"欣欣说。

"以前她可没这么害羞啊。"

"好几年了，人会变的。真搞笑，一直准备走，一直没走成。"欣欣说。

"为什么？"

"七月份她又回老家准备婚礼，上周才回来。她爸前天说来接她，我们在屋里等着，结果没来。昨天又说来接，又有事没来。你可别骚扰我妹妹！"

"我没骚扰她好吧？不是说订婚了吗？什么时候结婚？"我们开始摸牌。

"快了快了，年底吧。"

袁满抓了桌上两张没摸的牌，袁琴抢回来放了回去。

"对象到底是谁啊？"

"以前三班的，刘楷。"

"哟，跟我从前一个姓，还是我本家。有点印象。"

"嘟个，要去喝喜酒唠"

"看吧，去得成就去。婚礼在哪儿办嘛，老家还是这边？"

"老家的个。"

"叫她专门给我发张帖子，安排在贵宾席。"

"大爷哦你？"

"对了，我不用送钱吧？"

"嘟个不送嘞？还要多多地送，不带一万不让你进门！"

"啊？"

"啊啥子啊？不送钱还想去喝酒？"

"这么久的交情了。"

"交情久才要送得多噻。"

"靠，祝婚礼没有一个人参加。"

"打死你，乱说嘛。你要回老家了？"

"决定回去了。"

"为什么？"

"想家了。走的时候会告诉你们的。喂，"我冲着袁青青躲进的卧室喊，"不要害羞啦，都成年了！"

"不准欺负我妹妹！"欣欣说。

"哪儿欺负她了嘛。"

"你越这样她就越不出来。"

"那你到底是想她出来还是不出来？"

"哥就是想捣蛋。"珊珊说。

"调皮得很。"玉宝说。

袁满又抓了两张牌。"让她抓吧。"我说。

大家玩得都很投入。这时,我又输了一把,大家闹起来:"喝水喝水!"

玉宝拿我的杯子到饮水机前接了一杯水,我咕噜噜喝下,想快但快不了,我望着杯底慢慢变高,水点点减少。"太慢啦!"我又加了把劲儿。喝完后放下杯子,打个嗝儿,开始下一局。这时我突然想起一件事,我说:"边打牌边听我讲两个故事吧。"

"不听。"欣欣果断拒绝,大家听故事的兴致也不高。

"不行啊,我必须讲,我答应过的。初中班上那几个男的给女生放春药那件事记得吧?"我大声说,想让袁青青听见。是的,我答应过青青的。

"记得啊。"说。

"放春药? 哥,讲讲,讲讲!"玉宝说。

"有一次,班上有几个男的给女同学杯子里放颗粒样的东西,我看见了,还听见他们说是春药。我告诉那女同学不要喝,当晚那几个男的就被班主任叫去狠狠揍了一顿。去年我遇见另一位初中同学,他不无兴奋地给我讲,我才知道,原来那些人还给我下过药。他说他们在后面看我抱头枕在胳膊上,衬衣都敞了一半。他还说他们给彭老师下过药呢! 彭老师,我最喜欢的语文老师,说她面色潮红地贴着讲桌。我自己的我记不得了,但似乎有那么点印象,彭老师有时候感冒似的脸贴着桌子休息。你还记得吗?"

"妈呀!"大家吃惊不已。

"我现在想把他们打一顿。再给你讲一件事,有一年我爸的几个兄弟带着家人回小城,开车带上我出了城向农村走。那里可不像我们小镇那边,我们那边起码有国道经过。我只记得那山很深很深,走了很远很远。车子从林子里拐到空地里的一户人家,有人在门口迎接我们,一个瞎子——他之后替我爸算了一卦,一个拐杖婆,还有许多胡子拉碴的男人。他们犹如老友一般互相握手,坐下交谈。我自然同同来的孩子到处跑咯。我们在狭窄又潮湿的巷子里穿来穿去,穿到某一处,尽头的土坯墙间有一扇黑色小木门,门被铜锁锁上了,可里面有光。我和同行的一个小女孩儿透过门缝往里看,一个女的躺在屋角的床上,一个几瓦的灯泡挂在床边,灯泡下背对我们佝偻着一个人。灯泡太暗,或许也因为时间太久,我不记得那个女人的模样,我只记得她肚子上高高隆起的黑棉被。同行的小女孩儿还说呢,'哥,她吃太饱啦!'什么嘛,其实是怀孕了。他们敬酒、互捧,用过气氛热烈的午饭就离开了。回去的路上,听他们讲,我才知道他们是来接一个女孩儿走的,可她怀孕了,比我还小,被锁在后屋当配种的工具，也就不管不顾了。你们知道那女孩儿是谁吗？是我奶奶的——姐妹一的儿子的女儿，能理解吗？"

"堂妹。"

"对，堂妹，跟我从前一个姓，我们奶奶那一辈人都是好大一家子。她妈早跟人跑了，爸爸好吃懒做，又爱赌博，不成器，把她卖给了那个会算命的瞎子当老婆。"

"那她现在呢？"

"不知道，大概在洗一大堆别人的衣服，或者在生另一个孩子，就在这一刻。"一时没人说话。

"我想把买她的那家人打一顿。"弟弟突然抡起胳膊。

"我以后会把她接回来的。"我大声喊了出来："放心好了，别担心。"

"不来了。"又打完一局，袁琴放下了牌说。墙上挂的钟表已经显示九点多了。

"很晚了，散了散了，我要回去了。"我说。

"还回什么啊，就在这儿睡。"

"明天还有课，现在学校查旷课查得可严了，我要赶回去。街口那边应该还有车。"我站起来。

"我们送你。"

"不用了，我自己回去吧。"

"走吧，走吧。"欣欣硬要跟着。

珊珊和玉宝也站起来了。"妈！"满满突然嚎起来，"不！"

"妈妈送一下叔叔哈。"欣欣说。

"什么叔叔啊？哥哥！"我说。

"瞎说。"

满满依旧嚎着，她一直不喜欢我。

我对珊珊和玉宝说："你们俩凑什么热闹，照顾满满。"

珊珊哼了声。

我冲袁青青躲藏的地方喊："喂，我走啦！"

欣欣抗议："不准欺负我妹妹！"

我们走到了面坊外面，呼呼的风刮过来。

欣欣问："你知道昨天是什么日子吗？"

"什么日子？"

"青青的生日。"

"生日，又是生日，是啊，生日！难怪！我应该知道的！高中的时候我问过她。"

"不对，初中的时候你就知道了，你还送过礼物呢。"我心里堵得慌，难怪昨晚我回去晚了,她会生气。

"瞧你的记性。你爸妈生日记得吗?"我爸妈生日,是什么时候?

"说不出来了吧?"

"不对,不对,说得上来……"

"你知道她为什么不好意思见你吗?"欣欣说。

"就是不好意思吧。"

"因为你天天晚上给她发晚安!"

"哦。那她天天回得也挺准时的呀!"

"所以才不要见你。"

"可能刚去学校那会儿,人生地不熟的,所以把心思寄托在她身上。以后不会了,别人烦自己也烦。再也不会了。"

"对了,青青说她没接到你。"欣欣说。

"嗯?"

"青青今天跟我说,你去学校的时候,她没接到你。"

"哦。不重要了,我进了学校,还过得好好的。她的订婚信物是不是一条心形的项链?"

"你怎么知道?"

"一掐诀就算出来了。挺漂亮的。她喷的是林中屋的香水。"

"你又知道?"

"我闻到啦,那么浓。可是我喜欢淡一些的。"

"狗鼻子!"

"中午的时候,我不走的话,你们俩是不是就不回来了?"

"不会呀,我们已经在回来的路上了。"

"虽然我没表现出伤心,但你也不能这样开心啊!"

"我一直都这样开心,你又不是不知道。"

"真没心没肺。以前你多客气。"

"我们现在熟了嘛,亲如一家,哈哈哈。她说她喜欢的人在她心里。过去的事情就忘了吧。"

"我知道了。走了。你帮我转告祝她生日快乐。"

"你上学别太累,脸色好差,感觉老了好多啊。"

"太好了,终于开始老了,别人就不叫我小孩儿了。昨晚没睡好,吹了一晚的风呢。走啦。"

第三十二章

这不是车站,只是平常车扎堆的街口,现在只有一点火光抽着烟头的静默。

火光探出了车窗。"进城进城咯!"原始的沙哑高亢。

高高的黑影停在火光的前面,没有回应。我超过黑影,绕到另一边,钻进面包车。车里的灯亮了,像一束打火机,照出司机光光的后脑勺。

"到城里多少钱?"黑影硬从喉咙里挤出哽咽,飘进车里,可怜得好听。

"五十。"

她跟着进来,紧挨着我坐下。

"少点吧,"我说,"半夜搭俩人不错了,您也是急着朝城里赶吧?"

"五十还多呀?"

"四十,就这样。麻烦您把烟灭了,车里有姑娘。"

"没关系。"低沉而忧郁的姑娘。

"再抽一口。"司机使劲吸了一口,把烟扔出了窗。"不等了,走。"

摇篮一声嘤咛,摇晃起来。我想看窗外的夜色,窗玻璃却映出那个姑娘,白色晚礼服的下摆像荷花一样层层而饱满地盛开了,垂下的头掩进发丛。

"谢谢。你住城里吗?"垂着脑袋的姑娘在对我说话。

"嗯。"

"哪儿啊?"

"随便哪儿。"

"我也是。"

回答叫我意外。那是我常用的说话方式。

"你上车前停了一下,很害怕是吗?"

"嗯。很害怕。"

"你为什么不坐副驾驶?从我们开始作案以来,不坐副驾驶的,你还是头一个。"她抬起头了,露出一张泪意盈盈的脸,窗玻璃里,惊愕在搅拌疲惫。

"给家人里发条短 信告别吧,我们不留活口。"

她颤抖了,像初入笼中一样环视一周车棚。"哈哈,"司机师傅笑道,"别吓人家姑娘了。"

她望我一眼，挪到座位另一端。

"到城里哪儿？开远了要加钱。"司机说。

"宜远工业大学。"我说。

玻璃鲫个姑娘又垂下头，披散瀑布。

"你去哪儿？"司机问她。

"跟他一样。"

"挺赶巧。"司机说。

她还要这样跟我玩儿。

我抽了一下鼻子，说："给你讲个故事吧。如果我不是看猫咪打滚儿，不是跟着猫咪瞎跑；如果不是女孩儿从教学楼走出来时，忽然感到世间的孤独，或许有其他原因促使她戴上耳机一这不重要，没有什么事情重要，只有一件事重要：女孩儿被我撞倒了，我扶起她不停鞠躬致歉，我在道歉抬头的一刹看见她的侧脸。是她，不是被我撞倒的女孩儿。太多的巧合，之前不可推测，之后不能重演，唯有在心里和纸上通过千万遍斟酌复述时，才会觉得，这世界，有我专属的幸运，也有我专属的不幸。"

她没有反应，依旧低着头。

"拨起吉他，奏舒伯特的小夜曲，这重要的章节，你要当一首歌听，一首诗读，我缓慢地、忧郁地讲，尽管冗长，可夜，正是好时光。云散了，月光，出来了。"

"你记得第一眼看见这个世界的情形吗？我原本忘记了，刚想起来。我在小镇屋子外的街上跑。画面凝固，以第三人称的角度呈现，像有另一个我，蹲在那条凝固的街道、凝固的身躯之下仰望我自己，咧嘴、眯眼，一条腿站立弯曲，一条腿抬起向后、脚尖朝下，身体倾斜，向站立的腿的方向。那一刻之后发生了什么？那一刻有什么意义？为什么是那一刻？没有意义，也许它是臆造的，记忆不可靠，你咨询检察官就知道了。"

"一辆颠簸的车行走在茫茫的原野，四个轮子圆了又扁，扁了又圆，车灯照不到的遥远的地方夜色流荡，像一个童话，没有终点。瞧，虚无扒上车窗，给我们看他的侧脸，褶皱像青年的骨骼。其实我是个精神病人，生活在精神病院，癫狂发作，被医生护士用皮带捆在床上，他们冷漠地拿电击器按上我的胸膛，我感到痛苦，幻想了这个世界，享受悲欢离合，过正常生活。其实不是，是我在将被点击的那一刻，脑子突然通了，意识到自己是个精神病人，癫狂发作，将受到电击，于是流下眼泪，产生幻想。"

"这是第四个年头，是思念开始衰退的年头。我从没问她为什么能毫无阻碍地带我进学校，没问她为什么不照看服装店生意，从不想结识她的朋友。悲惨，悲惨啊，被自我抓住渴望，造出美的幻象，用合情合理或者荒诞不经的东西提醒我某些事情，真实的？编的？我不知道，连过去的真假也分不清了。永远活在幻境之中也挺好，可偶尔会挣扎，不允许也没办法，就像腿筋难得但总会抽抽一下，总会。再也不想经历离别，我已经在宜远，在我认为最挂念的地方，我不想继续寻找乐意收留我的人了。活只是一个梦，死才是醒来。自杀是唯一的出路，活不到二十五岁了，那最美丽的年纪。"

"我还年轻啊，春天读高三，冬天就要死，水云无迹不如狗，尸骨漂流无人收，难免伤感。不知道死后究竟是个什么样。梦想还没实现，我觉得自己努力过，却没有在这条路上流汗，流泪，流血。有钱人轻松办到，可我没有钱。上完学，奔波求职，上班下班，人家教训你，你却要恭敬领受，电视电脑，晴天雨天，与不爱的人和东西相处一天甚至一辈子，真的很难接受平庸的自己，不是平淡，我喜欢平淡。你可能还不理解，再大些你就明白了，那是人生第一次也是最后一次彻彻底底地败北。可那真的是我的梦想吗？"

"我并不平庸，独特在于嗜血。其他的我不担心，无边的忧愁是自己的，剜心的疼痛是自己的，抠指甲的乖戾是自己的，一辈子一个人。可嗜血不仅仅是自己的。独白冗长叫人厌烦，琴弦开始跳动，钢琴、小提琴加入进来，乐章到了高潮的中段。你看，月光明亮，染白尽头错落的山峰，人们遗忘彼此在这辆一直向前向前的车里，在空旷的原野，在永恒的夜，时间之外。我抑制不住嗜血的渴望了，一说到死我就感到兴奋，不管是别人死还是自己死。有一次在公寓到澡堂的路上，旁边有个网球场，一个同学正在练习挥拍击球，因为想要发力，球被击飞撞到球场围栏上。有三个女生迎面走来，其中一个高高的可爱的女生张开臂膀迎着微风向朗朗晴天吟诵：啊，风把羽毛球、不，网球吹起来了。我情不自禁笑出声。错身后，我想那个女生应该听见我的笑声了，忍不住回头看，结果刚好她旁边那个个头稍矮的女生也回过头，我只瞥了一眼，隐约听见她骂傻X。你听仔细了，我将把自己最邪恶的一面解剖给你看。去浴室途中，到浴室之后，甚至洗完了澡，我不停地想，她在骂我吗？她在为那个女生出气？我想，如果当时听得再清楚些，我就要叫她们站住，站到那个女生面前，问她是在骂我吗，要她道歉。我问她凭什么骂人，我是在笑你同学吗，也许我是觉得那个同学挥拍很好玩儿。这当然是扯淡，我是在笑她同学，但我没有嘲笑的意思，她在明媚的初秋迎风张开臂膀陶醉地说了那番孩子般的话，让我觉得她和这个世界都很美好，我很开心，笑了，就这样简单。那个女生不道歉，我开始揍她，踹她的肚子一脚，这件事以后一定会被人知道，我会解释说我没有不打女生这一条。那俩女孩儿来劝架或者帮她忙，我连她们一块儿揍，一耳光扇过去，再一耳光，一脚踹过去，再一脚。过了两天她们带班上男同学找到我上课的地方，戴眼镜的女生向着她的同伴手却指着我,她已经把嘴唇咬出血了,憎恶我,脸皱得像个老太婆。我走出教室到了走廊。明显带头的男的虎着脸叫我道歉,我说如果我不道歉呢。他们攥紧拳头冲过来,人多势众,虎虎生风。我喊停,说好吧,我道歉,你过来一点。那个男生走近了,先下手为强,后下手遭殃,我迅疾抽出佩在腰间的小刀—我早料到会有这一天,早准备好一切——一刀从他手背插到手掌。从他手背插到手掌,他恐惧地叫唤,血流如注,大家尖叫着后退。然后到了法庭,我在这样为自己辩护:我已经估计到他们会找我麻烦,他们人多势众,那个女生受了严重侮辱,我开始时拒不道歉,他们已经冲过来了,这样一群人,刚下手可能会有分寸,但打着打着就会陷入集体狂欢,越打越快乐,把我打死是铁板钉钉的事。既然他们已经使用强力把我置于他们的掌握之下,夺去了我的自由,无论他的借口是什么,我并无理由认为,那个夺去我自由的人,在把我置于他的掌控之后,不会夺去我的其他一切东西,在一群人发疯的情况下,包括生命—这不是我的观点,但我不记得是哪个混蛋说的了。所以我提前出手,以对方一只手掌的代价规避这种后果。法官可以说我防卫不当或者故意伤害,我只能说,审判是他们的,防卫尺度由当时的我把握。不知道法官会不会采纳这种意见,其实,如果我有枪,我应该直接毙了他们。不行,这件事我得去问问李学姐,她是法律的研究生。但那三个人已经走了,没有我想的揍了他们后她们带人过来揍我的事。我知道了他们在哪儿,找到了他们教室,先敲门,上课的老师问我有事儿吗,我说找一个同学,老师很生气,我径直走进去,拉住那个女生的衣领将她拖出来,要她道歉。她不肯,于是我揍她。就是这件事,没明白我要告诉你什么是不是? 因为我尽量淡化血腥,将过程浓缩成'揍'这样简单的动词。我应该透露一些,只一点点:我把她打到奄奄一息,抓住她的头发将她拖到操场,血迹像一条通往献祭的地毯,谁制止就捅谁,而我自己却在瑟瑟发抖,因为兴奋,我忍不住渴望了,我舔自己的嘴唇,像吸毒的人渴望毒品,颤抖颤抖,疯狂疯狂,呼呼喘气,脸上带的表情,普通人一看到就会恐惧得尖叫,她真的尖叫了,但没人救她,继而边尖叫边向后缩,我抽动腹部发出嘿嘿嘿的笑声,牙齿如加粗的钢锯切入她的腹部,像切一个西瓜,倾斜地,一上一下,听她在痛苦中降低声音,最后剩微弱的气息,我喝一口血,舔唇边的血,将自己的舌头也咬开一个洞,我感到满足,叹息。我会用斧子一片一片地削掉她的手臂和大腿,用各种方式折磨她。玩够了,就把棍子一样的身体种在图书馆前面的苗圃里,只露出一个头,拉屎给她吃,浇尿给她喝,不饿不渴,成为活的养料。那些花根茎争先恐后植入她的血肉,蠕动,发声,有刺,让她很疼,可她的喉咙只能艰难吞咽一次,因为它们已经占据了气管,它们自己一年比一年长得好。我反驳说斧子这个工具太笨拙。我支持说那样才有意思,削到一半削不动了,换一片肉重新来,没事的时候把没削掉的揭开。我反驳说这样肉块不均匀,毫无美感。我考虑再三,同意这种说法,决定换菜刀。我又反驳说没法儿活着种花,得等尸体发酵,我支持说只要想干就会找到解决方法。"

"就是这一点,当晚我把这些想法记在纸上,一遍一遍地读,越来越恐慌。这就是过去留在我身上最可怕的东西。还有,折磨她的时候,我知道有一台摄影机对着我的正脸,未来将播出给所有人看,它只让我感到愈加兴奋,愈加想要展示残忍,也许这一点预示了什么,但目前我分析不出来。直到给你讲这个,我还觉得小腹有种酸意和爽快。你很害怕我是不是? 我们被抛掷到这个世界上,没征询我们的意见,孤苦伶仃,稀里糊涂开始,稀里糊涂到了现在。那些人在我们懵懂无知的时候不负责任,为所欲为,我们被他们完成,记得或忘记的又被过去诅咒为虚无。我以为自我是一扇流动的大门,我不停往里面添加好的东西,到头来发现自己什么也做不了,做不了选择,做不了决定,一切已经被过去注定,连这种为之努力和做不了也是被注定的,那种突如其来的东西,就像命运,只可听凭他掌控、指使。"

"但这些都不该成为放任自我的理由。幸好我初中遇到了一位好老师,她待我很好,送我许多书,我开始观照自己,幸好我读了文科,读了中文,崇敬那些言语里行之于世的慨然正气、志存高远,遐想行到水穷处坐看云起时的潇洒姿态,拿把西方的手术刀解剖自己。否则谁知道我现在是不是在坐囚车呢? 我偶然具备了这样的条件,偶然讲给你听,可其他人怎么办啊? 如果你上过学,你就知道学校教的东西多么片面,人家才不管你成长什么样。我有病,我知道,我试图自愈,看吧,我和其他病人不一样。可有一个问题无论如何也无法回避:如果有一天我抑制不住对血的渴望呢? 被某件事刺激,被突如其来的东西控制,真的做了那样的事该怎么办? 悔恨不会有用。无论我觉得怎样了解自己也没法回避这个问题。我以前从不说这样的话,可见我是累了,累了就完了。"

"脑子嗡嗡作响,鼻子湿湿润润的。你为什么不理我啊! 跟我说说话吧,即使你骂我,说我胡说八道也好啊! 我把所有事情都告诉你了,我喋喋不休,你一定不能嫌我烦,时间什么都办不成,但可以检验我是朋友,至少,是个好人。活着就要忍受屈辱,这一件件的事,哪里讲得出? 讲得出,我又向谁说呢? 我完全向你坦诚,这一刻,你是我的救主。可现在你要是真说话,我宁愿聋了耳朵,不愿意听下去了。"

"嘘,请停止你黑色的尖叫,小溪报复性地解冻,淹没坟茔遍布的树林,熟睡的秃鹰惊醒,恼怒地包围羲和的座驾,凝固成远方的山峰。他们在温暖的被窝里沉沉安眠,隐约听到窗外夜色深处经过的发动机,还以为是个梦呢,翻个身继续睡去。而我们在夜色里,在发动机上,我没有遗忘你的悲伤,给你讲了一个故事,这种感觉真好。"提翎嘶哑拉长,吉他歇了折断在草地上。以诗作结:

当你残酷地摆弄漂亮的白裙子，

我最终死于对自己支离破碎地分析，

我徒劳地朝直立的方向摸索，

在自杀成倍增长的寂静中。

想拿你来充饥，餐肉饮血，

直到你灭绝。

阴郁的事物都已根植于脚下，

将来必犯重罪的人啊，你无休止地审判自己。

那里，一朵玫瑰站出来作证。

为了什么，声音不抵达聋耳？

这朵花深紫色的讲话如此纠缠不清，

于是她不断解释直到回声停顿，

在越来越冷的凝重的空气中。

　　窗玻璃里的她无声无息。但我猜，她应该很害怕了，再也不会贫嘴。摇篮的钟摆不再跨动，嘤咛变成了余息，长时的沉默监视我们。快到学校了。我喊："师傅，停车。就这儿。"

　　车稳稳地停在路边，我边掏钱边说："以后别一个人大半夜的从那么远的地儿回来，太危险。"我将钱递给司机，弓身从她身前挤过，她侧侧腿，抬起头，我真挚地迎上她大大的眼睛，第一次。我低声说："没法儿回避这个问题，所以永别咯，这就是我的选择。"

　　我跳下车，朝着与学校相背的地方走，走啊走，走啊走，看见长江大桥。走到桥中段，支着铁栏，感受急于与人亲近的寒风，突然渴望像风一样飞翔。我爬上栏杆，站在宽柱子上，风推着我。夜色很美，江畔繁华的建筑金光灿烂，映在江里，与水一色。火炉围着安卧毛毯的读者，他在读脚下漂流的金色城堡，真真幻幻。我恐高，可现在什么都不怕，张开手，跌进去。

　　"喂喂！"着急的喊声和急促的脚步。我无意关心余事，感受着。

　　"你在做什么啊？"急切的声音就在脚下。

　　我低下头，看见刚才一同乘车的女孩儿，瓜子脸花了，黑一块白一块，下巴有些凸翘。她脸上充满了焦急。

　　我说。"早知道还能见面我就不说永别了。"

　　"你先下来！"

　　"哦。"我跳了下来。"咋？"

"你在干什么啊？"

"吹风啊！"

"吹风？"

"过两天回老家，想到处走走。"

"你这人！"她掉头朝桥头走。

我跟上去，她走得更快，我加速与她并肩而行。"谢谢你，我了解你的心思，所以谢谢你。"我说。

她只顾朝前。

"你住哪儿？"

"不是说了跟你一样吗？"

"宜工大？原来是真的。你是那儿学生？"

"嗯。"

"我们还是校友哇，大几了？"

"大二"

"我大三，你要叫我师兄。学什么？"

"平面设计。你呢？"

"中文。"

她渐渐地放缓了，成了悲伤得更加美丽的模样。

我们从后门进了学校。

我说："学校到啦！"

"嗯——你陪我坐坐吧。"

"你失恋了。"

"你怎么知道？"

"这种事天天发生，我看见你哭了。伤心吗？"

"伤心。你陪我坐会儿吧。"

"好。不要做傻事儿。"

"不会。"

第三十三章

我们走到校医院旁边的花园里，路上有三个拦路的石礅儿，她坐上其中一个。我坐上另一个。

"隔得太远了。"她说。

"距离产生美嘛。"

黑暗中，她的左肩对着我，低着头，脚跟屈起，她开始哭起来。她刚才因为我都耽误哭了。我应该安慰她。

"还有可能吗？"我问。

"没可能了。"

"没事啦，哭一哭，睡个觉，明天就好了。"

"真的这样简单吗？"

我掏出纸巾，走到她面前递给她。她接过去，擦着有声音的眼泪。我应该安慰她，说世上不如意的事十之八九。我以前可没经历过这种时刻。如果经历过，恐怕是没打动我，我已经不记得。

隆隆的电动三轮车抖动，接着看见它从花园旁边的路上开过，路灯照着它。风小了许多。

"我嘴巴笨，不知道怎么安慰你。"

"坐着就挺好。"她拿出手机，手指在亮亮的屏幕上飞快地动。

她在发信息。给她唱歌吧，读诗也行。歌词我只记得两句，我会背何其芳的《预言》。我坐回石礅，不知道该不该打扰她。

"眼睛会哭瞎吗？"她问。

"不会吧，哭了会很舒服的。"

"眼睛瞎掉怎么办？"

"校医院就在旁边，立马去急诊。"

她笑，抽了两口气。"我今天好看吗？我就是这么去见他的。"

她穿着白色晚礼服。

"特别好看。"

"就是这儿有点儿低。"她摸着胸前的开襟。她从身上拿出了一包烟，点了一支。

我问："经常抽烟吗？"

"偶尔。"

"尽量少抽吧，对身体不好。"

"不好就不好吧，无所谓咯。以前我爸妈吵架，我爸就到门口抽烟，一包接一包，现在身体也很好。"

"你冷吗？"

"不冷。"

我说："瞧，今晚月亮多好，多圆。"

"哪儿？"她抬头看。

"你的头顶。"

"圆什么啊？"

"忘了，我有一百度散光，看啥都圆。"

她笑了，抽噎着。"你知道这烟吗，从这儿掐，"朦胧中，她从盒里拿出另一支烟，掐断烟的脖子，她说，"很香，薄荷味儿，没有烟味儿。"

"抽烟都是我初中干的事儿啦！"

"我现在才干，跟他学的。"

"你给我一支，我试试。"我走到她面前，接过一支烟，掐断烟脖子，里面似乎有个珠子一样的东西破了。她拿出打火机，我凑近她。"我知道应该这样。"我用左手将烟半挡。"我来。"她伸出手挡上另一边。她给我点火，我们一人护着打火机的一边。

"真没有烟味儿，是薄荷味儿。"我坐回去说。

"是吧？你别过肺，吐出来。"

"没事儿，就这一次。你会抽烟吗？听说会醉的。"

"我不吸进去。他比我小四岁。"

"啊？小四岁？"

她问："你几几年的呀？"

"九五。"

"我比你大一岁

"不重要不重要。"

"嗯，女孩儿本来就比男孩儿成熟些，他什么都不懂，老是伤我。"

"别哭了。他是我们学校的吗？"

"不是。听着你的声音就很好。以后天天和你说话。我可喜欢你了。"

"可我也很苦恼啊。如果我们俩交换一下身材就好了，我就有你那么高。"

"好的"，她把"的"念成上声，轻快俏皮。

"不过我还是想当男孩儿。"

"当男孩儿好，当女孩儿太苦，是来替爹还债的。"

"怎么会呢，我要是有女儿，我会好好疼她的。"

"爹玩过多少女人，女儿就会被多少人玩。"

"哪儿有这种事。"

她低着头。两个人笑着从我们中间经过。

"你爸和你妈感情好吗？"我问。

"离了。"

"真的啊，我也是。你有兄弟姐妹吗？"

"有一个同父异母的妹妹。"

"我也是。你妹妹多大了？"

"两三岁。"

"我妹妹也是

"你爸妈什么时候离的婚？"

"小学吧，我五年级的时候。"

"我爸妈也是。为什么离呢？"

"据说是感情不和，我不清楚。"

"没有这样的理由，不是谁在外面找了一个是不会离的。我爸在外面找女人了，所以我妈离了。"她说。

"我爸妈一开始是假离婚，离了之后我爸在外面找了一个，复合不了了。"

"当然了，这怎么复合。为买房吗？"

"那时候，山里的小村镇，哪会想这些。那你小时候谁带呢？爸妈，还是外公外婆？"

"爸妈，他们离婚后纠缠不清，所以算是两个人带吧。"

"这点我们不同，我是外公外婆带。你是哪里人？"

"四川，德阳。"

"半个老乡欸！我重庆滴！"

"真的？"

"豁你搞啥子嘛？"

"姐姐，我要抱抱。"她将手机放在一旁，冲我张开手。

姐姐？我走近她，张开手，她抱住我，我也抱着她。"别哭了，会过去的。"我的肩膀感到她下颌的颤抖。"别哭了。"我不敢碰她的裸露的皮肤，便抚着从脖子沿着脊背到腰的那条带子。

"不就分个手嘛,都会过去的,哦?"她倔强地说。

"就是!"

我们分开。

她又拿出手机。过了会儿,她说:"他明天要来承认错误。"

"哦。那你俩好好说。"

"嗯。"

"如果你还喜欢他就别耍小孩儿脾气。"

"看他表现。"

"回去吧,我送你回去。"

"我宿舍就在旁边儿,你快回去吧。"

"那你注意安全。"

"姐姐,再抱抱。"

于是我又上前抱住她。我放开手,说:"我走了。"

"姐姐。"她伸手抓住我的手,我的指甲似乎划到了她,我握了握她的手。

"不如你当我妹妹吧!"我说。

"好呀。"

"我会给别人说你是我的亲妹妹。"

"多亲啊?"

"亲妹妹!你叫什么?"

"刘慕然,羡慕的慕,天然的然。"

"真好听。我叫凌炜。我送你回去。"

"谢谢你,姐姐。"

"你是我妹妹嘛。几公寓?"

"八公寓。"

从后门进来往东走一段就是。我把她送到了公寓门口,说:"你快进去吧。"

"姐姐电话。"

我报了号码,她记下之后进了楼。楼道里,她拿起手机接电话。她笑着朝我挥手,也不知道是高兴当我妹妹,还是明天她男朋友会向她承认错误。我也挥了挥手。

一个人活着,总要找另外一个人来爱或被爱。

公寓已经断电了,宿舍传来秦瑟的声音:"小骚货。"我推门而如手机和电脑的光亮映出他们的面庞,秦瑟和萧言躺着玩手机和平板,钟顾坐在走道盯着电脑,鼠标噼啪直响,他背后台灯大亮,齐舒伸出脑袋说:"欸——回来了?"

"嗯。"手机震动,来了一条陌生人的短信,内容只有"姐姐"两个字。我把号码存下，名字填上刘慕然，回过去："明天想出去逛逛吗？"现在通讯录至少有了一个人。

齐舒撩起床单，我踩上床板挪了过去。

秦瑟说："早上抽什么风啊？"

"疯你妈X。"我插上数据线给手机充电。

"你过来。"

"过你妈X。"我踩上床板挪了出来。

"有本事你过来。"

"过你妈X。"

其他人一齐笑了，这种反击方式可谓至贱无敌。

我拿上洗漱用具，走到他床前问他："开心吗？"不等他回答又说："开你妈X。"
我走出宿舍，听见哄笑。

第三十四章

第二天中午，我在八公寓外接妹妹。她远远地走来，裹着蓝色大衣，穿着厚绒袜。她走到我眼前，问："姐姐。你带我去哪儿玩儿啊？"

"去一个很美的地方。"

"好的。"轻快而俏皮。

"我喜欢夏天，那样你就不必穿这么厚重的衣服了。小男友来过吗？"她扬头说："不见。"

我们走进学校，从昔日的玫瑰丛走到龙爪槐的枝丫下，走到了四教门口。

"在那儿坐一坐吧。"我指着四教前的长椅。

我们坐上了长椅，冰凉。清洁阿姨起得早，抓着竹枝扫帚在前面不远的亭子扫地，唰唰作响，蓬乱的头发往两鬓伸出粗大的一把，向两边儿卷。眼前的教学楼在雾中矗立，道旁小树枝沉甸甸、湿漉漉。

"姐姐，你昨天是怎么回事儿啊？说那些话都把我吓尿了。"

"呃……昨天那是一次实验，最近在看一本哲学书，就是探讨人类这种物种是否具有保护同类的本能。"

"啥？"

"所以我设计了一个实验，在车上与一个陌生人交谈，让他觉得我是个非常危险的人，不能靠近，还要透露我要去自杀的信息。如果在这种情况下，我和他分开后他还能跟过来确定我是否自杀并且阻止我自杀，证明他是个具有同类保护倾向的人。"

"这真是……但有些话我深有同感。"

"实验不成功，有些因素影响了实验结果，比如我们都在同一个学校，你的状况不太好。"

"我是第一个实验者？"

"嗯。"

"还要继续实验吗？"

"看情况吧，我只是玩玩儿。"

"别搞了，会吓死人的。"

"你看看我们学中文的一天累吧,历史、哲学、文化,甚至连自然科学的书都得读。"

"嗯,牛。你眼睛可真漂亮,亮亮的。"

"我知道,大家都这么说。"

"你太谦虚了吧……你就是带我来这儿啊？"

"你等一等。"说着,我跑下四教阶梯,从旁边的自行车架中推出一辆蓝色的,这是我今年上课特意找同学借的,我骑上车,说:"坐后面。"

她走过来说:"你技术行不行啊？"

"上来吧,摔不死你。"

她坐了上来,抓住我的衣服。"抓稳咯。"我呼啦啦蹬起车。风刮在脸上和手上,很开心。

我在西餐厅外停下车。"先吃午饭吧。"我说。

"好的。"

我将车锁好,先她一步跨上楼梯,为她打开门,说:"请进。"

我随她走了进去。我看见摆放吉他和架子鼓的舞台,正值饭点,餐厅里很多人。"那儿！"妹妹眼疾手快,看见有两人吃完离开,迅速坐到他们的那张桌子上,我跟着坐下。这里靠着墙,离窗户很远。

"毕竟非同以往。"

"什么？"她问。

"没。"

服务员走过来问:"点餐吗？"

"把这儿最好吃的都来一份儿。"我说。

"噗！"妹妹笑出来。

"妹妹,你点。"

她拿过菜单。

我指着舞台对服务员说:"我可不可以弹弹那把吉他？"

"现在不行,得等到晚上,必须得到经理的同意。"

"哦。你什么时候来餐厅当服务员的？"

"不满一个月。您有什么事儿吗？"

"以前有个服务员——没事。你们经理呢？"

"不好意思,那个,我有什么可以帮助你的吗？"他显得惶惑。

我的衣袖被妹妹拉了一下。我说:"我想见你们经理,不关你的事。"我顺着服务员的目光望向吧台,经理在那里。她看到了这里的情况,大概意识到了什么事情,便走了过来,还是这位穿西装的中年女人:"您好,请问有什么可以帮您的?"

"您不记得我了吗?"

"嗯?"

她不解地望望我,尴尬地说,"不好意思,还真不记得。""没事。我就是夸这个小哥挺帅的。"我冲经理哈哈大笑。经理也笑了,说:"那您继续享用。"她回到了吧台。

"我姐犯神经了。"妹妹对服务员说。

"毕竟不同以往了。"

"姐姐有微信吗?我们加微信吧。"她拿出手机。

"没有,以前用,现在不用了。"

"啊?那姐姐平常用什么聊天儿?"

"不聊,想我就直接来找我。"

"噢。"

"我是不是很怪?"

"没有啦。"

我们点了餐,静静坐着,一时不知道该说什么。于是我审视妹妹,眼睛眨也不眨。

"你不开心吗?"我问她。

"没有啊。"

"喜欢和我一块儿吗?"

"喜欢。"

"如果你不喜欢就回去。何必纠结呢?"

"我喜欢。"

"你不忙吗?"

"不忙。"

"你紧张,你怕我?"

"没有啊。"她奇怪地望着我。

我愈加狠狠盯着她:"如果担心的话就找个朋友来吧。"

"不用了。"

"找个吧?"

"不用,你干嘛老盯着我?"她问。

"你假装你现在很紧张。"

"为什么?"

"装一下嘛。"

"哦。"她的眼睛开始躲闪我。

"你随意就好，我们并不生分是不是？"我充满希冀又故作冷淡，很矛盾。

"嗯嗯。"她转向窗外。

"真的不怕？你应该理直气壮才叫人信服。"我端起杯子，品着白开水，试图去欣赏她的窘迫。

她没说话，眼角像豆芽儿的须子，和谐地拉长、弯曲，瞳孔如临近十五的月亮，将满未满。美的感觉冉冉升起。

"你真漂亮！"我忍不住说。

"啊？"

"我喜欢你！"

"姐姐？"我觉得我的唇在颤抖，互相排斥，像两块磁铁。我喜欢你，原来，原来这才是那些话背后的含义！

"没什么。伪装自己太辛苦了。"

"没事儿吧你？"妹妹担忧地问。

"没事。"我们吃完午餐，离开了餐厅。我带着她走出学校，我说："我们先去酒吧，我上班的地方。"

"你在酒吧上班？"

我哭笑不得地回答："是啊。刚被炒鱿鱼，去和朋友们道个别。"

"OK，咋被炒了？"

"有点复杂，归纳起来就是翘班还不接经理电话。"

"你这叫自炒。"

"嗯，活该。"

"炒了就炒了吧，换个工作。"

我们乘公车在隆华时代天街下了，冬日天气寒冷，更添中午，行人稀少。妹妹说："就是这边啊，我常来，哪个酒吧？"

"塞壬。"

"没听过。"

"位置比较偏。"

我们漫步走进巷子，走到酒吧门口，木门半开，没有侍者等候。我们踩上楼梯到二层，云姐、聂培、徐安聚在吧台那边。云姐在吧台里，面对我，最先看到我，叫道："小炜。"

声音不大，但在安静的酒吧听得一清二楚。聂培和徐安扭过头来，聂培喊："炜哥回来了！"

"你们在坐月子吗？"我回了一声，把妹妹带到一张桌子前，拉开凳子让她坐下，向着吧台问她："我们是不是在一间酒吧？"

"是——吧？"她环望一周，奇怪地望着我。

"那里是不是有三个人？两个男的，一个女的，女的在吧台里，男的坐吧台外。"

"是啊。"

"前段时间做了一个温情的梦，还是每天连续的，真实得可怕，现在还觉得自己在做梦呢！你坐会儿，我聊两句就走。想喝什么吗？"

"不喝。"

"别紧张，想喝什么就说。"

"紧张啥，我又不是没来过酒吧。你快去忙吧。"她扫了一眼四周，拿出手机玩。

我到窗边拉开窗帘，冬日冷清清地漫入，酒吧亮堂许多。我走到吧台，坐上徐安旁边的圆凳，聂培说："挂经理电话的炜哥回来了！"

小云转身擦着酒柜说："你完了。"

"是完了，"我喝了一口她为我准备的柠檬水，说，"无所谓咯。"

"你是要上天。"

我说："你能别擦你的酒柜了吗？"

"敢作敢当，别冲我发脾气。"

"我没发脾气。经理呢？"

徐安说："没来。"

"嘿！"聂培挤过来，瞄一眼妹妹。

我问："那儿是不是坐了一个姑娘？"

"那是谁？"

"长头发，低头玩手机是不是？"

"那谁啊？"

"那是我妹妹，然后呢，喜欢你就自己追，我不会给你介绍的，最后，昨晚五次，和别人。"

"切，"他鄙视一声，"满嘴跑火车。你妹妹真漂亮，怎么以前不带来玩儿？"

"哼，看我就知道她有多好看了。"

小云说："和人家比，你就是个渣。"

"你还是擦你的酒柜吧。"

"你挑这个时间是来向经理下跪道歉的？"

"不干了，"我抛开他们惊讶的目光，喝了一口水，说，"昨晚就不干了，早就找好了工作，不然我敢上天？不打个招呼跑路不好，过来跟经理说一声，他不在就算了，你们帮我转达呗。"

徐安问："怎么不干了？"

"太累。干久了也腻，想尝试点新鲜的。"

"找到更好的事儿了？"

聂培问："好耍不？把我们带进去。"

"好耍，左手跟右手耍。你们做不来的，工作还行，但要求高，形象呢，起码不比我差两个等级吧，功夫嘛……"我张开手掌，语重心长地说，"昨晚你们不是该为我报警吗？被富婆看上，被绑架了，一夜五次，一百万。"

"切。"他们鄙视。

"假的你们是我孙子。吉他我就不带走了，让它挂台上，有机会你们就送了吧。"

聂培问："你真走了？"

"替我向然姐、竹枝他们道个别。我应该买些礼物的，我搞忘了。"

"搞忘了没关系啊，明天补上带过来。要不要把大家叫上一起吃个饭？"

"再说吧。要吃饭，少不了你，改天请你吃家常便屎啊。"

"好——"聂培反应过来家常便屎是个什么东西，改口道，"靠，你简直了！"

"欸，别乱说，我从来没弯过。走了。"

"着什么急。"

"忙着呢。"

小云说："他怕把经理等回来了。"

徐安哈哈笑两声。

"走了走了。"我站起来转身走两步，自认潇洒地回身摆出一个手枪的手势指着他们说："别跟来，别废话。"

到了门口，妹妹跟上来。我们下了楼梯，走出巷子站在街边。我望一眼二楼的一排窗户，没人。心想这群混蛋没良心，起码得目送老子上车啊。

我们拦了一辆出租，在后排坐好。透过车窗，我望向二楼的窗户，聂培、徐安和小云仁挤在中间的窗户后。我微微嗫起嘴唇，伸出左手，收起无名指和小指，并拢食指和中指，压在嘴唇上，风情万种地望着他们。聂培和徐安嬉皮笑脸地作着再见，云姐举起手，晃晃手机。我慢慢收起拇指，再收起食指，中指从唇边弹出去，伸直，不由笑了。车开了。

我说："本来想带你去好多好多地方玩儿，所谓的滨江路、所谓的七码头，所谓的白马洞，但时间来不及了，我们直接去最好玩的地儿吧。"

"到哪儿？"司机问。

"白山坡。"我说。

"白山坡？哪儿？"

"不远，我指给您。"

我指点着司机师傅，大约过了一刻钟，我们拐进了一条临江的笔直马路。马路很旧，右侧是一些小商店和烧烤店，左侧大江溶溶，几十米外的是另一堤岸下倾斜的坡。

汽车经过一个路口，我立马出声喊："就这儿吧。"

司机说："嗜，什么白山坡，直接说望江路不就行了吗？哪儿叫白山坡！"

我说："嗯嗯，望江路，我记错了。"

付钱下了车，我们往回走到刚才的路口，边上站着一位卖糖葫芦的缩着手的麻衣婆婆。

"婆婆！"我高兴得大喊。

她眯起眼睛瞅我，脸在疑惑中更皱了。

"是我啊！"我边说着，边甩开手，一脚抬起一脚落下，蹦蹦跳跳走了两步又退回来。这是一种很小孩儿的走路方式。

"是你呀！都长这么大了？"她慈祥地笑着，"送你一串糖葫芦，小姑娘也有份儿。"

"我就不要了。"妹妹说。

"拿着吧。"我接过糖葫芦，递给妹妹一串。

"谢谢婆婆，您还好吗？"

"好着呢。"

"您忙着，我着急回去看看。"

"去吧去吧。"

我们转过路口，走到桥上。桥下依旧流着黑水，穿过路口汇入江里。

"那婆婆是谁啊？"妹妹问。

"就是婆婆啊。"

"这里是哪儿？"

"白山坡。"

过了桥，是一条小街道，两边都是平房。我一处处地向她介绍。

"看，我小时候最爱在这儿和我爸吃炸酱面了。"那是一家棚子搭的面馆，面馆的女老板依旧穿着绷紧的牛仔裤小小翼翼地给客人呈上热气腾腾的面。

"早晨我在这里买酸奶。"这是普通的卖小吃的人家，门口摆着柜子，柜子里摆满了零食。

所有人都过着从前的生活，不挤不稀，闲逛的闲逛，过活的过活。看见我，就对我笑。

"这里,"我指着两座平房间的一个土坡说,"有一次我扒人家三轮车,结果摔下来,右边眉毛上缝了三针,现在还有痕迹呢!"

妹妹凑近了看我的眉毛:"哪儿?"

"我是右边你就左边。"

"真的耶!眉梢!"

再走了一段,出现许多许多居民楼。我们走进几栋楼围起的阴影下。"我小时候就住那儿。"我指着其中一栋楼的一层说。

"走啊,进去看看"

"不了。"

"为什么啊?"

"穿过那个黑乎乎的洞,走两步有淡淡光亮的泥巴路就是了。其实,那间屋子很小,纸板门,地上像是潮湿的坚硬的土,墙上到处贴着壁纸,只有一张床,我常常把鞋盒子打开当轮船在床上滑行呢。它的样子我都记在心里。"

转过身,在另一栋楼的一层,透过窗玻璃可以看见一个女孩儿坐在地上堆积木,大大的眼睛,圆圆的脸,穿着红格子裙,扎两根小辫儿。她曾经抓住我的手,放上一块积木,搭得高高的,她说,不怕,塌了再搭。

"天啊,出太阳了!"妹妹喊着。

镀金的光透过楼的另一面照过来,窗户俨然变成了画框,小女孩嵌在画框里,如同我时常看到的那阳光,那积木,那女孩儿。

"走吧,回家。"我说。

"突然就出太阳了!"妹妹一直惊奇着。

我们往回走,刚到桥头,却有雨丝粘住脸。"下雨啦,太阳雨!"妹妹望着天,惊喜地叫。

天空,云的火车在太阳边上缓慢开动,雨大了些,湿润了桥面,金色的阳光掬在手心,天的尽头,雷声滚动。一群孩子从后向桥的另一头跑去,喊着:"太阳雨啊!太阳雨啊!"我拿出手机,想要拍下天边和这些孩子,按下拍摄键,却没有反应,再按,依旧如此。

孩子们跑过了,却掉了一个在桥中间,她摔在地上,哇呜哭着。正是那堆积木的女孩儿。

我跑过去把她抱起来,拍净身上的灰尘:"别哭了。"

"他们都跑了,追不上了!"女孩儿喊着,大眼睛像蝴蝶扑扇双翅。

"就算他们都走了,也有哥哥陪你玩儿啊。"我说。

"我只想跟他们玩儿!"她甩开我的手,朝另一头跑。

"小心点。"

追到路口,孩子们都不见了,只有无尽绵延的公路和佝偻望着江面的婆婆。

"姐姐,等等我。"妹妹气喘吁吁地跟了上来。

"婆婆,那群孩子呢?"我问。

"走了。"她叹息着。

"去哪儿了?"

"长大了。"

"都走了一婆婆,我也走了。您好好的。"

"走吧。"婆婆顺着路望向前方。

我拉住妹妹的衣袖向前。

"姐姐!"

"人老啦,心软了,也不怕害臊,现在一天抽抽两次不算多,可就是流不出眼泪。"

"姐姐,你一直嘀嘀咕咕自言自语什么呢?"

"没事。你有没有觉得童年特别开心? 每天只管写完最多一个小时的作业,只管听故事、疯跑、睡觉,没有那么多打算。"

"我们那儿才不是这样,放学了还要学钢琴、画画、下棋,学这学那,想疯跑都不容易。你不是说带我去玩儿的嘛? "

"玩儿完啦!"

"什么就玩儿完了? 你就自言自语匆匆忙忙把我从望江路那一头带到这一头? "

"这一句还挺长,让我反应一下。哎呀,难道我刚才又做了一个梦? 梦到个小女孩儿? 不是望江路,是白山坡。"

"好好好,白山坡。"

"谢谢你。"

"谢我什么?"她大叫起来,"姐姐,流鼻血啦,快,纸! 纸! "

"没事,天气太干了。谢谢你,陪我来。"

我们沿着笔直的路往来的方向走。江水拍打着江岸,风儿拂动涟漪,水声淹没我们踩踏的声音,时间将我们的气息抹去。永恒在轻唱。

没一会儿,拐过路口,我们拦了一辆车,回了学校。

第三十五章

下雨了。似乎每当我心情不好时，都会下雨。我喜欢冬天的毛毛雨，穿上厚厚的衣服，把自己裹上，行走在雾里。到了五教六层，我看见办公室里贾老师盯着电脑屏幕，我敲了敲门。

"请进。"

我走到桌上的文件堆前面。"贾老师好。"

"你好，有事吗？"

我将学生证和校园卡拿出来。"归还这个。"

她接过了。"怎么了？"

"我要回家了。"

"回家？不读了吗？"

"是的。"

"为什么？"

"想回去了。"

"挺好的。不是因为其他事吧？"

"不是。贾老师，"我问，"当初您为什么答应让我留下来，还给我方便呢？"

"嗯？哦，因为我觉得你讲得很真诚。"

"谢谢贾老师。"

"什么时候走？"

"就这两天吧，待会儿就去买票。"

"路上注意安全。"

"嗯！贾老师，我走了。"

"好，加油。"

"会的。"

我离开了办公室，我想，一定是求得很真诚吧。

把借的书还给了图书馆，把学校逛了圈，再吃了个午饭，下午，我到学校附近的邮局，那里代售机票。走入邮局，环视一周，看见机票代售的柜台。柜台后有两个女人，一个年纪稍长的坐在电脑前说着什么，另一个别着头发稚嫩的站在旁边听着。

我走过去说:"我要订机票。"

"到哪儿?"年长的问。

"重庆。"

"什么时候的?"

"越快越好。"

键盘噼噼啪啪的声音响过。"今晚十二点有一班。"

"晚上?我绝对会睡过的。"

年轻的女孩儿闻言冲我一笑,我也冲她笑笑。

"明早的有吗?"我问。

"明早六点半有一班。"

"我还是会睡过的。"

"八点半有一班。"

"八点半的吧。"

"晚上便宜不少。"

"我要豪放一次。多少钱?"

"一千三。身份证给我。电话多少?"

我报了号码,将身份证和钱给了她。稍长的女人在电脑前操作,而少女拿着身份证到柜台另外一边复印了。很快,少女回来,填起一张表单。"你在宜工大上学是吗?"她边填边问,说话很轻。

"是呀。"

"她也在上大学。"年长的女人补了一句。

"哦。"

"你大几了?"少女问。

"大三。你呢?"

"我也是。不实习吗?"

"还有大四呢。"

"真好,不像我们这些二本差学校,大三就要出来找工作了,可比不得你们好了,"年长的女人说,"机票给你。"

"谢谢。"我接过机票。

"学校放假啦?"她问。

"不是,回去有点事情。"

"昨天看新闻,重庆那边发大水了,好多地方被淹没了。"

"是吗?我回去得看看。谢谢,再见。"

"再见。"

我走出邮局，来到外面的雾蒙蒙的天空下。我想起和少女未完成的对话，她说了什么？她说了她的学校，语调酸楚。我走到邮局大门边，让墙遮着，不让她们看见，我却能看见她们：她俩在说话。

心如被风吹乱的湖水，我想走进去站到她们面前告诉她。

我给妹妹拨出电话。"妹妹，你在哪儿呢？"

"宿舍，怎么啦？"

"快过来，学校旁边的由邮局我正在由邮局买机票呢。刚才和里面工作的一个姑娘聊天，她也是个学生，正在实习，她说到了她的学校，好像不怎么好，感觉心里酸酸的。我想告诉她一些话。快过来吧，我写张纸条，你帮我送进去。"

"你自己说啊！"

"我不好意思。你快来吧！"

"那你等我。"她挂了电话。

我从背包里拿出笔和纸。写什么呢？没关系，自己加油就好，学校不是最重要的？我们在大三的末尾的时候也要实习？或者干脆说我就不是个大学生？

"姐姐！"过了会儿，我听见妹妹叫我，抬起头，她在我头顶撑着伞。

"没带伞啊？"她问

"这么点儿雨，带什么伞嘛。马上写好了。"

我在纸条上写着：学校不重要，重要的是你自己的努力。你一定会有自己想要的未来。加油！

我把纸条给妹妹。

"就这样？"

"嗯。进去，卖机票那儿，年轻的女孩儿。你说，刚才买机票的那男生她就明白了。"

妹妹把伞给我，走了进去。我远远地离开邮局，踱来踱去。

妹妹出来了。"这儿。"我向她喊。

她跑过来躲在伞下。"怎么样？"我问。

"没怎么样啊，她接了过去，然后我就出来了。"

"她说了什么话没有？"

"没有。"

"哦——"

"你不是喜哋吧？"

"瞎说什么啊？"

"你这么着急地叫我来,就为这事儿?"

"现在我心里舒服多了,好像圆满了。"

"圆满?"

"走吧,回学校。"

"我踏车,去东城。你要走啦?"她说。

"嗯。快去搭公车吧。"

"你怎么现在回去啊?"

"想家,回去看看。"

"那我走了。拜拜。"

"去吧,拜拜。"

她撑着伞朝旁边的公交站走去。

"等等。"我叫住她,她走回我身前,我从背包里拿出一本书,说:"送给你,虽然我看过、写过字。以后再送你新的。"我蹲下来在封面上写下赠送的时间和我的名字作纪念,然后将书给她。

她接过书,冲我眨眨右眼。

我说:"你和某个人长得很像。"

"谁呀?"

"我不记得了,也许是从前我认识的某人吧。"

"倒底谁嘛?"

"可能很久以前很重要的一个人。我走了,你好好的。"

"好的。"

"要我陪你等车来吗?"

"不用啦。什么时候再见你呀?"

"明天吧,中央一台,著名作曲家凌炜在人民大会堂举办演奏会。"

"你他妈的……我去送你。"

"你快去忙吧,再说。拜拜。"

我挥挥手,匆匆转过身往回走。前面拐了,过了那里她就看不见我了。我应该再和她挥手道别。我转身看去,她被公交站旁边的大树挡住,看得见衣服的一角。我只有她一个亲妹妹。

"妹妹!"我喊了声。

她没听见,仍然只露出衣服的一角。

第三十六章

回到宿舍天已将黑，萧言坐在他买的米色旋转小靠椅上，挤在桌子旁的过道里，边吃外卖边看某个聊天室主播妹子的节目，钟顾感冒了，现在还躺着。

"凌炜……"钟顾虚弱地喊我。

"咋，说？"

"帮个忙……"

"说。"

"帮我把桌子上的平板拿来。"

我将平板拿给他，他将头偏到我这一侧，缓慢地伸出另一侧的手艰难地接过。

"再帮我拿张纸。"

我从兜里抽了张纸放他枕头边，又把整包放上。

我从衣柜里取出衣服，衣服不多，但我没有箱子。我将它们件件折叠装进背包。

"昨天老师点名了。"言子说。

"哦。"

"没点你。"

"我知道。昨天我踩了狗屎，走狗屎运，肯定点不到我。"

"你这是要搬家啊。"萧言说。

"言子，我要走啦！"

"太好了，赶紧走，宿舍少了一个傻×。"

"哈哈哈——你才是傻×。"

手机震动了，是一条陌生人发来的短信：你好，请问是凌炜吗？

我回复：是。

对方没有立即回复。

衣服全装进了背包，手机又震动了，是一条一页显示不完的长信息：你好，我叫冉琴燕，是你刚买机票时和你说话的女孩儿，你还叫人送了一张纸条给我。请不要见怪，我是从登记信息中找到你手机号码的。我非常非常感谢你，你说学校不重要，重要的是自己的努力。谢谢你，我们一定能成为自己想成为的人、更好的人！加油！我可以和你做朋友吗？

我突然像走在学校的图书馆里,那一座褐色的迷宫,在一排排书架的边缘,背贴狭窄的墙壁,步子在明暗徘徊的直线上迷乱,目光跌宕在排列的波浪上。此时有人拍了我的肩,问我:"你是在找这本书吗?"

我们一定能成为自己想成为的人!

我拿出手机想打电话,但输号码时僵住了:我不知道号码。我从抽屉拿出从前的电话卡安上,我翻出短信,爸前年发的那条还在那里:凌炜,春节好想和你聚一聚,但是你不理我,是不是觉得我这个父亲不称职? 但是我也有自己的难处,现在一个人在老家种地养鸡,你该不会是要和我断绝父子关系吧? 他是个老实人,认识他的人都这样说。他有个外号,叫殃绵子,意思是没精打采的绵羊,我觉得心酸。我该给他回短信了。

想了想,还是跑到宿舍外的电话亭,投了一枚硬币,找到手机通讯录的号码,用公用电话拨了出去。

"嘟——嘟——嘟——"电话亭外墨绿的树冠在毛毛雨中蔓延。

"喂?"电话通了,是个老迈的声音。

我还没想好要说什么,我答了句:"喂?"

"哪个?"外婆听不出我的声音。是了,大家都说我的声音很温柔像女声,况且机器改变人的音色,这是我第一次给家里打电话。

"那边涨水哒呀? 你们还好不?"

"还好,我们这边不严重。"

"那就好。凌炜回来哒不?"

"还没回来。"

"他一定是有苦衷的。"

"你是他同学哟?"

"嗯。"

"妈! 青菜是煮还是炒?"电话那头响起一个熟悉的尖利的女声。

"等一哈,有电话。"外婆说。

我说:"以前他给我讲,他特别感谢您,要不是您一直竭心竭力养他,他小时候就死在病上哒。阿姨身体一直很弱,结果连带他身体也不好,有好几次都没气哒哈? 您每年夏天都要爬好多次山,摘各种草药熬成一大盆水,天天让他泡里头,病这才慢慢少。"

那头似乎呜咽。

"他还想感激您更多,您做的醪糟汤圆、包面、粽子、糍粑,您冬天清晨给他烘热衣裤袜子再叫醒他,您过年给他买的手枪……"墨绿在雨中蔓延,最终被济贫院一般的灰墙阻隔。我说:"对不起。"接着挂了电话。

说对不起毕竟相对容易,可说爱,很难的。骗子,我连我是我都不敢承认了。

推开宿舍门,我看见床上的被子从床栏伸出的一角,那是青青为我预备的,浅红作底,热烈的玫瑰,雍容的牡丹,丹色的竹林,十人合抱老树虬扎,健壮挺拔鲜枝嫩叶,那些更红的藤蔓一丛接一丛。我跌进了她的色彩之中,她是红色的。我在宜远第一次看见青青的时候,她桀骜不驯地立在门口,暗月的瞳孔,持一把刀,随时准备与外来的威胁搏斗,而她的背后,夕阳照在褐色的墙壁上,或许是其他颜色,总之是红色,殷红的朦胧,还有气喘吁吁的我,都在她的眼睛里。

一只手抓住神经网,一扯,震得我立不稳了。"凌炜!"我听见言子叫我。我想马上见到青青,我马上要见到青青了。她是个通情达理的人,她只是想在生日前一晚和我好好吃顿饭,我记不得她的生日依旧回来那么晚,所以她才生气。我知道一个人过生日是什么感觉,人家说声生日快乐,甩给你几十块钱,叫你买个蛋糕,你买回来默默吃了。青青还要自己掏钱买蛋糕呢。或迟或早我们将离开父母的怀抱,如此漂泊于世,我知道千辛万苦遇见至亲的人了对他的期望会有多大。可我没考虑到她,还一心想着自己,骂她、丢下她,伤了她的心,是我混账,即使她要拿把刀一块块割下我腿上的肉那也是应该的。一日不见,如隔三秋,如今阔别重逢,我要打扮得漂漂亮亮的,她的生日啊!我站起来,从背包拿出衣服,先是那件衬衣,里面有两封信,或者说是一封信。我要给她看,看信!再是一件淡黄格子的衬衫,青青第一次来学校找我时我穿的,上面印有她吻我时的口脂。还有这件羽绒服,她陪我买的,她曾用指尖挑掉露出来的一根毛羽。还有这件,还有那件,剩下的每一件。我穿上一件毛衣,外面套上来宜远时的衬衫,是不搭,可我想穿。配上漂亮的裤子和鞋子,照照镜子,还不错。只是头发有些长了,应该剪剪。我以前都是在学校里剪的,可我今天想到外面的理发店剪,也许效果会更好。我记得不久前学校外新开了家理发店,他们在校门做活动发放会员卡,当时也给了我一张。我翻找柜子,没有。我望向宿舍乱糟糟的桌面,翻开垃圾,果不其然,有一张写着那家理发店名字的卡。我哼着小曲,兴冲冲地跑出宿舍,跑过大石头朝右走几十步就到了。我想推门时,门已经被一个满脸堆笑的头发冲天的店员拉开。"请进。"他说。我走进去。这时另一个矮而和善的戴眼镜的店员迎上来。"有会员卡吗?"他问。"有。""这边请。"他领我到一个储物柜前。"存外衣。"他说。我恋恋不舍地脱下衬衫放进去,这也算外衣吗?"先洗头吧?"他说,将柜子的钥匙给我。"好。"他们要是能将我的头发剪得漂亮,就算我离开,我也要在之前向大家推广。他把我领进里边洗头发的地方,那里有一位年轻的小哥。我坐上软垫,年轻小哥拿来一块毛巾系在我脖子上。我躺下了,头枕着洗发池的边沿。我望着天花板,黄色的光,激烈的重金属音乐。我听见放水声,一股热水淋上头发。他不停地同我聊天。"在宜工大读书吗？""几年级？""老家是哪儿的？"我一一如实回答。"剪什么价位？有八十、五十、三十。""八十。""有会员卡吗？""有，你们搞活动时送的。"洗完头后他轻轻推我起来，给我擦干头发。我说谢谢。我走出洗发的地方，这时领我进来的店员走过来。"你要谁剪。""都行。""第一次来吗？""嗯。""什么价位？""八十。""就他吧。"他指给我座椅边得空的一位理发师，他的脸圆嘟嘟的，黄色的头发像刺猬的刺。于是我坐上椅子，前面有面大镜子。理发师给我挂上白色长袍。"要剪什么样的？"他问。"随你，怎么好看怎么剪？"他动手了。"你有会员卡吗？""有，你们刚开业那会儿搞活动送的。""哦。那时候发的？那个会员卡期限只有一个月，是不是蓝色的？""啊？好像是吧。""你给我，看看能不能用。"我拿出卡，它不是蓝色的，我给了他。他放下梳子和剪刀，跑到收银台，很快又回来。"可以用，剪八十花五十的钱。"不是以前那张蓝色的，我可能将卡拿错了，也许是舍友办的卡，但是没关系，回去给他们说说再补钱就行。理发师问我刚才年轻小哥问的同样的问题。"是旁边大学的学生吗？""几年级？""老家哪儿的？"我一一回答。"那是个好地方，三江合流。我有个哥就是那儿的，不过是在一个县城。"他说。"小城吗？""好像是一个地方！""你是哪儿的？""安徽的。""我大学同学里，就安徽的最多。"这时他已剪完了头发。"你做一个塑形吧，你的头发太软，一长就容易贴头皮。你还是油性头发，更严重。""塑形是什么？""让头顶的头发稍微隆起，有层次感，搭配脸型给人立体的感觉。"镜子里，他指指他自己隆得高高的冲天发。我还要赶着见青青。"塑形多少钱？""一千多，八百的，四五百，像你这样做个一两百就够了。""我还有急事。""做一次花不了多长时间，能管上半年。""不用了。""为什么？""自然点多好。"我赶着补青青的生日。"剪头发是为了什么，还不是为了好看！这样你显得更阳光，更帅气。""我已经够帅了。"镜中的他笑了一下。"而且客人来如果我们没把头发弄好，也有损我们的声誉。"我假装思考一下，还是说不用了。"塑形多好，特别适合你。"镜中的他拿着吹风机，在等我回答。我说不用他怎么不听呢？非得叫人说出拒绝的话语。"不用了。""再洗个头吧。"他说。我又洗了一次头，坐到椅子上，等着吹干。"要不做一个吧？""我再考虑考虑。""还考虑什么？""不用。"吹干头发，他解开我的袍子，我到储物柜拿了东西，他带我到前台。一个穿着白衣服头发蓬得老高的男人坐在电脑前。"你有会员卡吗？""有。"我将卡给他。"叫什么名字？"他往电脑里输着卡号。"会员卡我可能拿错了，有可能是我舍友的。""叫什么名字？""可能叫萧言。""手机号？""我没有他的手机号。""没有手机号的话就不能用。你重新办一张吧。""我付现金吧。"我拿出钱包，等他报数。"会员卡本来八百到五百不等。你是宜工大的学生，看见门口贴的单子了吗，专门为你优惠，你可以办张三百的。""不用。"也许明天就离开了，办它做什么。他拿起柜子上的笔和纸，站起来，长脸凑到我跟前，在纸上写着什么。"你看，你办了这张卡，实际上第一次的八十块是免掉的。"原来他在向我演算办卡省了多少钱，我看不懂，也根本不想看。"这次就别优惠了，该多少钱就多少钱。"这时，原本离得远远的另一个女人靠近了我们，染着黄头发，中闪还有一绺蓝色的，搽厚厚的白粉，看了我一眼，吹起她的指甲。"办卡还能省。"她说。"办吧，办吧。"为我剪头发的那人也劝着我。"真的，不用了！我马上要走了！""我见你们聊得挺开心的，你是不是钱不够？你钱包里不是有两百吗？办张两百的，剪十次。"我和理发师聊得并不开心。"不用！""你同学都办了张八百的，你用这张卡花的是别人的钱啊，就算人家肯一直借你，也不见得好吧？""我现在直接付现金。""你用不了这卡，只知道个名字，谁知道你是偷的还是抢的？""这是我同学的，你不信下次我跟他一块儿来。现在，我付现金，多少钱？""八十。"他收了我的一百块，找给我二十，却没给我卡。"卡给我。""不好意思，这张卡不是你的，我们有权利没收。""我知道卡的主人的名字。""可能是你偷的。""你们这里不是有号码吗？你给他打个电话啊！""我们不能主动联系。""好！好！"我转身走出门。

天黑了，又起风了，宜远冬天的风都是这样吗，像冰雹一样砸到人脸上，夹着雨？我穿上衬衫。这样的着装不太合适。我一直走，走过大石头。我想睡觉，脑袋嗡嗡作响，鼻子里的虫翘起了。我看见前面的巷口站着一个人，黑暗中看不清色彩。她跑到了我面前，卷发的轮廓，举世无双。"你怎么不穿外套呢？"她责怪地说，像沙堆绵延起伏，但峰峦并不高，细腻，温厚，低沉。

我一下子扑到她怀里，深广，柔软，童年的。啊，再见了，这浓烈的滚喉的酒，再见了，这缱绻的床头的温柔。我不想再咬着唇，于是放纵地哭出来。我感到我被抱紧了，一只手抚着我的背，裹紧棉被一般的温暖，我哭得更凶了。

"你怎么穿这么点儿！"

"不冷。"

"那天我的话太重了。"

"你说的很对。"

"我不是要赶你走。"

"我知道。"

"哭吧。"

"我没上班，没接经理电话，我没工作了。"

"那就不工作了。"

"那就没有钱了啊？"

"那就不要钱呗！"

"没钱怎么活啊？"

"干脆不活了。"

这一次我没说话。

"傻瓜，"她说，"我们回小镇。我婆婆以前住山里，她去世的时候留了一间老屋。虽然这么多年没去过了，但房子应该还在。那里什么都没有，只能在树荫下坐着或者在田里和竹林间跑，跟我，你愿意吗？"

"愿意！"

"种菜卖钱，要求低点，可以活得好好的。"

"那我们快再买一张机票吧，我订了明天的票。"

"不买了，走回去，一晚宿一家。我们要完成许多的人生第一次。"

"嗯。我要嫁给你。"

"你要娶我，你又不是女人。"

"你是最伟大的。我嫁你，你嫁我，成为彼此的家，向彼此付出自己不是更好？我爱你。"

"我爱你！可是你真的不怕吗？乡下有好多好多虫子，长了很多只脚的、肥肥的绿色虫子。小时候不是有人挑着那样的虫子追你，你吓坏了吗？"

我抱着她，久久沉默。